安徽省成人高等教育公共网络课程教材

中国特色社会主义理论体系概论

ZHONGGUO TESE SHEHUIZHUYI LILUN TIXI GAILUN

高正礼◎主编

安徽师范大学出版社
·芜湖·

策　　划:张奇才
责任编辑:胡志立　郭　宇
装帧设计:任　彤

图书在版编目(CIP)数据

中国特色社会主义理论体系概论 / 高正礼主编. —芜湖 :安徽师范大学出版社,2014.12 (2019.3 重印)
ISBN 978-7-5676-1703-2

Ⅰ.①中…　Ⅱ.①高…　Ⅲ.①中国特色社会主义－理论研究－师范大学－继续教育－教材　Ⅳ.①D616

中国版本图书馆 CIP 数据核字(2014)第 280091 号

中国特色社会主义理论体系概论
高正礼　主编

出版发行:安徽师范大学出版社
　　　　芜湖市九华南路 189 号安徽师范大学花津校区　邮政编码:241002
网　　址:http://www.ahnupress.com/
发 行 部:0553－3883578　5910327　5910310(传真)　E-mail:asdcbsfxb@126.com
经　　销:全国新华书店
印　　刷:安徽芜湖新华印务有限责任公司
版　　次:2014 年 12 月第 1 版
印　　次:2019年3月第6次印刷
规　　格:700×1000　1/16
印　　张:14.25
字　　数:191 千
书　　号:ISBN 978-7-5676-1703-2
定　　价:35.00 元

目　录

导言　马克思主义中国化的历史进程和理论成果

中国共产党是马克思主义在中国传播及其与中国工人运动相结合的产物。中国共产党诞生伊始就坚持以马克思主义为指导思想。但是,有了马克思主义这一科学的思想武器为指导,并不意味着已经找到了解决中国革命、建设和改革所面临问题的现成答案。马克思主义虽然是世界无产阶级甚至人类解放的学说,揭示了人类社会发展的一般规律,但她毕竟是欧洲经济社会和历史文化发展的产物,尤其是作为其核心的科学社会主义,着重阐述的是欧美资本主义国家无产阶级革命斗争的指导思想、战略策略和奋斗目标等,且是运用欧洲的语言、按照欧洲人习惯表达的方式、结合欧洲的历史文化传统等予以表达的。这就要求中国共产党人在领导中国革命、建设和改革的过程中,必须坚持把马克思主义基本原理同中国具体实际相结合,实现马克思主义中国化。

马克思主义中国化就是结合中国的历史传统和优秀文化,运用马克思主义解决中国革命、建设和改革的实际问题,同时把中国革命、建设、改革的丰富实践经验和历史经验提炼、上升为理论,不断赋予马克思主义以鲜明的实践特色、民族特色和时代特色。通俗地说,马克思主义中国化即是把马克思主义由欧洲的语言、欧洲人习惯的表达方式,结合欧洲的历史文化传统讲述欧洲国家无产阶级革命、社会发展规律转变为用中国语言、中国老百姓喜闻乐见形式,结合中国历史文化传统讲述中国革命、建设和改革的理论。

马克思主义的"整个世界观不是教义,而是方法。它提供的不是现成的教条,而是进一步研究的出发点和供这种研究使用的方法”①。这就需要各国的马克思主义者结合本国不同时期的具体实际,把马克思主义具体化。中国国情的特殊性,决定了解决中国革命、建设和改革的实际问题需要实现马克思主义中国化。以马克思主义为指导的中国革命、建设和改革,不断积累和丰富着正反两方面的经验和教训,科学总结这些经验和教训必然推进马克思主义中国化,为马克思主义理论宝库增添新内容。同时,实现马克思主义中国化,也是马克思主义理论自身发展的内在要求。马克思主义只有同各国革命和建设的实际相结合,才能发挥指导作用,才能作为一个开放的理论体系保持生命力,不断得到丰富和发展。

马克思主义中国化是一个历史过程。从一定意义上说,中国共产党领导中国革命、建设和改革的历史,就是一部提出、探索和推进马克思主义中国化的历史。中国共产党人对马克思主义中国化的认识经历了从自发到自觉、从感性到理性、从先觉到共识的发展过程。幼年时期,由于理论水平和实践经验的不足,中国共产党人还不善于把马克思主义理论同中国革命的实际相结合,使中国革命走了一些弯路,发生了严重曲折。当然,早在党的创立时期,李大钊等就曾提出过应用马克思主义必须结合中国实际的思想。国民革命时期,张太雷、蔡和森、瞿秋白、毛泽东等曾独立自主地探讨过中国革命的领导权、同盟军和前途等基本问题。土地革命早中期,以毛泽东、周恩来、刘少奇为代表的中国共产党人逐步探索出具有中国特色的农村包围城市、武装夺取政权的革命道路,并总结中国革命成功经验和失败教训提出了关于中国革命形势、任务、性质、动力、领导权和前途等比较完整的新民主主义革命理论。但是,党的主要领导人和绝大多数共产党人对马克思主义中国化还没有自觉、深刻、统一的认识。1935 年 1 月,遵义会议形成了以毛泽东为核心的中共第一代中央领导集体,引导党的思想、

---

① 《马克思恩格斯选集》第 4 卷,人民出版社 1995 年版,第 742 – 743 页。

政治、军事和组织等各项事业逐步走上正轨，对马克思主义中国化的认识也走向自觉。1938 年 10 月，毛泽东在中共六届六中全会上作题为《论新阶段》政治报告中首次明确提出了“马克思主义中国化”的命题。他指出：“没有抽象的马克思主义，只有具体的马克思主义。所谓具体的马克思主义，就是通过民族形式的马克思主义，就是把马克思主义应用到中国具体环境的具体斗争中去，而不是抽象地应用它。成为中华民族之一部分而与这个民族血肉相联的共产党员，离开中国特点来谈马克思主义，只是抽象的空洞的马克思主义。因此，马克思主义的中国化，使之在其每一表现中带着中国的特性，即是说，按照中国的特点去应用它，成为全党亟待解决的问题。”[①]经过延安整风，全党马克思主义理论水平普遍提高，政治、思想和组织上实现高度团结和统一，马克思主义中国化成为全党共识。解放战争时期和新中国成立后，以毛泽东为代表的中国共产党人继续推进马克思主义中国化，领导中国人民相继取得了新民主主义革命和社会主义改造的胜利，并在探索中国自己的社会主义建设道路上取得了阶段性成果。然而，由于国际形势的干扰，尤其是缺乏社会主义建设的经验和对社会主义建设规律的把握，中国社会主义建设没能跳出传统社会主义模式的束缚，出现了“大跃进”、人民公社化运动等挫折，直至发生“文化大革命”这一长期性、全局性失误，严重背离了马克思主义中国化的道路和方向。党的十一届三中全会以来，以邓小平、江泽民、胡锦涛和习近平为代表的中国共产党人，坚持把马克思主义基本原理同当代中国实际和时代特征相结合，开创、坚持和发展中国特色社会主义，成功实现了解决“温饱”、达到“小康”的“三步走”战略目标的前两大目标，目前正在为全面建成小康社会的直接目标和本世纪中叶实现两个百年梦想的中国梦而努力奋斗。

马克思主义中国化倡导和体现了对待马克思主义的科学态度和

---

① 《中共中央文件选集》第 11 册，中共中央党校出版社 1991 年版，第 658－659 页。

优良学风，纠正了党的历史上对待马克思主义的教条主义和经验主义的错误倾向，不断开拓着马克思主义在中国发展的新境界，不断以新的思想丰富和发展了马克思主义理论。马克思主义中国化推动中国革命、建设和改革事业不断破解难题、战胜困难而取得胜利，包括完成反对帝国主义、封建主义和官僚资本主义的新民主主义革命，建立中华人民共和国；完成国家对农业、手工业和资本主义工商业的社会主义改造，确立社会主义的基本制度；探索中国自己的社会主义建设道路，构建起独立的比较完整的工业体系和国民经济体系；实行改革开放，开创、坚持和发展中国特色社会主义，初步形成比较成熟的中国特色社会主义理论、道路和制度。

在推进马克思主义中国化的过程中，中国共产党人既坚持以马克思主义为指导，推进中国革命、建设和改革事业接连取得一个个胜利，又不断总结中国革命、建设、改革的历史和实践经验，将其上升为理论，形成中国的马克思主义，即马克思主义中国化的理论成果。马克思主义中国化理论成果的形成和发展同样是一个历史过程，并且有一个从量的积累到质的飞跃的过程。九十多年来，中国共产党在领导中国人民推进马克思主义基本原理同中国具体实际相结合、总结概括中国的马克思主义的过程中已经实现了两次历史性飞跃，产生了两大理论成果。第一次历史性飞跃发生在二十世纪三十年代，解决了在半殖民地半封建的中国如何进行反对帝国主义、封建主义和官僚资本主义革命的课题，其理论成果是毛泽东思想。第二次历史性飞跃发生在党的十一届三中全会以来改革开放的新时期，解决了经济文化落后的中国如何进行社会主义现代化建设的课题，其理论成果是中国特色社会主义理论体系。

毛泽东思想是马克思列宁主义在中国的运用和发展，是被实践证明了的关于中国革命和建设的正确的理论原则和经验总结，是中国共产党集体智慧的结晶。它紧紧围绕中国革命和建设的主题，提出了一系列独创性且相互关联的理论观点，主要包括新民主主义革命理论、社会主义革命和社会主义建设理论、革命军队建设和军事战略的理论、政策和策略的理论、思想政治工作和文化工作的理论、党的建设理论等六个方面内容，以及贯穿于这些基本内容的立场、观点和方法，即实事求是、群众路线和独立自主三大活的灵魂，其核心和精髓是实事求是。毛泽东思想的形成和发展是马克思主义中国化的典范，它所确立的马克思主义中国化奋斗方向、基本原则和基本方法，指引着中国共产党人不断把马克思主义中国化事业推向前进。毛泽东思想是中国革命和建设事业取得胜利和进步的科学指南，是中国共产党和中国人民宝贵的精神财富，其所内含的许多基本原理、原则和科学方法具有普遍意义，对当今中国的改革开放和中国特色社会主义现代化建设继续提供着十分宝贵的理论指导。

中国特色社会主义理论是马克思主义中国化的最新理论成果。2007 年 10 月，党的十七大报告指出："中国特色社会主义理论体系，就是包括邓小平理论、'三个代表'重要思想以及科学发展观等重大战略思想在内的科学理论体系。"[①]党的十一届三中全会以后，以邓小平为主要代表的中国共产党人，总结国内外社会主义建设的历史经验特别是改革开放以来的新鲜经验，以搞清楚"什么是社会主义、怎样建设社会主义"为首要的基本理论问题，逐步形成了建设中国特色社会主义的路线、方针、政策，创立了邓小平理论，推进了马克思主义中国化。党的十三届四中全会以后，以江泽民为主要代表的中国共产党人，根据国内外形势和党的历史方位的新变化，进一步回答了什么是社会主义、怎样建设社会主义的问题，创造性地回答了建设什么样的党、怎样建设党的问题，深化了对中国特色社会主义的认识，创立了"三个代表"重要思想，进一步推进了马克思主义中国化。党的十六大以后，以胡锦涛为总书记的党中央紧密结合新世纪新阶段国际国内形势的发展变化，提出了树立和落实科学发展观、构建社会主义和谐社会、建设

---

① 胡锦涛：《高举中国特色社会主义伟大旗帜，为夺取全面建设小康社会新胜利而奋斗》，人民出版社 2007 年版，第 11 页。

社会主义新农村等重大战略思想和战略任务，大大推进了马克思主义中国化的发展进程。党的十八大以来，以习近平为总书记的党中央高举中国特色社会主义伟大旗帜，围绕坚持和发展中国特色社会主义，提出了全面深化改革、实现中华民族伟大复兴中国梦等众多富有创见性的新思想新观点新论断新要求，深刻回答了新形势下党和国家发展的一系列重大理论和现实问题，进一步升华了党对中国特色社会主义和马克思主义执政党建设规律的认识，继续丰富和发展着中国特色社会主义理论体系，继续推进着马克思主义中国化阔步前进。

第一章　中国特色社会主义理论体系的科学内涵和历史地位

作为马克思主义中国化最新成果的中国特色社会主义理论体系，其形成和发展不仅有着特定的时代背景和社会历史条件，而且有着丰富的思想内涵，构成了严密而完整的理论体系，在马克思主义发展史、当代中国改革开放和社会主义现代化建设实践中具有重要的地位和作用。

第一节　中国特色社会主义理论体系的形成和发展

一、中国特色社会主义理论体系形成发展的背景条件

任何一个科学理论的形成都是时代的产物，都有着特定的时代背景和社会历史条件。恩格斯曾指出："每一个时代的理论思维，从而我们时代的理论思维，都是一种历史的产物，它在不同的时代具有完全不同的形式，同时具有完全不同的内容。"①中国特色社会主义理论体系形成、发展的背景和条件主要是：

第一，和平与发展是中国特色社会主义理论体系形成发展的时代背景。20 世纪 60 年代末以来，尤其是 80 年代以后，世界格局和形势发生了深刻的变化，分别以美苏为首的资本主义与社会主义两大阵营的对抗逐渐走向缓和，直至苏联瓦解、东欧剧变，两大阵营对抗格局被世界多极化、经济全球化和文化多元化的新格局所取代。当代世界的

---

① 《马克思恩格斯选集》第 4 卷，人民出版社 1995 年版，第 284 页。

时代主题由此前的革命与战争转变为和平与发展,90 年代以来,和平、发展、合作更成为时代潮流。在科学判断时代主题和时代潮流的基础上,我国实施了改革开放的伟大决策,并始终坚持以经济建设为中心,大力发展社会生产力,推动我国综合国力和人民生活水平持续提高。和平与发展的时代主题,和平、发展、合作的时代潮流为中国改革开放和社会主义现代化建设提供了有利的国际环境,也成为中国特色社会主义理论体系形成和发展的时代背景。

第二,马克思列宁主义、毛泽东思想是中国特色社会主义理论体系形成的理论渊源。马克思列宁主义是指导无产阶级和广大劳动群众的思想武器,揭示了包括自然界、人类社会和人类思维在内的整个世界发展的一般规律,特别是人类社会由资本主义向社会主义发展的客观规律,反映了无产阶级和广大劳动群众要求建立社会主义和共产主义社会、实现自身解放和全人类解放的崇高理想,对包括中国革命、建设和改革在内的世界社会主义运动具有普遍的指导作用。毛泽东思想作为马克思主义基本原理同中国实际相结合的产物,不仅系统地提出了半殖民地半封建中国新民主主义革命的基本理论,揭示了中国由半殖民地半封建社会经过新民主主义达到社会主义的发展规律,而且对中国自己的社会主义建设道路作出了艰辛的探索,取得了巨大成绩,积累了丰富的经验和教训,成为中国特色社会主义理论体系形成和发展的思想资源。邓小平曾指出:“我们搞改革开放,把工作重心放在经济建设上,没有丢马克思,没有丢列宁,也没有丢毛泽东。老祖宗不能丢啊!”①“老祖宗不能丢”,最不能丢的就是马克思列宁主义、毛泽东思想的基本原理,科学社会主义的基本原则,辩证唯物主义和历史唯物主义的基本立场、观点和方法。改革开放以来,几届中共中央领导集体团结带领全党全国各族人民坚持马克思列宁主义、毛泽东思想的基本原理和科学社会主义基本原则,根据我国改革开放和社会主

---

① 《邓小平文选》第 3 卷,人民出版社 1993 年版,第 369 页。

义现代化建设的实际问题,制定了符合我国实际和时代特征的路线方针政策,创造性地提出了一系列新思想、新观点、新论断,用新的观点丰富和发展马克思列宁主义、毛泽东思想,形成了中国特色社会主义理论体系。

第三,我国改革开放和社会主义现代化建设的实践,是中国特色社会主义理论体系形成发展的实践基础。实践是认识的源泉、动力、目的和归宿,也是检验认识科学与否的根本标准。十一届三中全会以来,党领导全国各族人民坚定不移地实行改革开放,实现了从“以阶级斗争为纲”到以经济建设为中心的历史性转变,实现了从高度集中的计划经济体制到充满活力的社会主义市场经济体制、从封闭半封闭到全方位开放的历史性转折,使得中国人民的面貌、社会主义中国的面貌、中国共产党的面貌发生了历史性变化。新时期最鲜明的特点是改革开放。亿万人民伟大的、生动活泼的社会主义实践呼唤着新的理论,新的理论又指导着新的伟大实践。改革开放和中国社会主义现代化实践为中国特色社会主义理论体系的形成发展提供了源泉,作出了检验,奠定了坚实的实践基础。这是中国特色社会主义理论体系得以形成发展的根本条件。

第四,我国社会主义建设正反两方面的经验总结,是中国特色社会主义理论体系形成的历史根据。中国共产党是一个善于在总结历史经验教训中不断推进事业向前发展的政党。以毛泽东为核心的党的第一代中央领导集体带领全党全国各族人民完成了新民主主义革命和社会主义改造,建立了新中国,确立了社会主义基本制度。特别是根据我国国情确立的人民民主专政国体,创建的人民代表大会制度、中国共产党领导的多党合作和政治协商制度、民族区域自治制度等,为当代中国一切社会进步和发展奠定了根本的政治前提和制度基础,也是新时期改革开放和中国社会主义现代化建设不断取得胜利的政治前提和制度基础。当然,由于国际形势的干扰、社会主义建设经验的缺乏和党内一些别有用心分子的破坏,以毛泽东为核心的党的第一代中央领导集体带领全党全国各族人民取得社会主义建设巨大成就的同时，也发生了一些失误，特别是“文化大革命”那样全局性、长期性的严重错误，使得一些正确的方针政策没有得到很好地贯彻落实，给党、国家和人民的事业造成重大损失，留下了深刻的教训。我国社会主义基本制度确立以来的社会主义建设的成功经验和失败教训，都是我国新时期改革开放和社会主义现代化建设的历史借鉴。正如邓小平所指出的：“从许多方面来说，现在我们还是把毛泽东同志已经提出、但是没有做的事情做起来，把他反对错了的改正过来，把他没有做好的事情做好。今后相当长的时期，还是做这件事。当然，我们也有发展，而且还要继续发展。”①因此，中国社会主义建设正反两方面的经验总结是中国特色社会主义理论体系形成发展的历史根据。

二、中国特色社会主义理论体系形成发展的历史过程

党的十一届三中全会以来，随着中国特色社会主义实践的不断推进，中国特色社会主义理论体系在坚持和继承马克思列宁主义、毛泽东思想的基础上，在指导改革开放和建设中国特色社会主义伟大实践、又总结其实践经验和历史教训中逐步得以形成和发展。同时，党对这一理论体系的认识和概括也经历了一个不断深化、日臻完善的过程。

1978 年 12 月，党的十一届三中全会作出了实行改革开放、把全党工作重点转移到社会主义现代化建设上来的重大决定。1979 年 3 月，邓小平在《坚持四项基本原则》的讲话中，提出了“中国式的现代化道路”的概念。他强调指出：“过去搞民主革命，要适合中国情况，走毛泽东同志开辟的农村包围城市的道路。现在搞建设，也要适合中国情况，走出一条中国式的现代化道路。”②以经济建设为中心、坚持改革开

① 《邓小平文选》第 2 卷，人民出版社 1994 年版，第 300 页。
② 《邓小平文选》第 2 卷，人民出版社 1994 年版，第 163 页。

放和四项基本原则的“一个中心、两个基本点”的基本路线有了雏形。同年9月，叶剑英在国庆30周年的讲话中，初步总结了我国社会主义建设的历史经验，提出了全面建设社会主义的思想，并第一次把发展社会主义民主、建设社会主义精神文明，与建设社会主义物质文明一起作为社会主义现代化建设的重要目标，从而丰富了社会主义现代化建设道路的基本内容。1981年6月，党的十一届六中全会通过的《关于建国以来党的若干历史问题的决议》，系统地总结了建国以来我国社会主义建设正反两方面的历史经验，明确指出“三中全会以来，我们党已经逐步确立了一条适合我国情况的社会主义现代化建设的正确道路”，并对其内容做了比较完整的概括，已经有了建设中国特色社会主义的一些基本思想。

1982年9月，邓小平在党的十二大开幕词中第一次提出了“建设有中国特色的社会主义”这一科学命题。指出：“把马克思主义的普遍真理同我国的具体实际结合起来，走自己的路，建设有中国特色的社会主义，这就是我们总结长期历史经验得出的基本结论。”①“建设有中国特色的社会主义”崭新命题的提出，使我国新时期改革开放和社会主义现代化建设的指导思想有了自己科学的称谓，具有重大理论价值和现实意义。同时，十二大报告还全面阐述了社会主义物质文明、精神文明、民主法制和党的建设等方面的方针政策。1984年10月，党的十二届三中全会通过的《关于经济体制改革的决定》，开始突破把计划经济与商品经济对立起来的传统观念，提出了我国社会主义经济是公有制基础上的有计划的商品经济的观点。这一重大突破被邓小平称为“说出了老祖宗没有说出的新话”，为社会主义市场经济理论的形成提供了正确的思路。1986年7月召开的党的十二届六中全会，通过了《关于社会主义精神文明建设指导方针的决议》，突出强调了社会主义精神文明建设的战略地位，对社会主义精神文明建设的指导思想、基

① 《邓小平文选》第3卷，人民出版社1993年版，第3页。

本原则、方针政策等作出了明确规定，标志着党对社会主义建设总体布局的认识更进了一步。

1987年10月，党的十三大报告系统地提出了社会主义初级阶段的理论，明确地阐述了党在社会主义初级阶段“一个中心、两个基本点”的基本路线，科学地作出了“分三步走”基本实现现代化的战略步骤，首次提出了马克思主义基本原理同中国实际相结合已经实现了两次历史性飞跃、产生了两大理论成果的思想，并把十一届三中全会以来党对社会主义再认识的过程中形成的一系列思想认识归纳为12条基本观点。初步形成了建设有中国特色社会主义理论的轮廓。十三大以后，国际国内形势发生了很大变化，党的十一届三中全会以来形成的基本理论、基本路线和方针政策等经受住了严峻考验。1992年春，根据国内外形势的变化，在总结世界社会主义运动的历史经验尤其是中国改革开放新鲜经验的基础上，邓小平在视察南方时发表了一系列重要谈话，提出了发展才是硬道理；党的基本路线要管一百年不动摇；革命是解放生产力，改革也是解放生产力；判断改革开放和各方面工作是非得失的标准，应该主要看是否有利于发展社会主义社会的生产力，是否有利于增强社会主义国家的综合国力，是否有利于提高人民的生活水平；计划和市场都是经济手段，不属于社会属性的范畴等一系列新的重要观点。

1992年10月，党的十四大报告系统总结了十一届三中全会以来我国社会主义现代化建设的新经验，首次提出了“邓小平同志建设有中国特色社会主义的理论”这一概念，并从发展道理、发展阶段、根本任务、发展动力、外部条件、政治保证、战略步骤、领导力量和依靠力量、祖国统一等9个方面对建设有中国特色社会主义理论的主要内容作了科学概括。1995年5月，中共中央宣传部组织编写的《邓小平同志建设有中国特色社会主义理论学习纲要》，又从思想路线、发展道路、发展战略等16个方面论述了建设有中国特色社会主义理论的主要内容。1997年党的十五大正式提出并界定了“邓小平理论”的科学概念，高度评价了邓小平理论的历史地位和指导意义，指出邓小平理论是指导中国人民在改革开放中胜利实现社会主义现代化的正确理论，是马克思主义在中国发展的新阶段。大会把邓小平理论与马克思列宁主义、毛泽东思想放在一起，确定为党的指导思想写入党章。

2000年2月，江泽民在广东视察工作时指出："我们党所以赢得人民的拥护，是因为我们党在革命、建设、改革的各个历史时期，总是代表着中国先进生产力的发展要求，代表着中国先进文化的前进方向，代表着中国最广大人民的根本利益，并通过制定正确的路线方针政策，为实现国家和人民的根本利益而不懈奋斗。"[①]2000年5月，江泽民在上海召开的党建工作座谈会上进一步论述了"三个代表"重要思想的意义，强调这是"我们党的立党之本、执政之基、力量之源"。同年7月，在庆祝中国共产党成立80周年大会上，江泽民系统、全面、深入地阐述了"三个代表"重要思想的深刻内涵，强调要按照"三个代表"重要思想，全面加强和改进党的建设。2002年11月，党的十六大进一步论述了"三个代表"重要思想的指导意义和具体要求，并把"三个代表"重要思想写入党章，与马克思列宁主义、毛泽东思想和邓小平理论一起，确立为党必须长期坚持的指导思想。2003年6月，中共中央宣传部组织编写的《"三个代表"重要思想学习纲要》，从16个方面对"三个代表"重要思想进行了阐述和概括。2003年7月，胡锦涛在"三个代表"重要思想理论研讨会上发表重要讲话，从全局和战略的高度，深刻阐述了"三个代表"重要思想的时代背景、实践基础、科学内涵、精神实质和历史地位，对"三个代表"重要思想进行了一些新归纳、新概括。

新世纪新阶段，以胡锦涛为总书记的党中央，坚持以邓小平理论和"三个代表"重要思想为指导，在准确把握世界发展趋势、认真总结我国发展经验的基础上，提出了科学发展观等重大战略思想，进一步深化了对于中国特色社会主义发展规律的认识。2003年4月，在广东

---

① 《江泽民文选》第3卷，人民出版社2006年版，第2页。

考察工作时，胡锦涛针对“非典”肆虐带来的严重损失，提出了“全面的发展观”。随后，在江西考察时，他开始使用“科学发展观”的概念，要求“牢固树立协调发展、全面发展、可持续发展的科学发展观”。同年10月，党的十六届三中全会通过的《关于完善社会主义市场经济体制若干问题的决定》对科学发展观的概念作出了初步界定，提出要“坚持以人为本，树立全面、协调、可持续的发展观，促进经济社会和人的全面发展”。2006年6月，为把学习贯彻科学发展观不断引向深入，中共中央宣传部理论局组织编写的《科学发展观学习读本》比较全面系统地阐释了科学发展观的科学内涵、基本要求和重大意义。2007年6月，胡锦涛在中央党校省部级干部进修班上的讲话中进一步指出，科学发展观第一要义是发展，核心是以人为本，基本要求是全面协调可持续，根本方法是统筹兼顾。党的十七大以后，科学发展观继续得到丰富和完善。2012年11月，中共十八大再次对科学发展观的基本内涵、精神实质、根本要求和历史地位进一步作出了深刻阐述，指出科学发展观把我们对中国特色社会主义规律的认识提高到新的水平，是中国特色社会主义理论体系最新成果，是指导党和国家全部工作的强大思想武器，同马克思列宁主义、毛泽东思想、邓小平理论、“三个代表”重要思想一道，是党必须长期坚持的指导思想。

中共十八大以来，以习近平为代表的中国共产党人深入贯彻落实党的十八大精神，高举中国特色社会主义伟大旗帜，统筹国内国际两个大局，统筹社会主义现代化建设伟大事业和党的建设伟大工程，以中国梦凝聚力量，以抓改革激发活力，以改作风振奋人心，励精图治、攻坚克难，带领全党全国各族人民取得了新成就，形成了新风气，开创了新局面。在十八大以来治国理政新实践中，习近平围绕坚持和发展中国特色社会主义、实现中华民族伟大复兴的中国梦，就我国经济、政治、文化、社会、生态、军队等建设及党的建设科学化，提出了许多富有创见的新思想新观点新论断新要求，继续丰富和发展中国特色社会主义理论体系。

第二节　中国特色社会主义理论体系的科学内涵和主要内容

一、中国特色社会主义理论体系的科学内涵

2007年10月,党的十七大报告指出:中国特色社会主义理论体系,就是包括邓小平理论、"三个代表"重要思想以及科学发展观等重大战略思想在内的科学理论体系。这个理论体系,坚持和发展了马克思列宁主义、毛泽东思想,凝结了几代中国共产党人带领人民不懈探索实践的智慧和心血,是马克思主义中国化最新成果,是党最可宝贵的政治和精神财富,是全国各族人民团结奋斗的共同思想基础。中国特色社会主义理论体系是不断发展的开放的理论体系。在当代中国,坚持中国特色社会主义理论体系,就是真正坚持马克思主义。

十七大报告对中国特色社会主义理论体系科学内涵的界定主要包括以下方面:第一,中国特色社会主义理论体系的外延包括邓小平理论、"三个代表"重要思想以及科学发展观等重大战略思想,即改革开放以来党领导人民推进马克思主义中国化的所有理论成果,且它是一个不断发展的开放的理论体系,今后还将在实践中不断得到丰富和发展。第二,中国特色社会主义理论体系同马克思列宁主义、毛泽东思想一脉相承又与时俱进。它们都坚持辩证唯物主义和历史唯物主义的原理,都代表无产阶级和广大人民的根本利益,都坚持实事求是的思想路线,都具有与时俱进的理论品格。在传承这一"脉"的基础上,中国特色社会主义理论体系又对当今中国如何开创、坚持、发展和拓展中国特色社会主义,从方向、道路、步骤、目标等方面做出了创新性回答。第三,中国特色社会主义理论体系是全党全国各族人民集体实践和智慧的结晶。它虽然形成发展于改革开放的新时期,但借鉴了前人的探索经验,以前人的探索成果为基础,凝结了几代中国共产党人带领人民不懈探索实践的智慧和心血。第四,中国特色社会主义理

论体系具有重大理论价值和现实地位。它开拓了马克思列宁主义和毛泽东思想的新境界，是马克思主义中国化的最新成果，是党最可宝贵的政治和精神财富，是全国各族人民团结奋斗的共同思想基础。

二、中国特色社会主义理论体系的主要内容

中国特色社会主义理论体系是包括邓小平理论、“三个代表”重要思想、科学发展观和党的十八大以来习近平系列重要讲话精神等重大战略思想在内的科学理论体系。邓小平理论、“三个代表”重要思想、科学发展观和习近平系列重要讲话精神是中国特色社会主义理论体系形成和发展过程中阶段性理论成果，其主题、精髓、本质、立场、观点和目标等具有高度的一致性和相承性，因而构成既相对独立又内在统一的理论体系。该理论体系内涵一系列独创性范畴、观点和原理，回答了中国特色社会主义的发展道路、发展阶段、根本任务、发展动力、外部条件、政治保证、战略步骤、党的领导和依靠力量以及祖国统一等一系列基本问题，揭示了中国特色社会主义的内在本质和发展规律，贯通于哲学、政治经济学、科学社会主义等领域，涵盖了经济、政治、科技、教育、文化、民族、军事、外交、统一战线、党的建设等各个领域的理论、方针和政策。概括来说，主要由一个主题、一个精髓、三大基本理论和若干领域理论组成，后者包括“五位一体”总布局、祖国统一、外交战略、统一战线和党的建设等。

中国特色社会主义理论体系的主题是建设和发展中国特色社会主义。改革开放以来，以邓小平、江泽民、胡锦涛和习近平为代表的中国共产党人先后紧紧围绕什么是社会主义、怎样建设社会主义，建设什么样的党、怎样建设党，实现什么样的发展、怎样发展，追逐什么样的梦想、怎样圆梦等基本问题而探索。这些基本问题又都归根为建设和发展中国特色社会主义，是建设和发展中国特色社会主义主题的阶段性具体化。

中国特色社会主义理论体系的精髓是实事求是。实事求是是马

克思列宁主义、毛泽东思想的精髓,是中国共产党的思想路线。在新民主主义革命时期,以毛泽东为核心的中共第一代中央领导集体在总结中国革命正反两方面经验教训的基础上、在批判教条主义和经验主义的基础上为我们党确立了实事求是思想路线。新中国成立后,毛泽东虽然不时强调实事求是,但是在党的实际工作中一度偏离了实事求是思想路线,以致发生了“文化大革命”。1978年12月,邓小平在为十一届三中全会作准备的中央工作会议上的讲话中,特别强调解放思想、实事求是的重要意义。以这一讲话精神为指导的十一届三中全会,重新确立了实事求是的思想路线。在重新确立实事求是思想路线和推进改革开放的进程中,邓小平进一步丰富和发展了实事求是的思想路线,特别强调解放思想的极端重要性。经过一段思考的过程,邓小平在1980年召开的党的十一届五中全会上对党的思想路线的内容作了概括,指出:“实事求是,一切从实际出发,理论联系实际,坚持实践是检验真理的标准,这就是我们党的思想路线。”1992年,江泽民在党的十四大的报告中指出,解放思想,实事求是,是邓小平创立的“建设有中国特色社会主义理论”的精髓。进入21世纪,江泽民对新形势下坚持实事求是的思想路线又提出了新的要求。他强调,马克思主义最重要的理论品质是与时俱进,要通过理论创新推动制度创新、科技创新、文化创新以及其他各方面的创新。新世纪以来,胡锦涛强调必须大力弘扬求真务实精神、大兴求真务实之风。他说:求真务实是辩证唯物主义和历史唯物主义一以贯之的科学精神、党的优良传统和共产党人应该具备的政治品格。2007年10月,他在党的十七大报告中进一步提出,解放思想是发展中国特色社会主义的一大法宝。

之所以实事求是是中国特色社会主义理论体系的精髓,因为:第一,实事求是是中国特色社会主义理论体系得以形成和发展的基本立场、观点和方法,是其思想基础和逻辑起点,是其中最本质的东西。没有实事求是思想路线的创新确立,就不可能有改革开放的伟大实践,不可能形成邓小平理论、“三个代表”重要思想、科学发展观等重大战略思想，当然也就不可能有中国特色社会主义理论体系的形成和发展。第二，实事求是贯穿于中国特色社会主义理论体系形成和发展的始终。改革开放30多年来，以邓小平、江泽民、胡锦涛和习近平为核心的几届中央领导集体始终坚持实事求是，一切从中国的实际出发，理论联系实际，在实践中检验真理和发展真理，既用正确的理论指导实践，又把成功的实践上升为理论，不断推进理论创新，从而创立、坚持、丰富和发展了中国特色社会主义理论体系。第三，实事求是体现在中国特色社会主义理论体系的各个基本观点中。中国特色社会主义理论体系系统地回答了建设和发展中国特色社会主义的经济、政治、文化、社会、生态、党建、军事、外交和祖国统一等方针政策，涉及我国改革发展稳定、治党治军治国、内政外交国防等方方面面，不论哪一理论都内在地包含了实事求是的精髓。

中国特色社会主义理论体系的三大基本理论是社会主义本质论、初级阶段论和市场经济理论。社会主义本质论在坚持马克思主义基本原理的基础上揭示了当下中国社会主义的本质属性，强调解放生产力，发展生产力，消灭剥削，消除两极分化，最终达到共同富裕；认为社会和谐是中国特色社会主义的本质属性。社会主义初级阶段理论科学地回答了中国特色社会主义的社会属性、发展阶段和发展程度。社会主义市场经济理论创造性地回答了社会主义与市场经济的关系、社会主义市场经济体制的框架结构和基本特征等。这三大理论是中国特色社会主义理论体系的基石，是党制定改革开放和建设中国特色社会主义方针政策的基本依据。

中国特色社会主义理论体系涵盖建设和发展中国特色社会主义经济、政治、文化、社会、生态、军事、外交、统一战线、党的建设等各个领域的理论，全面地回答了新时期我国各方面建设必须实行的方针和政策。

总之，中国特色社会主义理论体系是一个研究主题明确、思想精髓贯穿始终、基本理论相对成熟和各个领域理论不断完善的理论体系，是一个仍将在实践中继续发展的开放的理论体系，系统回答了在中国这样一个十几亿人口的发展中大国如何摆脱贫困、加快实现现代化、巩固和发展社会主义的一系列重大问题，极大地丰富和发展了马克思主义，也为中国特色社会主义事业的胜利发展、中华民族的伟大复兴指明了方向。

三、中国特色社会主义理论体系的历史地位

2007 年 10 月，党的十七大报告指出，改革开放以来我们取得一切成绩和进步的根本原因，归结起来就是：开辟了中国特色社会主义道路，形成了中国特色社会主义理论体系。高举中国特色社会主义伟大旗帜，最根本的就是要坚持这条道路和这个理论体系。2011 年 7 月，胡锦涛在《在庆祝中国共产党成立 90 周年大会上的讲话》中又强调说：经过 90 年的奋斗、创造、积累，党和人民必须倍加珍惜、长期坚持、不断发展的成就是：开辟了中国特色社会主义道路，形成了中国特色社会主义理论体系，确立了中国特色社会主义制度。党的十八大以来，习近平一再强调：中国特色社会主义理论体系写出了科学社会主义的"新版本"，是科学社会主义理论逻辑和中国社会发展历史逻辑的辩证统一，是历史的结论、人民的选择。这些讲话都是对中国特色社会主义理论体系历史地位的高度评价。

1. 马克思主义中国化的最新理论成果

马克思主义中国化研究是一个常提常新的理论、历史和现实课题，也是中国共产党人长期以来孜孜奋斗的事业。近代以来，中华民族面临着两大历史性课题：一是实现民族的独立和人民的解放；二是实现国家的繁荣富强和人民的共同富裕。围绕这两大历史性课题，中国共产党人坚持把马克思主义基本原理同中国实际相结合，进行了革命、建设和改革的伟大实践，实现了马克思主义在中国的两次历史性飞跃，产生了两大理论成果——毛泽东思想和中国特色社会主义理论体系。其中，毛泽东思想是第一次历史性飞跃的理论成果；中国特色

社会主义理论体系是第二次历史性飞跃的理论成果,开创了马克思主义理论发展的新境界、新阶段,是改革开放以来马克思主义中国化的最新理论成果。这是对中国特色社会主义理论体系在马克思主义发展史上所具备的理论价值的评价。

2. 建设和发展中国特色社会主义的科学指南

在中国这样一个经济、文化比较落后的国家,如何建设和发展社会主义是一个全新的事业,不可能从马克思列宁主义、毛泽东思想中找到现成的答案,需要中国共产党领导中国人民在实践中探索,在探索中总结,在总结中自觉,其中最根本的就是清醒认识和科学回答以下基本问题:什么是社会主义、怎样建设社会主义,建设什么样的党、怎样建设党,实现什么样的发展、怎样发展,追逐什么样的梦想、怎样圆梦。对这些基本问题的认识程度和把握程度,决定着中国特色社会主义实践和理论的创新程度、丰富程度和深刻程度。理论来源于实践又指导实践。中国特色社会主义理论体系既是对改革开放和社会主义现代化建设实践的经验总结,同时又对这一伟大实践发挥着指导作用,它紧紧围绕建设和发展中国特色社会主义主题而展开,用一系列既紧密联系又相互贯通的新思想、新观点、新论断,深化和丰富了对共产党执政规律、社会主义建设规律、人类社会发展规律的认识,从而为中国改革开放和社会主义现代化建设提供了科学指南。

3. 全党全国各族人民团结奋斗的共同思想基础

共同思想基础和理想信念是一个党、一个国家、一个民族赖以生存和发展的根本前提。中国是一个地域广阔、历史悠久、人口众多的多民族国家,在全方位改革开放和发展社会主义市场经济的背景下,阶层关系十分复杂,利益关系、思想信念、生活方式等日益多元化,中国共产党是一个拥有8600多万党员的大党,没有共同的思想基础和理想信念,就不能实现党的团结统一,不能形成全民族攻坚克难的凝聚力和向心力。中国共产党人历来重视共同思想基础的建设。毛泽东强调:党要有“共同语言”,社会主义国家要有“统一意志”。邓小平指出：我们这么大一个国家，要团结起来、组织起来，一靠理想，二靠纪律，否则建设就不能成功。江泽民指出：一个民族、一个国家，如果没有自己的精神支柱，就等于没有灵魂，就会失去凝聚力和生命力。胡锦涛强调：要建设中华民族共有的“精神家园”，巩固“精神支柱”，形成“共同理想信念”。

旗帜引领方向，旗帜凝聚人心。中国特色社会主义理论体系，是当代中国发展进步的旗帜，是全党全国各族人民团结奋斗的旗帜。党的十七大指出，中国特色社会主义理论体系是“全国各族人民团结奋斗的共同思想基础”。改革开放的实践已经证明并将继续证明：全党全国各族人民坚持以中国特色社会主义理论体系作为共同的思想基础，就能很好地统一思想和意志，就能为推进中国特色社会主义事业的发展提供强大的精神支撑和思想保证。

总之，中国特色社会主义理论体系在马克思主义发展史、马克思主义中国化、建设和发展中国特色社会主义、加强党的自身建设和构建中华民族“精神家园”等方面都具有重大的理论、实践、历史和现实价值。

第二章　社会主义的本质和根本任务

社会主义基本制度在中国确立以后，中国共产党人对中国社会主义建设道路进行了初步探索，取得了重大的成就，但也留下了一些教训，对“什么是社会主义、怎样建设社会主义”这一基本理论问题还没有完全搞清楚。邓小平在总结国内外社会主义建设的经验教训基础上，提出了社会主义本质理论，揭示了社会主义的根本任务，把对社会主义的认识提高到了一个新的科学水平。

第一节　社会主义的本质理论

一、社会主义的本质

在中国这样一个经济文化比较落后的东方大国如何建设和巩固社会主义，是中国共产党面临的一项崭新的课题。新中国成立初期，我国主要学习苏联经验建设社会主义，这在当时具有历史必然性，建设也取得了一定的成效。但是，很快发生了一些不适应现象。经过大量调查研究，毛泽东于1956年4月发表了《论十大关系》的讲话，初步总结我国社会主义建设的经验，明确提出了以苏为鉴，独立自主地探索适合中国国情的社会主义建设道路的历史任务。之后，中国共产党在探索中国社会主义建设道路取得了初步成果，提出了诸如调动一切积极因素为社会主义建设事业服务的基本方针、社会主义社会矛盾学说、中国特色工业化道路等思想。当然，探索中也留下了许多深刻的教训。实践证明，中国共产党人对“什么是社会主义、怎样建设社会主义”这一基本理论问题还没有完全搞清楚。

1. 社会主义本质理论的提出

党的十一届三中全会以后，邓小平在领导我国改革开放和社会主义现代化建设的过程中，不断提出和反复思考"什么是社会主义、怎样建设社会主义"这一建设中国特色社会主义的首要的基本的理论问题。他指出："我们的经验教训有许多条，最重要的一条，就是搞清楚这个问题。"①我国社会主义改革开放前所经历的曲折和失误，归根到底就是对这个问题没有完全搞清楚；改革开放以来在前进中遇到的一些困惑和问题，归根到底也在于对这个问题没有完全搞清楚。搞清楚什么是社会主义、怎样建设社会主义，关键是要在坚持社会主义基本制度的基础上，进一步认清社会主义的本质。过去，我们往往离开生产力抽象地谈论社会主义，把许多束缚生产力发展的并不具有社会主义本质的东西，当作"社会主义原则"加以固守，把许多在社会主义条件下有利于生产力发展的东西，当作"复辟资本主义"加以反对，这种做法在实践中造成了严重后果。

邓小平在认真总结国内外社会主义建设的经验教训，特别是在改革开放的实践经验的基础上，创造性地提出了社会主义本质理论。1980 年 5 月，针对一些人因为党的政策调整而产生的对社会主义的种种困惑和疑虑，邓小平在论述怎样才能发挥社会主义制度优越性时，第一次提出了"社会主义本质"这个概念。他指出："社会主义是一个很好的名词，但如果搞不好，不能正确理解，不能采取正确的政策，那就体现不出社会主义的本质。"②在他看来，讲社会主义首先就要使生产力发展。只有这样，才能表明社会主义的优越性。社会主义经济政策对不对，归根到底看生产力是否发展，人民收入是否增加。这是压倒一切的标准。而我们过去搞了 20 多年的社会主义建设，人民生活水平提高不多、生产发展不够理想、同世界先进水平差距拉大，社会主义的优越性没有得到充分的体现。他把发展生产力和增加收入看成是压倒一切的标准，实际上已经提出了社会主义本质的核心内容。同

① 《邓小平文选》第 3 卷，人民出版社 1993 年版，第 116 页。
② 《邓小平文选》第 3 卷，人民出版社 1993 年版，第 313 页。

时，邓小平对违背社会主义的错误思想进行了深刻的剖析，指出贫穷不是社会主义，发展太慢不是社会主义，平均主义不是社会主义，两极分化也不是社会主义。

随着改革的深入发展，1985年8月，邓小平在会见外宾的一次谈话中又提到了社会主义本质，指出："对内搞活经济，是活了社会主义，没有伤害到社会主义的本质。至于吸收外国资金，这是作为发展社会生产力的一个补充，不用担心它会冲击社会主义制度。"①1986年9月，邓小平再一次强调："社会主义财富属于人民，社会主义的致富是全民共同致富。社会主义的原则，第一是发展生产，第二是共同致富。"②1990年12月，他进一步提出："社会主义不是少数人富起来、大多数人穷，不是那个样子。社会主义最大的优越性就是共同富裕，这是体现社会主义本质的一个东西。"③

2. 社会主义本质的科学内涵

1992年初，邓小平在南方谈话中对社会主义本质问题作了总结性概括，提出社会主义的本质，是解放生产力，发展生产力，消灭剥削，消除两极分化，最终达到共同富裕。

邓小平对社会主义本质所作的概括，一方面强调必须集中力量解放和发展生产力，另一方面指出了解放和发展生产力的手段和目的。这一概括既坚持了马克思主义的科学社会主义，同时又赋予了社会主义以新的时代内涵。

第一，突出强调解放和发展生产力在社会主义发展中的基础地位。这是社会主义本质理论最明显和突出的特点。邓小平之所以把解放和发展生产力纳入社会主义本质之中，不是简单的出于对社会主义历史使命和根本任务的逻辑推演，而是以唯物史观为指导，在认真总结社会主义建设的历史经验，科学把握中国的具体国情和时代特征

---

① 《邓小平文选》第3卷，人民出版社1993年版，第135页。
② 《邓小平文选》第3卷，人民出版社1993年版，第172页。
③ 《邓小平文选》第3卷，人民出版社1993年版，第364页。

的基础上提炼出来的。从我国的社会主义的历史经验看,过去对什么是社会主义的问题之所以没有完全搞清楚,一个重要的原因就是离开生产力水平抽象地谈论社会主义,误以为只要不断改变生产关系,提高公有化程度,就能推动生产力发展,一个时期内甚至“以阶级斗争为纲”取代发展生产力这个中心任务。此外,也没有认识到在社会主义条件下还有一个解放生产力的问题,因而长期内没有解决好在社会主义条件下如何发展生产力的问题。从中国的具体国情看,我国还处于社会主义初级阶段。在这个历史阶段,人民群众日益增长的物质文化需要同落后的社会生产之间的矛盾,表现得更加突出,解放和发展生产力的意义也就更加重要。从时代特征看,在和平与发展成为时代主题、新的科技革命迅速发展的背景下,世界各国尤其是我们的周边国家和地区都在研究如何抓住时机、加快发展自己的问题。邓小平强调解放和发展生产力,纠正了忽视生产力发展的错误观念,反映了我国社会主义初级阶段发展生产力的迫切要求,明确了社会主义基本制度建立后还要通过改革进一步解放生产力的任务。

第二,突出强调消灭剥削,消除两极分化,最终达到共同富裕的发展目标。马克思主义认为,共产主义的最终目的是实现人的自由而全面的发展。中国原来是经济十分落后的国家,至今还处在并将长期处在社会主义初级阶段,不可能比较快地创造出实现人的自由而全面发展的条件。邓小平从中国的具体国情出发,把实现共同富裕作为社会主义的根本目标,体现了马克思主义同当代中国实际的结合。实现共同富裕,是走向人的自由而全面发展所必经的阶段。

强调消灭剥削、消除两极分化,体现了社会主义在生产关系上的特点,使之与资本主义社会相区别。社会主义社会发展生产力是在坚持以公有制和按劳分配为主体的条件下实现的,是要使全体社会成员共享生产力发展的成果,过上富裕幸福的生活。解放和发展生产力,要体现在人民生活水平的“富裕”上,“消灭剥削、消除两极分化”,则是要使这种富裕成为“共同富裕”。邓小平特别强调:“社会主义与资本主义不同的特点就是共同富裕，不搞两极分化。”①

需要注意的是，社会主义本质的体现是一个动态的过程，人们对社会主义本质的认识也随着实践的推进而逐步深入。我们必须在生产力与生产关系的相互作用中，在根本任务与发展目标的辩证统一中，全面准确地把握社会主义的本质，更好地推进中国特色社会主义建设。

二、社会主义本质理论的重要意义

社会主义本质理论是对科学社会主义的重大发展，具有重大的理论和实践意义。

第一，把对社会主义的认识提高到了一个新的科学水平。过去一段时期，我们曾脱离生产力发展水平和现实国情，片面强调公有制、按劳分配，认为公有制和按劳分配的范围越大、程度越高，越有助于发展社会主义，甚至脱离实际条件，盲目扩大公有制的范围，提高公有制的程度，使社会主义建设走了弯路。社会主义本质理论把对社会主义的认识深化到通过解放和发展生产力，消灭剥削，消除两极分化，最终达到共同富裕。这一理论把手段和目标统一起来，廓清了不合时代进步和社会发展规律的模糊概念，摆脱了长期以来拘泥于具体模式而忽略社会主义本质的错误倾向，进一步明确了建设社会主义的根本目的，为科学社会主义增添了新的内容。社会主义本质理论的提出，为进一步推进改革开放和社会主义现代化建设提供了强大的思想武器。

第二，对建设中国特色社会主义具有重要的指导意义。社会主义本质理论把搞清楚“什么是社会主义”与“怎样建设社会主义”紧密地结合起来，揭示了实现社会主义本质与建设社会主义道路的内在逻辑关系，为我们从更高层次上认识社会主义，为开辟一条发展更好、人民享受成果更多、能够充分体现比资本主义更优越的中国特色社会主义

① 《邓小平文选》第3卷，人民出版社1993年版，第123页。

道路，奠定了重要的理论基础。在社会主义本质理论指引下，我国始终坚持发展是硬道理，坚持“一个中心、两个基本点”的基本路线，通过改革开放不断解放和发展生产力，努力提高人民生活水平，促进社会公平正义，中国特色社会主义日益显现出强大的生命力和巨大的优越性。

总之，邓小平对社会主义本质所作的理论概括，对科学社会主义理论既是坚持和继续，又是发展和创新，为中国人民在实践中创造出充满活力的社会主义奠定了科学的思想武器。

第二节　社会主义的根本任务

一、解放和发展生产力

社会主义本质理论揭示了社会主义的根本任务是解放和发展生产力，这合乎社会主义基本原则，体现了社会主义初级阶段发展实践的迫切要求。

第一，高度发达的生产力是实现社会主义的物质基础。马克思、恩格斯坚持唯物史观，十分重视生产力的发展，他们设想的社会主义是建立在资本主义高度发展、社会生产力比较高的基础之上。即便如此，他们仍然强调，无产阶级在夺取政权以后，还要大力发展生产力，尽可能增加社会生产力的总量。我国的社会主义是在经济文化比较落后的基础上建立的，由于没有经历一个资本主义充分发展的历史阶段，因而发展社会生产力的任务尤为艰巨。邓小平指出：“马克思主义最注重发展生产力。我们讲社会主义是共产主义的初级阶段，共产主义的高级阶段要实行各尽所能、按需分配，就要求社会生产力高度发展，社会物质财富极大丰富，所以社会主义阶段的最根本任务就是发展生产力。”①

---

① 《邓小平文选》第3卷，人民出版社1993年版，第63页。

第二，解放生产力是为促进生产力的发展开辟道路。按照马克思主义的基本原理，生产关系一定要适应生产力的发展水平，生产关系落后或超越生产力的水平，都会影响生产力的发展。新中国成立后，我国经过了社会主义改造，建立了社会主义生产关系，但由于当时认为公有制程度越高越好，对非公有制经济采取了简单排斥的做法，使生产关系超越了我国生产力的实际水平，这不但没有促进生产力的发展，反而极大地影响了社会主义建设。改革开放以来，党领导全国各族人民通过改革，下气力多方面地改变了同生产力发展不相适应的生产关系和上层建筑，为生产力的发展扫除了障碍，开辟了道路。

第三，解放和发展生产力是中国特色社会主义的根本任务。社会主义的根本目标是实现共同富裕，进而实现人的自由而全面的发展。要实现这些目标，根本途径是解放和发展生产力。邓小平指出："社会主义的优越性，归根到底是要大幅度发展社会生产力，逐步改善、提高人民的物质生活和精神生活。"①只有不断解放和发展生产力，才能逐步提高人民的物质和文化生活水平，才能最终实现共同富裕的目标。只有解放和发展生产力，社会主义制度才能充分显示其优越性，才能不断得到巩固和发展。

二、坚持科学发展

早在新民主主义革命时期，毛泽东就根据历史唯物主义揭示了判断一个政党历史地位的标准，指出："中国一切政党的政策及其实践在中国人民中所表现的作用的好坏、大小，归根到底，看他对于中国人民的生产力的发展是否有帮助及其帮助大小，看它是束缚生产力的，还是解放生产力的。"②。改革开放以来，党高度重视发展问题，将发展作为解决中国一切问题的关键。邓小平提出了"发展才是硬道理"的著

---

①《邓小平文选》第2卷，人民出版社1994年版，第251页。

②《毛泽东选集》第3卷。人民出版社1991年版，第1079页。

名论断,从社会主义本质要求的高度强调发展的重要性。江泽民强调,发展是党执政兴国的第一要务。在这些重要思想的指导下,我们牢牢扭住经济建设这个中心环节,不断解放和发展生产力,我国改革开放和现代化建设取得快速发展,进一步夯实了我国社会主义制度的物质基础。

新世纪新阶段,我国发展站在了一个新的历史起点上。一方面,我国经济社会实现了历史性的跨越,总体上达到小康水平;另一方面,我国发展不平衡的矛盾日益尖锐,社会利益关系日益多样化,城乡之间、区域之间、经济社会发展之间的不协调状况凸显。为了保持我国经济社会发展的良好态势,解决发展中的深层次矛盾和问题,党的十六届三中全会强调,要坚持以人为本,实现全面协调可持续的发展,十七届五中全会提出,在当代中国,坚持发展是硬道理的本质要求就是坚持科学发展。

发展必须坚持以人为本。人民是历史的创造者,是决定社会主义前途和命运的根本力量,实现最广大人民的利益是社会主义的本质要求。坚持以人为本就要坚持发展为了人民,发展依靠人民,发展的成果由人民共享,不断推动人的全面发展。

发展必须坚持全面协调可持续。全面发展就是以经济建设为中心,全面推进政治、经济、文化、社会、生态文明建设,实现经济发展和社会全面进步;协调发展,就是推进生产力和生产关系、经济基础和上层建筑相协调,经济、政治、文化、社会、生态文明建设的各个环节相协调,实现经济社会各构成要素的良性互动;可持续发展,就是促进人与自然的和谐,实现经济发展和人口、资源、环境相协调,坚持走生产发展、生活富裕、生态良好的文明发展道路,保证一代接一代的永续发展。

发展必须坚持统筹兼顾。实现全面协调可持续发展,涉及经济社会发展的各个领域、各个方面、各个环节,必须从社会主义现代化建设全局的高度,统筹改革发展稳定、内政外交国防、治党治国治军各方面工作,统筹城乡发展、区域发展、经济社会发展、人与自然和谐发展、国内发展和对外开放,统筹各方面利益关系,充分调动各方面积极性,努力形成全体人民各尽所能、各得其所而又和谐相处的局面。

三、大力发展科学技术

马克思曾提出科学技术是生产力的一部分、生产力中包含科学的论断,强调科学技术是生产力和社会发展的强大动力。中国共产党历来重视科学技术在经济社会发展中的地位和作用,并在社会主义建设实践中不断丰富和发展科学技术是生产力的理论。

早在1953年,新中国开始第一个五年计划建设时,毛泽东就提出要学习先进的科学技术来建设我们的国家。1956年,周恩来代表党中央提出了“向科学进军”的口号,强调实现四个现代化关键是科学技术现代化。1958年,毛泽东提出,现在要来一个技术革命,要把党的工作重点放在技术革命上来。1963年,他在一次谈话中说:“科学技术这一仗一定要打,而且必须要打好”,“不搞科学技术,生产力无法提高。”①正是在这种思想的指导下,我国在极端艰苦的环境中,经过广大科技工作者的努力,核技术、人造卫星和运载火箭等尖端科技领域取得了“两弹一星”等一批重要成果。首次完成人工合成牛胰岛素,处于世界领先地位。一些重要的学科领域和新兴应用技术,如生物物理学、分子物理学、地球化学、射电天文、高能物理以及喷气技术、计算机技术、半导体技术、自动化技术、无线电技术等,也逐步发展起来。但是由于种种原因,特别是“文化大革命”的破坏,我国的科技水平在总体上与发达国家相比处于落后状态。

十一届三中全会以后,党十分关注世界科技革命给我国科学技术发展带来的紧迫要求。邓小平指出,现代科学技术正在经历一场伟大的革命。现代科学技术不只是在个别的科学理论上、个别的生产技术

① 《毛泽东文集》第8卷,人民出版社1999年版,第351页。

上获得发展,也不只是有了一般意义上的进步和改革,而是几乎在各个科学技术领域都发生了深刻的变化,出现了新的飞跃,产生了并且正在继续产生一系列新兴科学技术。根据现代科学技术革命和生产力发展的新趋势,1988 年 9 月,邓小平进一步强调“科学技术是生产力,事实证明这话讲的很对。依我看,科学技术是第一生产力。”[①]此后,江泽民提出科学技术“是先进生产力的集中体现和主要标志”,胡锦涛提出科学技术“是推动人类文明进步的革命力量”,习近平提出“科技兴则民族兴,科技强则国家强”等重要论断,进一步强调了大力发展科学技术的极端重要性。为了大力发展科学技术,党中央从 20 世纪 90 年代以来,相继提出和实施了科教兴国战略和人才强国战略。

科教兴国战略要求,全面落实科学技术是第一生产力的思想,坚持教育为本,把科技和教育摆在经济、社会发展的重要位置,增强国家的科技实力及向现实生产力转化的能力,提高全民族的科技文化素质,把经济建设转移到依靠科技进步和提高劳动者素质的轨道上来,加速实现国家的繁荣富强,建设创新型国家。

人才强国战略强调,在建设中国特色社会主义伟大事业中,要把人才作为推进事业发展的关键因素,努力造就数以亿计的高素质劳动者、数以千万计的专门人才和一大批拔尖创新人才,建设规模宏大、结构合理、素质较高的人才队伍,开创人才辈出、人尽其才的新局面,把我国由人口大国转化为人才强国。

党的十八大强调,科技创新是提高社会生产力和综合国力的战略支撑,必须摆在国家发展全局的核心位置。要坚持走中国特色自主创新道路,以全球视野谋划和推动创新,提高原始创新、集成创新和引进消化吸收再创新能力,更加注重协同创新,深化科技体制改革,推动科技和经济紧密结合,加快建设国家创新体系,着力构建以企业为主体、市场为导向、产学研相结合的技术创新体系。完善知识创新体系,强

---

① 《邓小平文选》第 3 卷,人民出版社 1993 年版,第 274 页。

化基础研究、前沿技术研究、社会公益技术研究，提高科学研究水平和成果转化能力，抢占科技发展战略制高点。实施国家科技重大专项，突破重大技术瓶颈。加快新技术新产品新工艺研发应用，加快技术集成和商业模式创新。完善科技创新评价标准、激励机制和转化机制。

十八大还强调，要统筹推进各类人才队伍建设，实施重大人才工程，加大创新人才培养支持力度，重视实用人才培养，引导人才向科研一线流动。充分开发利用国内国际人才资源，积极引进和用好海外人才。加快人才发展体制机制改革和政策创新，建立国家荣誉制度，形成激发人才创造活力、具有国际竞争力的人才制度优势，开创人人皆可成才、人人尽展其才的生动局面。

党的十八届三中全会从全面深化改革的高度，明确提出建立健全鼓励原始创新、集成创新、引进消化吸收再创新的体制机制，健全技术市场导向机制，发挥市场对技术研发方向、路线选择、要素价格、各类创新要素配置的导向作用。建立产学研协同创新机制，激发中小企业创新活力，推进应用型技术研发机构市场化、企业化改革，建设国家创新体系。

改革开放以来，我国的科学技术取得了长足的发展，科技实力迈上了一个大台阶，科学技术方面的国际竞争力、国际影响力有了很大的提高，彰显了中国特色社会主义的强大生命力。

第三节 社会主义初级阶段的发展战略

一、从“两步走”到“三步走”的发展战略

实现国家现代化是近代以来中国共产党和中国人民一直追求的奋斗目标。以毛泽东为核心的党的第一代领导集体曾多次提出实现现代化的宏伟蓝图和战略步骤。1949 年党的七届二中全会提出了把我国由农业国建设成为工业国的构想。新中国成立后，党曾提出在 20 世纪内分两步把我国建设成为社会主义现代化国家的构想。1954 年

召开的第一届全国人民代表大会，第一次明确提出要实现工业、农业、交通运输业和国防的四个现代化的任务。经过多年的实践，在逐步提高对科学技术在发展国民经济、实现现代化中的地位和作用的认识以后，周恩来1964年在三届人大一次会议的政府工作报告中第一次宣布，从第三个五年计划开始，我国的国民经济发展分“两步走”，第一步，建立一个独立的比较完整的工业体系和国民经济体系；第二步，全面实现农业、工业、国防和科学技术的现代化。但由于党对我国社会主义社会所处的历史阶段、主要矛盾和根本任务等重大问题缺乏正确的认识，我国的现代化建设后来发生了曲折。

党的十一届三中全会以后，邓小平开始进一步思考如何从中国的具体国情出发实现社会主义现代化的问题。访问美国和日本等国之后，邓小平在借鉴国外经验的基础上逐步加深了对现代化的理性认识。因此，他提出，要根据中国的国情，实事求是地对待四个现代化的问题。1979年3月，他在党的理论工作务虚会上指出：“现在搞建设，也要适合中国情况，走出一条中国式的现代化道路。”[①]同年底，他第一次提出要修改原来关于现代化的具体目标，第一次使用了“小康”的概念。1980年1月，他把到20世纪末的20年分为两个10年，初步提出分“两步走”实现“小康”目标的战略构想。

1982年党的十二大正式提出，20世纪末“分两步走”实现工农业总产值翻两番，实现小康社会的经济发展战略。第一步是从1980年到1990年，用十年的时间使国民生产总值按不变价格计算翻一番，解决人民的温饱问题；第二步到20世纪末，使国民生产总值按不变价格计算比1980年翻两番，人民生活达到小康水平。20世纪末，人民生活总体上达到小康水平以后，再往前发展的战略目标是什么？1987年4月，邓小平第一次提出了分“三步走”基本实现现代化的战略。根据邓小平的思想，同年10月党的十三大把“三步走”的发展战略确定下来，

---

① 《邓小平文选》第2卷，人民出版社1994年版，第163页。

明确指出:第一步,从 1981 年到 1990 年实现国民生产总值比 1980 年翻一番,解决人民的温饱问题;第二步,从 1991 年到 20 世纪末,使国民生产总值再增长一倍,人民生活达到小康水平;第三步,到 21 世纪中叶,人均国民生产总值达到中等发达国家水平,人民生活比较富裕,基本实现现代化。从“两步走”到“三步走”,充分体现了党对我国国情和发展战略认识的不断深化。

1997 年,我国在提前实现了“三步走”战略的第一步和第二步战略目标之后,根据邓小平关于分阶段、有步骤实现我国现代化的战略思想,党的十五大把“三步走”战略的第三步进一步具体化,提出了三个阶段性目标:21 世纪第一个 10 年,实现国民生产总值比 2000 年翻一番,使人民的小康生活更加富裕,形成比较完善的社会主义市场经济体制;再经过 10 年的努力,到建党 100 周年时,使国民经济更加发展,各项制度更加完善;到 21 世纪中叶建国 100 周年时,基本实现现代化,建成富强、民主、文明的社会主义国家。这是党最初提的“两个一百年”的奋斗目标。

“三步走”的发展战略,把我国社会主义现代化建设的目标具体化为切实可行的步骤,展现了美好的前景,统一了全党和全国人民的意志,成为全国人民为共同理想而努力奋斗的行动纲领。

二、全面建成小康社会

经过全党全国各族人民的共同努力,我国人民的生活水平在 20 世纪末总体上开始达到小康水平。2002 年党的十六大深刻分析了党和国家面临的新形势和新任务,从我国总体上实现的小康还是低水平、不全面、发展很不平衡的小康的实际出发,提出了大体用 20 年时间,从社会主义经济建设、社会主义民主法制建设、全民族的思想道德素质和科学文化素质及健康素质的提高、生态环境的改善等方面,全面建设一个惠及十几亿人口的更高水平的小康社会的奋斗目标。

顺应国内外形势的新变化和各族人民过上更好生活的新期待,

2012年党的十八大根据国内外形势的新变化，提出了全面建成小康社会的新要求：一是经济持续健康发展，实现国内生产总值和城乡居民人均收入比2010年翻一番；二是人民民主不断扩大，依法治国基本方略全面落实；三是文化软实力显著增强，全民文明素质和社会文明程度明显提高；四是人民生活水平全面提高，基本公共服务均等化总体实现；五是资源节约型、环境友好型社会建设取得重大进展。

21世纪的头20年，对我国来说，是一个必须紧紧抓住并且可以大有作为的重要战略机遇期。到2020年全面建成小康社会目标实现之时，我国将成为工业化基本实现、综合国力显著增强、国内市场总体规模位居世界前列的国家，成为人民富裕程度普遍提高、生活质量明显改善、生态环境良好的国家，成为人民享有更加充分民主权利、具有更高文明素质和精神追求的国家，成为各方面制度更加完善、社会更加充满活力而又安定团结的国家，成为对外更加开放、更加具有亲和力、为人类文明作出更大贡献的国家。

三、实现中华民族伟大复兴的中国梦

党的十八大之后，习近平提出并深刻阐述了实现中华民族伟大复兴中国梦的理念，进一步揭示了中华民族的历史命运和当代中国的发展走向，指明了中国特色社会主义更长远的奋斗目标。

1. 中华民族伟大复兴中国梦的提出

2012年11月，习近平在参观国家博物馆举办的“复兴之路”展览时指出：“每个人都有理想和追求，都有自己的梦想。现在，大家都在讨论中国梦，我以为，实现中华民族伟大复兴，就是中华民族近代以来最伟大的梦想。这个梦想，凝聚了几代中国人的夙愿，体现了中华民族和中国人民的整体利益，是每一个中华儿女的共同期盼。”①

① 习近平：《承前启后继往开来继续朝着中华民族伟大复兴目标奋勇前进》，《人民日报》2012年11月30日，第1版。

中华民族在漫长的历史长河中，创造了令世界瞩目的辉煌成就，长时间走在世界的前列，对人类文明的发展作出过不可磨灭的贡献。但是近代以来，在西方列强的大肆侵略和封建专制主义的统治下，中国日渐沦落，几近亡国灭种的危险境地。从此，实现中华民族伟大复兴，成为所有中国人的强烈愿望和共同期盼。

中国共产党领导的新民主主义革命的胜利、新中国的成立和社会主义制度的建立为中国梦的实现奠定了坚实的基础。改革开放以来，党领导全国各族人民坚持和发展中国特色社会主义，取得了举世瞩目的成就，中华民族伟大复兴展现出前所未有的光明前景。我们比历史上任何时期都更接近于中华民族伟大复兴的目标，比历史上任何时期都更有信心、更有能力实现更为远大的目标。正是在这充满希望的历史节点上，习近平提出了旨在实现中华民族伟大复兴的中国梦。

中华民族伟大复兴的中国梦，深刻揭示了近代以来中国历史发展的主线，形象描绘了中华民族不懈奋斗的历史过程，集中展现了中国特色社会主义的宏伟愿景。

2. 中国梦的思想内涵

中华民族伟大复兴的中国梦，包含着丰富的思想内涵，其中最核心的内容是国家富强、民族振兴、人民幸福。

国家富强，是指我国综合国力进一步增强，中国特色社会主义事业进一步发展和完善。经济更加发达，科技创新在经济发展中的驱动力更加强劲，政治更加民主，文化更加繁荣，社会更加和谐，生态更加美好。

民族振兴，就是通过自身的不断发展与强大，继承并创造中华民族的优秀文化以及先进的文明成果，并将其传递给全世界，从而影响世界、改变世界，进而使中华民族再次处于世界领先的地位，再次以高昂的姿态屹立于世界民族之林。

人民幸福，就是人民权利保障更加充分、人人得享共同发展，生活在伟大祖国和伟大时代的中国人民，共同享有人生出彩的机会，共同享有梦想成真的机会，共同享有同祖国和时代一起成长与进步的机会。中国梦是国家的梦、民族的梦，也是每一个中国人的梦。

国家富强、民族振兴是人民幸福的基础和保障，中国近代以来的屈辱历史已经证明，民族不独立、国家不富强，人民的生存根本得不到保证，更谈不上人民幸福。人民幸福是国家富强、民族振兴的题中之义和必然要求，民为邦本、本固邦宁，国家的富强、民族的振兴都要以人民的权利得到保障、利益得到实现、幸福得到满足为条件，人民幸福是国家富强、民族振兴的根本出发点和落脚点。

实现中华民族伟大复兴的中国梦，不仅是为了中国的发展，而且也是为了对世界作出更大的贡献。中国梦是和平、发展、合作、共赢的梦，不仅造福中国人民，而且造福各国人民，与各国人民的美好梦想是相通的。

3. 中国梦的实现途径

实现中国梦必须坚持中国道路、弘扬中国精神、凝聚中国力量。

中国道路，就是中国特色社会主义道路。中国特色社会主义道路是实现中国梦的根本途径，是实现国家富强、民族振兴、人民幸福的必由之路。我们必须坚定中国特色社会主义的道路自信，自信就是凝聚力，自信就是精气神。有了坚定的自信才有自觉，有了坚定的自信才有自强，才能矢志不渝地为中国特色社会主义共同理想而奋斗，才能实现伟大的中国梦。

中国精神，就是以爱国主义为核心的民族精神和以改革创新为核心的时代精神。中华民族历史悠久，在漫长的历史长河中凝聚了强大的民族精神，其中爱国主义是中华民族精神的核心。改革开放30多年的理论和实践，铸造了以改革创新为核心的时代精神。改革是国家兴旺发达的不竭动力，创新是民族进步的灵魂。中国梦的实现，需要付出加倍的努力，必须永远保持和弘扬以改革创新为核心的时代精神，并为之提供巨大的精神动力和智力支持。

中国力量，就是全国各族人民大团结的力量。每个人的前途命运都与国家和民族的前途命运紧密相连。中国梦的实现离不开中国人民万众一心的努力，涓流汇海、聚沙成塔，中国力量就是13亿人心往一处想、劲往一处使，依靠全国各族人民大团结的力量，不断将中国特色社会主义事业推向前进，实现中华民族伟大复兴的梦想。

实现中华民族伟大复兴的中国梦，是一项光荣而艰巨的事业，需要一代又一代中国人为之顽强奋斗、艰苦奋斗、不懈奋斗。空谈误国，实干兴邦。为了实现中国梦，我们必须勇于担当，甘于奉献，从我做起，从今天做起。

第三章　社会主义初级阶段理论

认清中国国情，最重要的是搞清楚中国社会的性质、发展阶段和主要矛盾，这是解决革命和建设问题的基本依据。社会主义初级阶段理论是党对我国社会主义发展阶段的科学认识，也是对马克思主义关于社会主义发展阶段理论的重大发展和突破，为开创和发展中国特色社会主义奠定了重要基础。

第一节　社会主义初级阶段是我国最大的实际

一、社会主义初级阶段理论的形成和发展

1. 对社会主义发展阶段问题的历史探索

马克思、恩格斯曾在科学分析资本主义发展规律的基础上对未来社会发展阶段提出过一些原则性的设想，认为未来社会大体要经历从资本主义社会到共产主义社会的革命转变时期、共产主义社会的第一阶段、共产主义社会的高级阶段。列宁继承和发展了马克思、恩格斯关于未来社会发展阶段的思想，将马克思所说的"共产主义社会的第一阶段"称作"社会主义社会"，将"共产主义社会高级阶段"称为"共产主义社会"。他根据俄国经济比较落后的基本国情，对落后国家建设社会主义的长期性有着深刻的认识，认为社会主义有一个由低级到高级、由不完全到比较完备的发展过程，提出了"初级形式的社会主义"和"发达的社会主义"等概念。

马克思和列宁关于社会主义发展阶段的思想，为中国共产党探索社会主义道路和发展等问题提供了理论基础。我国社会主义制度确立后，以毛泽东为代表的中国共产党人，对中国社会主义发展阶段进

行了实践探索,所取得的理论成果主要有:第一,正确区分了建立社会主义与建成社会主义的关系。1956 年 1 月,毛泽东在中央召开的知识分子问题会议上提出了我国的社会主义社会已经进入、尚未完成的思想。后来,他又明确地指出,我国社会主义制度只是“刚刚建立”,还没有“完全建成”,需要经过一段时间建立起现代工业和现代农业的基础,生产力得到比较充分的发展后,我们的社会主义经济制度和政治制度才算获得了比较充分的物质基础,社会主义社会才算从根本上建成。第二,认识到在我国建成社会主义需要一个很长的历史发展阶段,提出社会主义社会可能分为不发达的社会主义和比较发达的社会主义两个发展阶段。20 世纪五六十年代,初步总结社会主义建设的经验教训后,毛泽东意识到在中国建设社会主义的艰巨性、复杂性和长期性。他在读苏联《政治经济学教科书》所作的读书笔记中提出“社会主义这个阶段,又可能分为两个阶段,第一个阶段是不发达的社会主义,第二个阶段是比较发达的社会主义。后一阶段可能比前一阶段需要更长的时间。”①但后来的探索发生曲折,对我国社会主义发展阶段产生错误认识,以致发生“大跃进”、“文化大革命”等失误。

2. 社会主义初级阶段理论的形成和发展

社会主义初级阶段理论是中国特色社会主义理论体系的主要内容之一,是在总结世界社会主义运动,特别是中国社会主义建设曲折发展的历史经验和教训的基础上逐步形成的。

新时期,党对我国社会主义发展阶段的认识经历了一个过程。十一届三中全会以后,全党全国人民的工作重心转移到以经济建设为中心、改革开放的实践探索上,对正确认识社会主义发展阶段问题提出了迫切要求。1979 年 3 月,邓小平提出,中国的底子薄、人口多、耕地少,因而现代化建设必然是长期的。1979 年 9 月,叶剑英在庆祝建国 30 周年大会上的讲话中也指出:“我国现在还是发展中的社会主义国

① 《毛泽东文集》第 8 卷,人民出版社 1999 年版,第 116 页。

家，社会主义制度还不发达”，同三四百年历史的资本主义制度相比，“社会主义制度还处在幼年时期”①。我国社会主义制度处在幼年时期，还不成熟、不完善，在我国实现现代化，必然要有一个初级到高级的过程。这个提法已经孕育着“社会主义初级阶段”的思想。1981 年十一届六中全会通过的《关于建国以来党的若干历史问题的决议》，第一次提出我国“社会主义制度还是处于初级的阶段。”②1982 年党的十二大报告正式提出“我国的社会主义社会现在还处在初级发展阶段”。

1987 年秋，邓小平强调指出：“党的十三大要阐述中国社会主义是处在一个什么阶段，就是处在初级阶段，是初级阶段的社会主义。社会主义本身是共产主义的初级阶段，而我们中国又处在社会主义的初级阶段，就是不发达的阶段。”③这个论断第一次把社会主义初级阶段作为事关全局的基本国情加以把握，明确其是制定路线、政策的出发点和根本依据。同年党的十三大报告系统阐述了社会主义初级阶段的含义、基本路线和发展战略，形成了比较完整的社会主义初级阶段的理论。

1992 年党的十四大再次强调了社会主义初级阶段的理论和意义，将它视为邓小平同志建设有中国特色社会主义理论的立论基础。正是基于我国现在处于并将长期处于社会主义初级阶段这一基本认识，1997 年党的十五大制定了党在社会主义初级阶段的基本纲领，进一步丰富了社会主义初级阶段理论，并对社会主义初级阶段的基本特征、发展过程、主要矛盾、根本任务、基本路线和基本纲领等一系列重大理论问题作了全面系统的阐述，标志着党对社会主义发展阶段的认识达到了新的高度。后来，党的十六大、十七大、十八大都既肯定改革开放以来中国社会主义现代化建设所取得的巨大成就，同时又强调我国仍处于并将长期处于社会主义初级阶段的基本国情没有变，人民日益增

---

① 《三中全会以来重要文献选编》(上)，人民出版社 1982 年版，第 197、205 页。

② 《三中全会以来重要文献选编》(下)，人民出版社 1982 年版，第 784 页。

③ 《邓小平文选》第 3 卷，人民出版社 1993 年版，第 252 页。

长的物质文化需要同落后的社会生产之间的矛盾这一社会主要矛盾没有变,我国是世界最大发展中国家的国际地位没有变。

在实践探索中,我们党关于社会主义初级阶段理论不断得到丰富和发展。它既是对马克思主义关于社会主义发展阶段理论的继承和重大发展,也是中国共产党制定和执行正确的路线、方针和政策,建设中国特色社会主义的基本出发点和总依据。

二、社会主义初级阶段的科学含义和主要特征

1. 社会主义初级阶段的科学含义

社会主义初级阶段包括两层含义:第一,我国社会已经是社会主义社会。我们必须坚持而不能离开社会主义。第二,我国的社会主义社会还处在初级阶段。我们必须从这个实际出发,而不能超越这个阶段。前一层含义是对初级阶段社会性质的阐明,后一层含义是对我国现实中社会主义社会发展程度的阐明。

只有把社会主义社会的性质同它的发展程度有机地统一起来,构成一个科学概念,才能够深刻地理解和把握我国的基本国情。不了解当前我国的社会性质或者对其作出了错误的判断,就不可能对我国社会的基本特征、主要矛盾、根本任务和发展方向作出正确的分析,因而也不可能制定出符合实际的正确路线和政策,推动社会向前发展;不能正确地分析当前我国社会所处的发展阶段,就有可能出现超越阶段或者落后于形势的判断,从而作出错误的决策。

社会主义初级阶段的两层基本含义既相互区别,又紧密联系,构成了一个具有特定内涵的新概念。这里所说的初级阶段,不是泛指任何国家进入社会主义都会经历的起始阶段,而是特指我国在生产力发展水平不高、商品经济不发达条件下建设社会主义必然要经历的特定历史阶段。

2. 社会主义初级阶段的基本特征

党的十五大从现代化发展水平、产业结构状况、经济运行方式、文

化教育水平、人民富裕程度、地区发展状况、体制机制改革、精神文明建设及国际比较等方面,对社会主义初级阶段的特征作出全新的概括,即社会主义初级阶段是:第一,逐步摆脱不发达状态,基本实现社会主义现代化的历史阶段;第二,由农业人口占很大比重、主要依靠手工劳动的农业国,逐步转变为非农业人口占多数、包含现代农业和现代服务业的工业化国家的历史阶段;第三,由自然经济半自然经济占很大比重,逐步转变为经济市场化程度较高的历史阶段;第四,由文盲半文盲人口占很大比重、科技教育文化落后,逐步转变为科技教育文化比较发达的历史阶段;第五,由贫困人口占很大比重、人民生活水平比较低,逐步转变为全体人民比较富裕的历史阶段;第六,由地区经济文化很不平衡,通过有先有后的发展,逐步缩小差距的历史阶段;第七,由通过改革和探索,建立和完善比较成熟的充满活力的社会主义市场经济体制、社会主义民主政治体制和其他方面体制的历史阶段;第八,由广大人民牢固树立建设有中国特色社会主义共同理想,自强不息,锐意进取,艰苦奋斗,勤俭建国,在建设物质文明的同时努力建设精神文明的历史阶段;第九,由逐步缩小同世界先进水平的差距,在社会主义基础上实现中华民族伟大复兴的历史阶段。

其中,第一条和第九条是对社会主义初级阶段基本特点和历史任务的总概括,其他七条是对社会主义初级阶段基本特点和历史任务在经济、政治、文化等各方面的展开。这九条充分体现了社会主义初级阶段历史发展的过程性特征。只有认真分析不同时期具体的阶段性特征,才能准确判断我国社会发展的主流和方向,并据此制定出正确的发展战略和政策。

3. 社会主义初级阶段理论提出的重大意义

社会主义初级阶段理论的提出具有重大的理论和实践指导意义。第一,社会主义初级阶段理论是马克思主义关于社会主义发展阶段的新论断,是中国特色社会主义理论体系的理论基础。马克思、恩格斯基于已有的条件对未来社会主义发展阶段提出了一些原则性的设想,并将未来社会各阶段本身看作是不断发展和变化的过程。党提出我国现在处于并将长期处于社会主义初级阶段的新论断，不仅是对我国社会主义发展阶段的科学认识，也是对马克思主义关于社会主义发展阶段理论的发展和突破。正是在此基础上，党才进一步搞清了“什么是社会主义，怎样建设社会主义”这一根本问题，创立了中国特色社会主义理论体系。

第二，社会主义初级阶段理论是建设中国特色社会主义的总依据，是党制定和执行正确路线、方针、政策的基本出发点。建设中国特色社会主义，必须从我国的实际出发，我国最大的实际就是正处于并将长期处于社会主义初级阶段。把握这一最大国情，旨在推进任何方面的改革发展都牢牢立足于这个最大实际，而不能从主观愿望和外国模式出发。我国过去30多年的改革开放和现代化建设取得巨大成就的根本原因之一，就在于党制定的路线、方针、政策合乎社会主义初级阶段的实际。

三、科学把握我国发展的阶段性特征

社会主义初级阶段是长期性与阶段性统一的动态发展过程。社会主义初级阶段的发展过程是一个相当长的历史阶段，在长期的历史过程中还要经历若干具体的发展阶段，不同时期都将显示出不同的阶段性特征。

从1956年生产资料私有制的社会主义改造基本完成算起，到21世纪中叶社会主义现代化的基本实现，我国社会主义初级阶段至少需要100年时间。我国社会主义必然要经历一个长期的初级阶段，具有客观的历史必然性和现实依据。

第一，社会主义初级阶段的长期性是由我国进入社会主义的历史条件和建成社会主义所需要的物质基础所决定的。我国是从半殖民地半封建的旧中国经过新民主主义走向社会主义。这决定我国要改变生产力发展水平落后的基本状况，完善社会主义生产关系和上层建筑，实现现代化，是一个长期的历史任务。我国跨越了资本主义充分发展并占主要地位的历史阶段，但是，生产力和商品经济的充分发展是无法逾越的。我们必须在社会主义条件下用一个很长的历史阶段，去实现别的国家在资本主义条件下实现的工业化和经济的市场化、社会化、现代化的任务，去发展社会主义应有的发达生产力的基础。

第二，社会主义初级阶段的长期性是由我国现实国情决定的。邓小平在 1992 年南方谈话中指出："我们搞社会主义才几十年，还处在初级阶段。巩固和发展社会主义制度，还需要一个很长的历史阶段，需要几代人、十几代人，甚至几十代人坚持不懈地努力奋斗，决不能掉以轻心。"①十一届三中全会以来，经过 30 多年的社会主义改革和建设，我国的生产力水平有了明显提高，各项事业有了很大进步，人民生活总体上达到了小康水平。但总的来说，我国的生产力和科技、教育还比较落后，实现工业化和现代化还有很长的路要走，在经济和社会发展诸多方面存在的问题也不是短时期能够解决的。

第三，社会主义初级阶段的长期性是由我国所处的时代特点和国际环境决定的。社会主义所要求的物质技术基础，是随着生产力的迅速发展、经济社会现代化水平的提高而不断提高的。当今世界生产力迅猛发展，我们所要实现的现代化，肩负着更为艰巨、复杂的任务。一方面，工业化仍然是我国现代化进程中需要继续完成的历史性任务，我们还要为此付出很大的努力；另一方面，我们又面临着以信息化为标志的新的科技革命的挑战，面临着综合国力竞争中所处不利地位的压力。所有这些，都决定了我国必须经过很长的初级阶段才能进入生产力比较发达、社会主义制度比较成熟的阶段。

现在，我国进入了全面建成小康社会、加快推进社会主义现代化的新时期。尽管社会主义初级阶段的基本国情、主要矛盾和国际地位没有变化，但经济和社会发展出现了许多新情况、新变化，显示出一系

---

① 《邓小平文选》第 3 卷，人民出版社 1993 年版，第 379－380 页。

列新的阶段性特征。主要体现在：首先，经济实力显著增强，同时发展中不平衡、不协调、不可持续的问题依然突出。我国的经济增长主要依靠工业劳动，过于依赖物质资源的投入及土地、劳动力要素的低成本优势。农业基础薄弱，现代服务业正处在培育发展过程中，科技创新能力不强，城乡区域发展差距较大，经济发展动力不足仍然比较突出。其次，经济社会发展取得全面进步，同时发展面临新的重大结构性问题，影响发展的体制机制障碍依然存在。如居民收入的不断增加与收入分配差距拉大的问题；民众政治参与的积极性不断提高与思想活动的独立性、选择性、多变性、差异性的问题；社会活力显著增强与社会利益格局不断分化的问题；经济发展、资源利用和环境生态保护的问题。最后，对外开放日益扩大，同时面临的国际竞争日趋激烈。世界对中国的影响不断加深，中国对世界的影响也在不断提升。中国的对外开放成就显著，同时我国经济增长对外贸的依存度加大，经济发展质量还不高，经济发展模式和经济安全问题比较突出；发达国家在经济科技上占优势的压力将长期存在，可以预见和难以预见的风险增多。

现阶段，我国国内外存在的矛盾和问题对我国经济社会发展和全面深化改革、统筹国内发展和对外开放提出了新的更高要求。只有深刻把握和认真分析社会主义初级阶段的长期性和阶段性特征，才能科学判断和准确把握我国社会的具体国情，并据此制定正确的发展战略和政策。

第二节 社会主义初级阶段的基本路线和基本纲领

一、社会主义初级阶段的主要矛盾

正确揭示社会主义初级阶段的主要矛盾，是社会主义初级阶段理论的重要内容，也是制定社会主义初级阶段基本路线的出发点和客观依据。

党对社会主义社会主要矛盾的判断和认识有一个曲折发展的过程。1956 年党的八大指出,随着我国社会主义改造的基本完成,无产阶级同资产阶级之间的矛盾已经基本解决,国内的主要矛盾是“人民对于建立先进的工业国的要求同落后的农业国的现实之间的矛盾,已经是人民对于经济文化迅速发展的需要同当前经济文化不能满足人民需要的状况之间的矛盾”。[①] 由于主客观的原因,1957 年下半年以后,党的领导人对国内形势的分析和国情的认识产生了主观主义的偏差,仍将无产阶级同资产阶级的矛盾当作社会主义社会的主要矛盾,提出了“以阶级斗争为纲”的指导方针,最终导致了“文化大革命”的发生,给国家和民族的发展带来了严重损失。1978 年,党的十一届三中全会重新将党和国家的工作重点转移到社会主义现代化建设上来,同时对我国社会的主要矛盾作出新的概括。1979 年,邓小平明确提出我国现阶段的主要矛盾是“生产力发展水平很低,远远不能满足人民和国家的需要”。[②] 1981 年十一届六中全会通过的《关于建国以来党的若干历史问题的决议》对我国社会主要矛盾作了规范性表述:“在社会主义改造基本完成以后,我国所要解决的主要矛盾,是人民日益增长的物质文化需要同落后的社会生产之间的矛盾。”[③]1987 年党的十三大在全面阐述社会主义初级阶段理论的同时,再次明确指出我国社会主义初级阶段的主要矛盾是人民群众日益增长的物质文化需要同落后的社会生产之间的矛盾。

社会主义初级阶段的主要矛盾,贯穿于这一阶段的整个过程和社会生活的各个方面。尽管在社会主义初级阶段,由于国际和国内的因素,阶级矛盾和阶级斗争仍将在一定范围内长期存在,但已经不再是主要矛盾。我们应该紧紧抓住人民群众日益增长的物质文化需要同

① 《建国以来重要文献选编》第 9 册,中央文献出版社 1994 年版,第 341 页。
② 《邓小平文选》第 2 卷,人民出版社 1994 年版,第 182 页。
③ 《三中全会以来重要文献选编》(下),人民出版社 1982 年版,第 785 – 786 页。

落后的社会生产之间的矛盾，始终坚持以经济建设为中心，集中力量不断解放和发展生产力，在经济发展的基础上，促进社会全面进步。

二、社会主义初级阶段的基本路线

1. 社会主义初级阶段基本路线的提出

党的基本路线是党在一定历史时期为解决社会主要矛盾而制定的行动纲领，是总揽全局的根本指导方针。党在社会主义初级阶段的基本路线，是在总结过去制定和贯彻基本路线的经验教训基础上，在改革开放和社会主义现代化建设实践的过程中逐步形成的。

1978 年党的十一届三中全会果断抛弃“以阶级斗争为纲”的错误方针，决定把工作重点转移到社会主义现代化建设上来，对经济战线和上层建筑等方面进行改革，大力发展生产力。随后，针对当时出现的否定社会主义制度和党的领导、否定毛泽东思想的错误思潮，邓小平及时提出了要坚持社会主义道路、坚持无产阶级专政、坚持共产党的领导、坚持马列主义和毛泽东思想这四项基本原则。1980 年邓小平在党的十一届五中全会上指出我们党在现阶段的政治路线就是一心一意地搞四个现代化。1981 年党的十一届六中全会确定了以现代化经济建设、民主政治建设和精神文明建设为标志的全面建设社会主义的总任务。1982 年党的十二大上，邓小平第一次提出了“建设有中国特色的社会主义”的命题。后来被概括为党的基本路线核心内容的“一个中心、两个基本点”的思想逐步形成。党的十二大后，党对社会主义初级阶段基本路线的主要内容及其相互关系的认识不断深化。1986 年，党的十二届六中全会根据邓小平的思路，提出了我国现代化建设的总体布局思想，即以经济建设为中心，坚定不移地进行经济体制改革，坚定不移地进行政治体制改革，坚定不移地加强精神文明建设，并且使这几个方面相互配合、相互促进。

1987 年党的十三大在科学阐述社会主义初级路线理论的同时，正式提出了党在社会主义阶级阶段的基本路线：领导和团结全国各族人民,以经济建设为中心,坚持四项基本原则,坚持改革开放,自力更生,艰苦创业,为把我国建设成为富强、民主、文明的社会主义现代化国家而奋斗。2002年党的十六大报告明确把社会更加和谐列为全面建设小康社会的一个重要目标。之后,党从中国特色社会主义事业总体布局和全面建设小康社会全局的高度,进一步提出了要正确认识和处理社会主义物质文明、政治文明、精神文明和和谐社会建设的关系。2007年党的十七大通过的党章把"和谐"与"富强、民主、文明"一起写入了基本路线。2012年党的十八大进一步强调,党的基本路线是党和国家的生命线,必须坚持把以经济建设为中心同四项基本原则、改革开放这两个基本点统一于中国特色社会主义伟大实践。

2. 社会主义初级阶段基本路线的主要内容

党的基本路线高度概括了党在社会主义初级阶段的奋斗目标、基本途径、根本保证、领导力量和依靠力量以及实现这一目标的基本方针。

第一,建设"富强民主文明和谐的社会主义现代化国家"。这是基本路线规定的党在社会主义初级阶段的奋斗目标,体现了社会主义社会的经济、政治、文化和社会全面发展的要求。"富强"是经济领域的目标和要求,"民主"是政治领域的目标和要求,"文明"是思想文化领域的目标和要求,"和谐"是社会领域的目标和要求。富强、民主、文明、和谐在现实中表现为经济建设、政治建设、文化建设和社会建设的统一。

第二,"一个中心、两个基本点"。这是基本路线最主要的内容,是实现社会主义现代化奋斗目标的基本途径。"以经济建设为中心"回答了社会主义的根本任务,体现了发展生产力的本质要求;四项基本原则是立国之本,是我们党、我们国家生存发展的政治基石。"坚持四项基本原则",回答了解放和发展生产力的政治保证,体现了社会主义基本制度的要求;改革开放是强国之路,是我们党、我们国家发展进步的活力源泉。"坚持改革开放",回答了社会主义的发展动力和外部条件,体现了解放生产力的本质要求。"一个中心、两个基本点"是一个整体,集中体现了我国社会主义现代化建设的战略布局,揭示了中国特色社会主义的客观规律和发展道路。

第三,"领导和团结全国各族人民"。这是实现社会主义现代化奋斗目标的领导力量和依靠力量。中国共产党是中国特色社会主义事业的领导核心,中国特色社会主义事业要紧紧依靠全国各族人民,有了这两者的结合,社会主义现代化事业就必定能够胜利。

第四,"自力更生,艰苦创业"。这是实现社会主义初级阶段奋斗目标的根本立足点。把"自力更生,艰苦创业"方针概括到党的基本路线之中,不仅是改变我国不发达现状的需要,也体现了社会主义的奋斗精神。

3. 坚持党的基本路线的要求及其意义

在整个社会主义初级阶段,我们必须毫不动摇地坚持党的基本路线。邓小平反复强调:"基本路线要管一百年,动摇不得。只有坚持这条路线,人民才会相信你,拥护你。"①坚持党的基本路线不动摇,社会主义现代化战略目标的实现就有了根本保证,中华民族的复兴就有了希望。

坚持党的基本路线,关键是坚持以经济建设为中心。以经济建设为中心是兴国之要,是我们党和国家兴旺发达、长治久安的根本要求。能否坚持以经济建设为中心,是关系到我国社会主义现代化的成败、关系到社会主义的前途和命运的大问题。坚持以经济建设为中心,各项工作都要服从和服务于这个中心。

坚持党的基本路线,必须正确处理改革开放和四项基本原则的关系,把两者统一于建设中国特色社会主义的伟大实践。四项基本原则是立国之本,是我们党和国家生存发展的政治基石;改革开放是强国之路,是我们党和国家发展进步的活力源泉。一个中心、两个基本点,

---

① 《邓小平文选》第3卷,人民出版社1993年版,第370-371页。

是相互贯通、相互依存、不可分割的统一整体。离开经济建设这个中心,社会主义社会的发展和进步就会失去物质基础;离开四项基本原则和改革开放,经济建设就会失去方向和丧失动力。

党的基本路线是兴国、立国、强国的重大法宝,是实现科学发展的政治保证,历史实践也证明了党的基本路线的正确性。我们要始终坚持党的基本路线不动摇,坚定不移地走中国特色社会主义道路。

三、社会主义初级阶段的基本纲领

党在社会主义初级阶段的基本纲领,是对十一届三中全会以来我国改革开放和现代化建设主要经验的科学总结。党的十五大根据社会主义初级阶段基本路线的目标和要求,围绕社会主义现代化建设的总目标,在总结改革开放和现代化建设丰富的实践经验的基础上,从经济、政治和文化三个方面,对建设中国特色社会主义的目标、方针和政策作出了新概括,制定了党在社会主义初级阶段的基本纲领。党的十六大提出了建设社会主义政治文明的任务,这是在实践基础上的一个重要理论创新。党的十六届三中全会、四中全会,从全面建设小康社会、开创中国特色社会主义事业新局面的全局出发,明确提出了构建社会主义和谐社会的战略任务,并将其作为加强党的执政能力建设的重要内容。党的十七大再次强调了构建社会主义和谐社会的重要性,提出了构建社会主义和谐社会的目标任务。党的十八大对基本纲领的内容作了进一步的丰富和发展,提出建设社会主义生态文明的任务,并将其提升到更高的战略层面。由此,中国特色社会主义事业总体布局由经济建设、政治建设、文化建设、社会建设“四位一体”拓展为包括生态文明建设的“五位一体”。

建设中国特色社会主义经济,就是在社会主义条件下发展市场经济,不断解放和发展生产力。坚持和完善公有制为主体、多种所有制经济共同发展的基本经济制度,坚持和完善按劳分配为主体、多种分配方式并存的分配制度,坚持和完善对外开放,推动经济持续健康发展,保证人民共享改革和发展成果。

建设中国特色社会主义政治,就是在中国共产党领导下,在人民当家作主的基础上,依法治国,发展社会主义民主政治,建设社会主义法治国家。实现社会安定、政府廉洁高效、全国各族人民团结和睦而又生动活泼的政治局面。

建设中国特色社会主义文化,就是以马克思主义为指导,以培育有理想、有道德、有文化、有纪律的公民为目标,发展面向现代化、面向世界、面向未来的,民族的科学的大众的社会主义文化。建设社会主义核心价值体系,推动社会主义文化大发展大繁荣。

构建社会主义和谐社会,就是要按照民主法治、公平正义、诚信友爱、充满活力、安定有序、人与自然和谐相处的总要求和共同建设、共同享有的原则,以改善民生为重点,解决好人民最关心、最直接、最现实的利益问题,努力形成全体人民各尽其能、各得其所而又和谐相处的局面。

建设中国特色社会主义生态文明,就是坚持节约资源和保护环境的基本国策,着力推进绿色发展、低碳发展,形成节约资源和保护环境的空间格局、产业结构、生产方式、生活方式,从源头上扭转生态环境恶化趋势,努力建设美丽中国,实现中华民族永续发展。

建设中国特色社会主义经济、政治、文化、社会、生态文明的目标任务,是对基本路线所确定的富强、民主、文明、和谐目标的具体化。建设中国特色社会主义经济、政治、文化、社会、生态文明的基本目标和任务,是有机统一、不可分割的,它构成了社会主义初级阶段基本纲领的主体内容。我们必须全面理解和贯彻党在社会主义初级阶段的基本纲领,坚持以经济建设为中心,实现经济、政治、文化、社会、生态文明建设的协调发展。

实现社会主义初级阶段基本纲领,必须正确认识和处理最高纲领和最低纲领之间的辩证统一关系。实现共产主义是无产阶级政党的最高纲领,但共产主义的实现是一个长期的历史过程,需要通过若干发展阶段,必须有步骤、分阶段地向前推进。在每个不同的发展阶段,执政党都要提出符合实际的理论、路线、方针、政策和策略,形成阶段性的行动纲领。中国共产党制定的民主革命的纲领、向社会主义过渡的纲领、建设中国特色社会主义的纲领,都是党在特定历史阶段的最低纲领。最高纲领与最低纲领既有区别,又有联系,辩证统一于为实现共产主义奋斗的全部历史过程。我们今天进行的社会主义建设,归根结底都是在为共产主义的实现创造条件。最高纲领为最低纲领的制定指明前进方向;最低纲领为最高纲领的实现准备必要的条件。在整个社会主义初级阶段,我们必须坚持最低纲领与最高纲领的统一,毫不动摇地贯彻党在社会主义初级阶段的基本路线,致力于实现党在现阶段的基本纲领,不断把中国特色社会主义事业推向前进。

第四章　社会主义改革开放理论

1978年12月，党的十一届三中全会作出了实行改革开放的伟大决策。从此，党领导人民踏上了中国特色社会主义建设的伟大征程，开启了改革开放的历史新时期。改革开放使中国人民的面貌、社会主义中国的面貌、中国共产党的面貌发生了历史性的改变。改革与开放是一个整体，改革开放是建设中国特色社会主义的一项基本国策。30多年来，中国的改革开放取得了巨大的成就，逐渐形成了全方位、多层次、宽领域的格局，开放型经济水平不断提高。

第一节　改革开放是决定当代中国命运的关键抉择

一、改革开放是一场新的伟大革命

1976年粉碎“四人帮”之后，中国面临着向何处去的重要历史关头：走西方资本主义的老路，还是走“以阶级斗争为纲”的旧路，或是开辟一条新路。以邓小平为代表的中国共产党人在这一重要时刻作出了伟大抉择：走自己的道路，建设有中国特色的社会主义。从此，“中国特色社会主义道路”成为凝聚全党和全国各族人民的共同理想和强大动力。改革开放是党和国家保持生机活力的关键，是当代中国最鲜明的特色，是中国共产党在深刻反思国内外社会主义建设的历史经验和教训，准确把握国际新形势的基础上作出的伟大抉择。

十年“文化大革命”使党、国家和人民遭受到严重的挫折和损失。“文革”结束时，国家的经济、政治和社会生活一片混乱。在粉碎“四人帮”以后的最初两年，中共中央曾提出拨乱反正，但由于党的指导思想还没有得到应有的澄清，整个工作还处于一种徘徊的局面。当时我国虽然已经搞了30多年的社会主义建设，但经济还比较落后，人民生活水平仍然很低，还有两亿多人处于绝对贫困状态。而与此同时，20世纪70年代世界范围内兴起的新科技革命，推动世界经济特别是发达国家的经济迅猛发展，“亚洲四小龙”和拉丁美洲的一些国家迅速崛起，我国与发达国家和新兴工业化国家的差距进一步拉大。

在这样的历史条件下，要解放和发展生产力，赋予社会主义新的生机与活力，让中国人富起来，振兴中华民族，出路只有改革开放。以邓小平为核心的党的第二代中央领导集体正是在科学分析国内国际发展大势，准确把握时代主题和人民愿望的基础上，作出了把党和国家工作中心转移到经济建设上来、实行改革开放的伟大决策。

改革开放是中国共产党在新的历史条件下带领中国人民进行的新的伟大革命。自从中国共产党成立以来，我们国家经历了两次伟大的革命。其中，建立新中国的新民主主义革命，推翻了三座大山的压迫，使广大人民真正成为国家的主人，接着实现了对农业、手工业、资本主义工商业的改造，使我们国家走上社会主义工业化道路，建立了社会主义基本制度，这是一场伟大的革命。改革开放又是一场伟大的革命，它不是对原有经济体制的细枝末节的修补，而是从根本上改变束缚生产力发展的经济体制，建立充满生机和活力的新的经济体制，同时改革政治体制、科技教育文化体制等其他方面的体制，以适应经济体制改革的需要。改革与革命一样都实现了生产力的解放和发展。改革是重新调整社会各方面利益关系的过程，必然涉及国家、集体和个人等多方面关系的调整，引起人们思想方法、工作方式和生活方式等一系列的深刻变化。1978年以来，特别是新世纪以来，随着改革开放向纵深推进，中国社会发生了翻天覆地的变化。改革开放正推动着中国实现全面深刻的变革，成为中国共产党领导中国人民进行的第二次伟大革命。

改革是一场革命，但它不是一个阶级推翻另一个阶级的革命，而是在坚持社会主义基本制度的前提下，自觉调整生产关系和上层建筑中不适应生产力和经济基础的环节和方面，是社会主义制度的自我完善和发展。在改革开放初期，邓小平就区分了社会主义的基本制度与具体体制，认为基本制度是正确的、优越的，是历史的选择，不能改变，而社会主义具体体制，其中有不少需要改革，需要进行体制机制创新。改革就是调整和创新不符合生产力发展要求的具体制度和体制，目的是为了巩固和完善社会主义制度，充分显示社会主义制度的优越性，实现生产力的解放和发展。

改革开放是建设中国特色社会主义的全新探索，没有现成的模式可以照搬。改革开放的进程不可能一帆风顺，也不可能一蹴而就，在改革开放中出现的各种问题是前进中的问题，只能通过深化改革开放来解决。事实雄辩地证明，我国过去三十多年的快速发展靠的是改革开放，我国未来发展也必须坚定不移地依靠改革开放。党的十八大报告进一步强调，要找准深化改革的突破口，明确深化改革的着力点，以更大的政治勇气和智慧，不失时机地推进重要领域和关键环节的改革，坚决破除一切妨碍科学发展的思想观念和体制机制弊端，构建系统完备、科学规范、运行有效的制度体系，使各方面制度更加成熟更加定型。

二、社会主义社会的基本矛盾

社会主义社会的基本矛盾问题，既是重大的理论问题，也是关系到社会主义建设事业成败的重大实践问题，是党制定改革开放决策的理论基础。马克思、恩格斯揭示了人类社会的基本矛盾和根本动力，并以此为理论依据，进一步揭示了资本主义必然灭亡、社会主义必然胜利的历史规律，但他们没有具体分析社会主义社会的基本矛盾问题。列宁曾对社会主义社会的矛盾问题作了一些有益的探讨，提出在社会主义制度下，对抗消失、矛盾还存在的观点，但并未对社会主义社会的矛盾运动的规律进行系统的分析。斯大林到晚年才认识到在社会主义制度下仍然存在着生产关系和生产力之间的矛盾,但没有把它当作根本性问题提出来。在我国生产资料私有制的社会主义改造基本完成后,我们党开始了对社会主义基本矛盾理论与实践的艰苦探索历程。毛泽东从中国的国情出发,运用马克思主义的基本原理,阐述了社会主义社会的矛盾问题,形成了比较系统的理论。

第一,社会主义社会仍然存在着矛盾,正是这些矛盾推动着社会主义社会向前发展。毛泽东指出:"社会主义社会中,基本矛盾仍然是生产关系和生产力之间的矛盾,上层建筑和经济基础之间的矛盾。"①它们不但表现在社会生活的各个方面,而且贯穿于社会主义社会发展过程的始终,是推动社会主义社会不断前进的根本动力。

第二,社会主义社会的基本矛盾,同旧社会的基本矛盾具有根本不同的性质和状况,社会主义社会的基本矛盾不是对抗性的矛盾,而是非对抗性的矛盾。它们具有"又相适应又相矛盾"的特点,是在基本适应条件下的矛盾,是人民根本利益一致基础上的矛盾。

第三,社会主义社会的矛盾是非对抗性的,它的解决不需要像资本主义社会那样采取剧烈的阶级斗争的方式,可以依靠社会主义自身的力量,通过调整生产关系和生产力、上层建筑和经济基础不相适应的方面得到解决。

第四,社会主义国家存在两类不同性质的矛盾,正确处理人民内部矛盾是社会主义国家政治生活的主题。毛泽东认为,社会主义社会基本矛盾体现在人与人之间的关系上,表现为敌我矛盾和人民内部矛盾两类不同性质的矛盾,必须正确区分这两类不同性质的矛盾,正确处理人民内部矛盾和敌我矛盾。他还指出,正确处理人民内部矛盾是国家政治生活的主题。

毛泽东对社会主义社会基本矛盾的论述,是对马克思主义的社会基本矛盾理论的重大发展和杰出贡献,大大深化了对社会主义社会的

---

① 《毛泽东选集》第5卷,人民出版社1977年版,第373页。

认识,为我国社会主义事业的发展,尤其是当时社会主义的改革,提供了基本的理论和思路。但是,他晚年的实践却在某种程度上背离了自己的正确理论,从而在解决社会主义社会基本矛盾的实践中出现了重大失误,结果使我国的社会主义建设遭受到了严重的挫折。

十一届三中全会以后,邓小平肯定了毛泽东关于社会主义社会基本矛盾的理论,他说:“关于基本矛盾,我想现在还是按照毛泽东同志在《关于正确处理人民内部矛盾的问题》一文中的提法比较好。”同时又强调:“当然,指出这些基本矛盾,并不就完全解决了问题,还需要就此作深入的具体的研究。”①正是基于对社会主义社会基本矛盾的“深入研究”,以邓小平为代表的中国共产党人结合我国社会主义初级阶段的具体实际,在总结历史经验教训的基础上,努力探索社会主义社会基本矛盾的特殊表现及其解决办法,在理论上和实践上都取得了重大突破。其主要内容有:

第一,判断一种生产关系和生产力是否相适应,要从实际出发,主要看生产关系是否适应生产力的要求,能否推动生产力的发展。邓小平坚持马克思主义的生产力标准理论,认为衡量改革成败的标准,归根到底要看是否符合“三个有利于标准”,明确指出:评价国家的方针政策是否正确,判断改革得失成败的标准,“应该主要看是否有利于发展社会主义社会的生产力,是否有利于增强社会主义国家的综合国力,是否有利于提高人民的生活水平”。② 一种生产关系只要适合社会主义初级阶段的生产力水平,能够推动生产力的发展,与生产力的发展相适应的,就应当允许其存在和发展。

第二,社会主义条件下仍然需要解放生产力。传统观点认为只有一个阶级推翻另一个阶级的革命才是解放生产力,而某一阶级统治的社会只有发展生产力的任务。邓小平提出,社会主义制度建立后仍然有一个解放和发展生产力的问题,从而为改革开放奠定了坚实的理论

---

① 《邓小平文选》第2卷,人民出版社1994年版,第181-182页。

② 《邓小平文选》第3卷,人民出版社1993年版,第372页。

基础。

第三,把社会主义社会基本矛盾、主要矛盾和根本任务统一起来。邓小平在明确肯定社会主义社会基本矛盾的基础上,强调了解决社会主要矛盾和确立根本任务的一致性。他指出,生产力发展水平低,远远不能满足人民和国家的需要,是社会主义初级阶段的主要矛盾,解决这个主要矛盾的途径是发展生产。为此,必须把党和国家工作的重点转移到经济建设上来。

第四,解决社会主义初级阶段主要矛盾的基本途径是改革。邓小平认为,社会主义的根本任务就是发展生产力,要发展生产力,靠过去的体制是不行的,必须对旧的体制进行根本性的变革。他继承了毛泽东关于社会主义社会基本矛盾必须通过社会主义制度自身的不断完善加以解决的正确主张,并从历史经验教训出发,强调推行一系列的体制改革,指出“不改革就没有出路”①。

第二节 坚定不移地推进改革

一、改革是全面的改革

当前,世情、国情、党情继续发生深刻变化,我国发展中的不平衡、不协调、不可持续问题突出,制约科学发展的体制机制障碍躲不开、绕不过,要解决发展过程中的各种难题,化解来自各方面的风险和挑战,更好地发挥社会主义制度的优势,必须在新形势下全面深化改革。

改革是一场全面彻底的改革,这是由改革的任务决定的。邓小平曾指出,实现社会主义现代化,是一场根本改变我国经济和技术落后面貌、巩固社会主义制度的伟大革命。20世纪70年代末,改革的历史进程正式开启。改革首先在农村拉开序幕。农村改革的第一步是建立起以家庭联产承包为主,统分结合、双层经营的新型集体所有制,废

---

① 《邓小平文选》第3卷,人民出版社1993年版,第237页。

除以“一大二公”、“政社合一”为特点的人民公社制度。第二步，乡镇企业异军突起，为从土地中转移出来的剩余劳动力提供了机会，为提高农民收入、促进工业和整个经济的改革和发展，开辟了一条新路。第三步，开始了以城市为重点的整个经济体制的改革。1992 年，党的十四大把建立社会主义市场经济体制确立为经济体制改革的目标，由此加快了全面改革的进程。

在全面改革中，经济体制改革是重中之重。2014 年，李克强在十二届全国人大二次会议所作政府工作报告中指出：“当前改革已进入攻坚期和深水区，必须紧紧依靠人民群众，以壮士断腕的决心、背水一战的气概，冲破思想观念的束缚，突破利益固化的藩篱，以经济体制改革为牵引，全面深化各领域改革。”①由此可见，通过经济体制改革，解放和发展生产力，把国民经济搞上去，对当代中国来说是最根本的任务。另外，经济体制改革需要政治体制及其他体制改革的配合，故在经济体制改革不断深化的同时，必须不断深化政治体制、文化体制、社会体制、生态文明体制及其他各方面体制的改革，逐步形成和发展符合当代中国国情、充满生机活力的新的体制机制，为我国经济繁荣发展、社会和谐稳定提供有力的体制保障。

实现党的十八大提出的任务和战略目标，要求全面深化改革；解决我国发展面临的一系列突出矛盾和问题，实现经济社会的持续健康发展，不断改善人民生活，也需要全面深化改革。改革开放几十年来，我们正是通过改革解决了许多国家政治生活中的重大难题，取得了巨大的成就。同时，在改革的过程中，又会面临诸多新问题。比如：产业结构不合理，发展方式依然粗放，发展中不平衡、不协调、不可持续问题依然突出，科技创新能力不强，城乡区域发展差距和居民收入分配差距依然较大，社会矛盾明显增多，教育、就业、社会保障、医疗、住房、生态环境、食品药品安全等关系群众切身利益的问题较多，形式主义、

---

① 《十二届全国人大二次会议关于政府工作报告的决议》，新华网，2014 年 3 月，http://news.xinhuanet.com/politics/2014-03/13/c_119756908.htm.

官僚主义、享乐主义和奢靡之风问题突出，一些领域腐败现象易发多发，反腐败斗争形势依然严峻，等等。所有这些问题，都需要通过全面深化改革来解决。

党的十八届三中全会高度评价了十一届三中全会以来我国改革开放的成功实践和伟大成就，深入研究了全面深化改革的若干重大问题，进而对全面深化改革做出了重大战略部署。全会指出全面深化改革的总目标是完善和发展中国特色社会主义制度，推进国家治理体系和治理能力现代化。改革开放是党在新时代条件下带领全国各族人民进行的新的伟大革命，是当代中国最鲜明的特色，是决定当代中国命运的关键抉择，是党和人民事业大踏步赶上时代的重要法宝。现在，任何一项重大改革都牵一发而动全身，更需要全面考量、协调推进。但并不是说，改革不分重点、平均用力。我国许多领域和环节的改革已经基本到位，重要领域和关键环节的改革更加紧迫。深入推进改革，既要在各项改革协同配合中整体推进，又要在重点领域和关键环节取得突破，形成推进改革开放的强大合力。习近平指出，只有以经济体制改革为重点，协同推进经济体制、政治体制、文化体制、社会体制、生态文明体制和党的建设体制改革，才能形成与中国特色社会主义"五位一体"总体布局相适应的更加成熟、更加定型的制度体系，才能实现中国特色社会主义制度的完善和发展，形成改革的强大合力。面对新形势新任务，全面建成小康社会，进而建成富强民主文明和谐的社会主义现代化国家、实现中华民族伟大复兴的中国梦，必须在新的历史起点上全面深化改革。

二、坚持正确的方向

道路关乎党的命脉，关乎国家前途、民族命运、人民幸福。在中国这样一个经济文化十分落后的国家探索民族复兴道路，是极为艰巨的任务。九十多年来，中国共产党紧紧依靠人民，把马克思主义基本原理同中国实际和时代特征结合起来，独立自主走自己的路，历经千辛万苦，付出各种代价，取得了革命建设改革的伟大胜利，开创、坚持和发展了中国特色社会主义，从根本上改变了中国人民和中华民族的前途命运。当前，虽然和平与发展是时代的主题，但国际国内形势非常复杂，西方思想文化的侵入，美国重返亚洲战略的推进，“藏独”“疆独”分子企图分裂国家的逆施，贫富差距的进一步扩大，各种违法犯罪行为对广大人民的生命和财产安全的威胁等，这一系列问题都给我们带来了不小的挑战。道路问题是决定国家大政方针的方向问题，决定改革的方向、改革的性质和改革的最终成败。在这种情况下，走正确的道路，坚持正确的方向对我们来说尤为重要。

走正确的道路，关键在于坚持和完善党的领导，坚持在党的领导下维护广大人民的根本利益，坚持和发展中国特色社会主义。中国共产党是我国进行社会主义建设的主心骨，也是改革的领导者、倡导者、推动者，全面深化改革的进行需要坚持党的领导。只有坚持中国共产党的领导，我们才能走正确的道路，获得战胜困难的强大力量。中国特色社会主义道路，就是在党的领导下，立足基本国情，以经济建设为中心，坚持四项基本原则，坚持改革开放，解放和发展社会生产力，建设社会主义市场经济、社会主义民主政治、社会主义先进文化、社会主义和谐社会、社会主义生态文明，促进人的全面发展，逐步实现全体人民共同富裕，建设富强民主文明和谐的社会主义现代化国家。实践充分证明，中国特色社会主义道路是实现社会主义现代化的途径，中国特色社会主义是当代中国发展进步的根本方向，只有坚持走中国特色社会主义道路才能发展中国。习近平指出，道路问题是关系党的事业兴衰成败第一位的问题，道路就是党的生命。中国特色社会主义，是科学社会主义理论逻辑和中国社会发展历史逻辑的辩证统一，是根植于中国大地、反映中国人民意愿、适应中国和时代发展进步要求的科学社会主义，是全面建成小康社会、加快推进社会主义现代化、实现中华民族伟大复兴的必由之路。全面深化改革不能生搬硬套西方思想理论和制度模式，不能走改旗易帜的邪路，也不能走封闭僵化的老路，要坚持一切从实际出发，坚持党的基本理论、基本路线、基本纲领、基本经验、基本要求不动摇，坚持正确的方向，坚定不移地走中国特色社会主义道路。

走正确的道路，坚持社会主义市场经济的改革方向。市场经济作为发达商品经济的运行机制，是社会主义与资本主义都可以运用的发展生产的方法、调节经济的手段。建立社会主义市场经济体制，有利于解放和发展生产力，调动各方面的积极性，促进社会生产力的发展。我们党提出并不断丰富完善了社会主义市场经济理论，对改革开放目标和方向的认识不断明确，进一步丰富和发展了马克思主义理论。社会主义市场经济，把社会主义基本制度同市场经济结合起来，既能够发挥社会主义制度的优越性，又能够发挥市场经济的长处，是中国特色社会主义的一大优势。十四大以来，党领导人民围绕建立社会主义市场经济体制的目标，不断推进经济体制、政治体制、社会体制及其他方面的改革，实现了由计划经济体制向社会主义市场经济体制的突破，初步建立起社会主义市场经济体制。十八届三中全会提出要进一步正确处理好政府和市场的关系，使市场在资源配置中起决定性作用，更好地发挥政府的作用，这是党在理论上的又一个重大创新，对于进一步明确改革的市场取向，对于更好地发挥市场作用、激发市场活力、提高资源配置效力，具有重大意义。坚持社会主义市场经济的改革方向，不仅仅是社会主义市场经济体制改革的目标，也是政治体制、文化体制、社会体制等其他各方面改革相适应、相衔接的需要。要把坚持社会主义市场经济改革的方向贯穿到政治体制、文化体制、生态文明体制以及各方面体制机制的改革中，推动各方面改革紧紧围绕这一目标来展开推进，努力形成有利于社会主义市场经济发展的制度体系和体制机制。

中国特色社会主义道路，中国特色社会主义理论体系，中国特色社会主义制度，是党和人民九十多年奋斗、创造、积累的根本成就，必须倍加珍惜、始终坚持、不断发展。在改革开放 30 多年一以贯之的接力探索中,我国坚定不移地高举中国特色社会主义伟大旗帜,坚定不移地走中国特色主义道路,这是改革开放取得巨大成就的根本原因和重要经验。

三、正确处理改革、发展、稳定的关系

改革、发展、稳定三者的关系,在我国社会主义现代化建设的总体布局中具有极其重要的地位。“改革也是解放生产力”、“发展才是硬道理”和“稳定压倒一切”,是邓小平在改革开放过程中反复提到的问题。1994 年 3 月,江泽民在八届全国人大二次会议上海代表团讨论会上指出:“改革、发展、稳定,好比是我国现代化建设棋盘上的三着紧密关联的战略性棋子,每一着棋都下好了,相互促进,就会全局皆活;如果有一着下不好,其他两着也会陷入困境,就可能全局受挫。所以把握好改革、发展、稳定的关系,是现代化建设的一项重要领导艺术。”① 2011 年 7 月,胡锦涛指出:“我们深刻认识到,发展是硬道理,稳定是硬任务;没有稳定,什么事情也办不成,已经取得的成果也会失去。”②他反复强调要把促进改革发展同保持社会稳定结合起来,坚持改革力度、发展速度和社会可承受程度的统一,从而确保社会安定团结、和谐稳定。习近平表示,我们必须处理好改革、发展、稳定三者之间的关系,以更大的政治勇气和智慧,进一步解放思想、解放和发展社会生产力、增强社会创新活力。由此可以看出,党的历届领导人都对处理改革、发展、稳定的关系非常重视。

改革是动力,发展是目的,稳定是前提。改革、发展、稳定之间有一个协调转化的过程,任何一个方面出了问题都会影响全局。只有坚定不移地推进改革,才能为经济和社会发展提供强大动力。只有坚定不移地推进发展,才能不断增强综合国力和国际竞争力,更好地解决

---

① 《江泽民论有中国特色社会主义(专题)摘编》,中央文献出版社 2002 年版,第 211 页。

② 《胡锦涛:发展是硬道理 稳定是硬任务》,中新网,2011 年 7 月,http://www.chinanews.com/gn/2011/07-01/3150785.shtml.

前进中的矛盾和问题。只有坚定不移地维护稳定,才能不断为改革和发展创造有利条件。实现改革、发展、稳定的统一,是关系我国社会主义现代化建设全局的重要指导方针。实践表明,改革、发展、稳定三者关系处理得当,就能总揽全局保证经济社会的顺利发展;处理不当,就会吃苦头,付出代价。

我国目前正处于社会主义现代化建设的历史性阶段,正处于发展的关键期,也是改革的攻坚期。在这一时期,处理改革、发展、稳定关系的任务极其艰巨。因此,要以科学发展观为指导,遵循改革开放以来党在处理改革、发展、稳定关系方面积累起来的经验和主要原则。保持改革、发展、稳定在动态中的相互协调和相互促进。稳定是前提,但稳定是相对的,不能因为改革有风险就不改革或者使改革裹足不前,否则会导致更加严重、更加剧烈的社会不稳定;也不能因为在发展中可能出现不协调不平衡而不致力于发展。因此,要统观全局,从整体上把握改革、发展、稳定之间的关系,做到在社会稳定中推进改革和发展,通过改革和发展促进社会稳定。把改革的力度、发展的速度和社会可承受程度统一起来。全面建成小康社会,必须深化改革,但要始终注意适应国情和社会的承受能力,要统筹安排改革和发展的举措,精心处理稳定同改革、发展的关系,着眼于"为之于未有,治之于未乱",及时化解矛盾,排除不安定因素,以保持稳定,促进改革和发展。人民群众是改革发展的主体和动力,是稳定的力量源泉和深厚基础。改善人民生活,让人民共享改革和发展的成果,是我们致力于发展、积极推进改革、坚持维护稳定的共同目的。所以,要把不断改善人民生活、让人民共享改革和发展的成果作为处理改革、发展、稳定关系的重要结合点。要坚持一切为了群众、一切依靠群众的工作路线,要坚持给人民群众以看得见的实际利益的工作原则,坚持以着力解决人民群众生活中面临的实际问题为工作重点。

十八届三中全会提出,坚持正确处理改革、发展、稳定的关系,要做到两点,即加强顶层设计和摸着石头过河相结合,坚持整体推进和重点突破相促进。这是富有中国特色、符合中国国情的改革方法，符合马克思主义的认识论和方法论。“摸着石头过河”就是寻找规律，从实践中获得真知，是实践、认识、再实践、再认识。坚持边实践边总结，积累经验后逐步推开，出现问题就及时应对，发现错误就马上纠正，不断从实践中得到规律性认识。改革是一场深刻的革命，提高改革决策的科学性、连续性和可行性，离不开统筹谋划，在战略思考的基础上进行顶层设计。摸着石头过河与顶层设计不是相互排斥的关系，而是相互结合的。“不谋全局者不足谋一域，不谋万世者不足谋一时”。加强顶层设计和摸着石头过河都是推进改革的重要方法。坚持“自上而下”和“自下而上”的统一，使顶层设计和基层创新更好地结合起来，在摸石过河中加深对规律的认识，在统筹规划中协力推进改革，就能克服各种困难，使改革进程沿着正确方向前进。

全面深化改革是一个复杂的系统工程，必须在各项改革协同配合中整体推进。习近平强调，“全面深化改革是一个复杂的系统工程，需要加强顶层设计和整体谋划，加强各项改革关联性、系统性、可行性研究。我们要在基本确定主要改革举措的基础上，深入研究各领域改革关联性和各项改革举措耦合性，深入论证改革举措可行性，把握好全面深化改革的重大关系，使各项改革举措在政策取向上相互配合、在实施过程中相互促进、在实际成效上相得益彰。”[①]因此，我们要统筹谋划深化改革各个方面、各个层次、各个要素，注重推动各项改革相互促进、良性互动、协调配合。

---

① 《习近平：全面深化改革是一项复杂的系统工程》，新华网，2013 年 11 月，http://news.xinhuanet.com/2013-11/13/c_118130505.htm.

第三节 全面提高对外开放水平

一、对外开放的基本国策

改革与开放是一个整体,对外开放与对内搞活都叫开放;或者说是"两个开放",一个对外开放,一个对内开放。开放和改革一起成为新时期最鲜明的特点。

早在新民主主义革命时期,毛泽东就指出:中国不是孤立的也不能孤立,中国与世界紧密联系的事实,是我们进行革命和建设的立脚点。我们不是也不能是闭关主义者,中国早已不能闭关。新中国成立前夕,毛泽东即宣布,中国人民愿意同世界各国人民实行友好合作,恢复和发展国际间的通商事业,以利于发展生产和繁荣经济。但由于意识形态上的斗争,新中国并不具备对外开放的良好国际环境,加上后来我们自己所犯的"左"倾错误,毛泽东关于对外开放的许多正确思想未能完全付诸实施。

十一届三中全会后,在研究和探索怎样才能使我国社会主义经济发展得快一些的过程中,邓小平多次论述了对外开放的重要性。1980年,邓小平在中央工作会议上的讲话中正式使用了"对外开放"的表述。同年党的十二届三中全会把实行对外开放定为基本国策。邓小平关于"现在的世界是开放的世界"和"中国的发展离不开世界"的重要观点,是我们实施对外开放这项基本国策的重要依据。

"现在的世界是开放的世界"是对世界经济发展历史的深刻总结,是生产社会化和商品经济、市场经济发展的必然结果。随着社会生产力的发展,尤其是资本主义生产方式的产生,以及世界市场和世界经济体系的形成,社会分工和生产专业化、协作化程度不断提高,国际之间的经济联系日益密切,生产社会化日益越出国界获得了国际化的形式,生产和消费越来越具有世界性;商品经济、市场经济是一种开放型经济,它的发展必然要求向外扩张,要求打破地区封锁,建立统一的世界市场,要求各国实行开放政策。马克思、恩格斯在《共产党宣言》中指出:“资产阶级,由于开拓了世界市场,使一切国家的生产和消费都成为世界性的了”,“过去那种地方的和民族的自给自足和闭关自守状态,被各民族的各方面的互相依赖所代替了。”[①]第二次世界大战以后,世界范围的工业和科学技术又一次发生革命,以电子信息、生物技术和新材料为支柱的科学技术取得了重大突破,并带动整个世界和各国产业结构的转型变化和升级换代。而新的科学技术无论在研究、应用还是发展方面都显示出鲜明的社会化、国际化趋势。现代生产力的发展要求各国不断提高开放的程度,实行开放的政策,进行广泛的交流和合作,否则只能限制自己的发展,在国际竞争中失去发展的机遇。对外开放是世界发展的历史潮流。在这个潮流面前,任何一个国家都不可能游离于世界之外而单独发展。

“中国的发展离不开世界”是对中国发展历史的深刻总结。邓小平总结中国历史经验和教训后提出:“中国在西方国家产业革命以后变得落后了,一个重要原因就是闭关自守……我们提出要发展的快一点……这就要求对内把经济搞活,对外实行开放政策”。[②]

当今世界是开放的世界,社会主义现代化建设必须顺应世界发展的趋势,实行对外开放。中国作为后发现代化国家,在社会主义现代化建设过程中肩负着既要推进传统产业革命,完成工业化,又要迎头赶上世界新技术革命,实现信息化的双重任务。实现这双重任务,存在许多困难。通过对外开放,可以引进国外资金、先进技术和管理经验、人才,加速我国科技进步,提高我国经营管理水平;可以充分利用国外市场和资源,促进产业结构的调整和优化;可以参加国际经济、科学、技术、人才和信息的交流,及时了解和掌握各种经济、科技信息;可以节约社会劳动,广泛吸收世界文明成果,利用后发优势,尽快缩小与发达国家经济技术发展程度的差距,发挥社会主义制度的优越性。

---

① 《马克思恩格斯选集》第1卷,人民出版社1995年版,第276页。

② 《邓小平文选》第3卷,人民出版社1993年版,第64-65页。

对外开放是社会主义改革的题中之义，对外开放理论是中国特色社会主义理论的重要组成部分。30多年来的实践证明，把对外开放作为建设中国特色社会主义的一项长期基本国策，是中国人民把握历史与时代发展规律的科学选择。中国发展离不开世界，世界繁荣稳定也离不开中国，中国人民将继续同各国人民一道，为实现人类的美好理想而不懈努力。因此，我们要积极响应党的号召，毫不动摇地推进对外开放，提高对外开放型经济水平。

二、全方位、多层次、宽领域的对外开放格局

十一届三中全会以来，我们党总结历史经验，充分考虑外部条件，从中国国情出发，制定并实施了全面对外开放政策，取得了巨大的成就，初步形成了全方位、多层次、宽领域的对外开放格局。实践证明，中国的改革开放不是权宜之计，而是长期坚持的基本国策。2001年12月，中国正式加入世界贸易组织，标志着我国的对外开放进入了新阶段。加入世贸组织，给中国带来了许多挑战，但是中国坚持享受权利和履行义务相结合，把挑战转化为机遇，积极参与国际竞争与合作，把对外开放提高到新的水平。

我国的对外开放是全方位的开放，是对全世界开放，即不论对资本主义国家还是对社会主义国家，不论对发达国家还是发展中国家都实行开放的政策。各民族各国家，无论大小、发展程度如何，都有自己的长处，只要可以互通有无，我国都应在平等互利的基础上积极发展同它们的经济贸易关系。基于这样的原则，改革开放以来我国已经与绝大多数国家和地区开展了贸易往来。所谓多层次就是根据我国各地区的实际和特点，通过经济特区、沿海开放城市、经济技术开发区、沿海经济开放区、沿边和沿江地区以及内陆省区等实行不同程度不同形式的开放，经历了由点到线，由线到面，通过试点再逐步扩大，全面展开的过程。所谓宽领域，就是指对外开放不仅仅局限于经济领域，还包括文化、科技、体育、卫生、艺术甚至政治等多领域的开放。在经

济领域，根据我国经济的发展，从对外贸易、国际投资、技术转让等领域的开放逐步拓宽到金融、房地产、保险、科技、教育、服务业等领域。

不论国际形势多么复杂，国内国际形势出现什么变化，中国都毫不动摇地坚持对外开放政策。我国30多年的对外开放具有以下特点：

第一，改革与开放良性互动。在中国，对内改革和对外开放是同时启动的。以开放推改革，以改革促开放，两者互相促进，是我国经济发展取得成就的重要经验。改革是从基层的农村开始的，开放则选择了东南沿海四个不大的城市作为建立经济特区的试点。随着改革向城市推进，开放也深入到沿海港口城市以及内陆。我国确定经济体制改革的目标是市场经济，无论是城市、东南沿海，还是农村、内陆地区，以改革促进开放，以开放推动改革，改革和开放同时发展，相辅相成。

第二，从本国实际出发，有秩序、有层次、有步骤地实行对外开放。中国的对外开放始终立足于自己的国情，根据不同阶段的发展需要和建设水平，逐步进行对外开放。首先，中国地大物博，每个地区的发展潜力和发展能力不一，据此实行不同层次的开放，通过经济特区、沿海开放城市、经济技术开发区、沿海经济开放区、沿边和沿江地区以及内陆省区等不同程度不同形式的开放，形成全国范围内的对外开放格局。其次，实现不同领域的开放，实现了对国际商品市场、国际资本市场、国际技术市场、国际劳务市场的开放，把对外开放拓宽到能源、交通等基础产业，以及金融、保险、房地产、科技、教育、文化、服务业等领域。再次，实行不同方位的开放，贸易往来、经济交流合作的国家和地区不断增多，逐步建立了全球经济联系，并积极参与一系列区域经济合作组织的活动。最后，加快实施“走出去”的发展战略。对外直接投资、对外工程承包和劳务合作发展迅速，业务目前已经遍布近200个国家和地区。经过30多年的努力，我国的开放型经济逐步形成并不断发展，对外开放的水平也进一步提高，对外开放成为推动经济发展的持续动力。

第三，坚持对外开放、独立自主和自力更生的统一。一方面，在对外开放中始终坚持独立自主、自力更生的基本原则。对外开放并不是依赖其他国家来进行经济建设，我国是发展中的大国，中国的社会性质和具体国情决定了我们的经济建设的立足点必须依靠自己的力量。另一方面，自力更生不是闭关自守，盲目排外。对外开放是一种手段，通过开放学习先进的东西，进行消化、吸收和创新，为我所用，最终达到增强自力更生和提高综合国力的目的。在对外开放的过程中，重视维护国家主权和经济安全，努力防范金融风险，注重开拓国内市场和技术开发创新，较好地实现了对外开放和独立自主、自力更生的有机结合，借鉴别国经验和从我国国情出发的有机结合。

第四，坚持平等互利共赢的对外开放战略。正如习近平所指出："中国走的是和平发展道路，中国的发展不是自私自利、损人利己、我赢你输的发展，对他国、对世界决不是挑战和威胁。"①平等互利共赢一直是我们制定对外开放战略和处理对外经贸关系的重要准则。中国实行平等互利共赢的对外开放战略，通过对外开放更好地促进中国自身的发展，同时兼顾各方特别是发展中国家的正当关切，切实承担起相应的国际责任，综合考虑维护中国发展利益和促进各国共同发展的要求，完善有关方针政策和体制机制，使中国的发展为世界创造更多的机会，为全球其他国家带来更多的福利，与国际社会实现共同发展，为世界的和平与发展贡献自己的一份力量。

三、提高对外开放型经济水平

经过30多年的对外开放，我国的社会主义建设取得了巨大成就。随着我国经济的快速发展和对外开放程度的不断扩大，我国参与经济全球化程度不断加深，对外开放取得成就的同时也面临着一系列新的问题和挑战。李克强指出："当前的外部环境，既有机遇，也有挑战。

---

① 《习近平：中国的发展不是自私自利、损人利己、我赢你输的发展》，新华网，2013年12月，http://www.xinhuanet.com/.

我们要努力构建开放型经济新体制,以对外开放的主动,赢得经济发展上的主动、国际竞争上的主动”。[①] 因此,我们必须适应经济全球化趋势的新发展,以更加积极的姿态走向世界,全面提高对外开放型经济水平。

全面提高开放型经济水平,要深刻认识到我国开放型经济内外环境的变化。当前,全球经济结构深刻调整,围绕制度、规则、市场、技术、资源的竞争日趋激烈,我国发展面临的内外环境正在发生复杂变化,提升开放型经济水平的重要性、紧迫性日益突出。从国际形势看,一方面经济全球化使得各国之间的联系更加紧密,促进了各国经济的发展;另一方面,经济全球化使全球经济运行的风险和不确定因素增大。主要体现在:经济全球化在加快各国之间资本和技术流通的同时,也促使各国在全球范围内对资源展开争夺,不正当竞争的现象时有发生;各国特别是落后国家原有的体制、价值观念、政策体系和文化都面临着冲击,国家内部和国际社会都出现不同程度的治理危机,全球治理难度进一步加大;发达国家和发展中国家的差距进一步扩大;经济增长过程中,存在忽视社会进步以及破坏环境的行为。这都使得全球化进程中的风险和不确定因素增大,给参与经济全球化的国家带来挑战。

从国内情况看,改革开放尤其是加入世贸组织以来,我国开放型经济发展取得举世瞩目的成就,已经形成了较为成熟的开放型经济体系。一方面我国的综合国力增强,生产力得到跨越式发展,人民生活水平提高,农业、工业、服务业等产业的体系更加健全和完备,各方面的制度不断完善,参与世界和区域性事务的能力不断增强,为进一步扩大对外开放提供了条件。另一方面,我国区域发展很不平衡,城乡发展水平差距较大,经济发展方式比较粗放,环境污染严重,实现可持续发展面临的形势依然严峻,转变发展方式和优化结构的任务依然艰

① 《关于深化经济体制改革的若干问题》,李克强,《求是》,2014 年 9 月。

巨，制约经济发展的障碍仍然较多。因此，要把握机遇，勇敢应对挑战，实行积极主动的开放战略，不断提高开放型经济水平，以便更好地利用两个市场、两种资源，扩大我国经济发展的空间，着力增强开放型经济发展的内生动力。

全面提高开放型经济水平，适应经济全球化新形势，必须实行更加积极主动的开放战略，要完善互利共赢、多元平衡、安全高效的开放型经济体系。互利共赢，就是对外开放中要坚持共同发展，坚持通过合作促进世界经济强劲、可持续、平衡增长。在着眼于自身利益的同时，尊重和支持对方利益，最大限度地寻找利益交汇点。互利共赢是我国和平发展战略的必然选择。在开放型经济建设过程中，要更加自觉地把互利共赢理念落到实处，从国家全局和长远利益出发，坚持以开放换开放，不断拓展经济发展外部空间和良好国际环境。多元平衡，就是对外开放中要坚持统筹协调，注重良性互动，实现多元发展、平衡发展。安全高效，就是对外开放中要坚持转变对外经济发展方式，培育开放型经济发展新优势，提高开放型经济的综合效益，增强抵御外部冲击和国际风险的能力。按照完善社会主义市场经济体制的要求，加快改革对外经济管理体制，建立统一高效的对外开放决策、协调、管理和评估机制，完善开放条件下的对外经贸促进体系和风险防范机制，提高开放型经济对国民经济的贡献，增强风险防控水平。加强战略谋划，增进外交与经济紧密互动，全力维护国家和产业核心利益，切实保障经济安全。

全面提高开放型经济水平，要构建开放型经济新体制，形成竞争的新优势。2014 年 3 月，李克强在十二届全国人大二次会议上作政府工作报告时指出，要开创高水平对外开放新局面，构建开放型经济新体制，推动新一轮对外开放，倒逼深层次改革和结构调整，加快培育国际竞争新优势。改革开放 30 多年来，我国对外经济体制改革迈出坚实步伐，初步建立了符合自身国情和世界贸易组织规则的开放型经济体制。但总体来看，我国开放型经济体制建设不平衡、不协调、不可持续的问题比较突出,有些体制不适应国内外形势和开放型经济自身发展的需要。比较而言,外贸体制改革更深入一些,利用外资和对外投资体制改革相对滞后;沿海地区开放型经济体制比较成熟,内陆地区相对滞后;企业改革步伐较快,政府职能转变和中介组织建设相对滞后。为此,要放宽外商投资市场准入,创新利用外资管理体制,改革对外投资管理体制,加快自由贸易区建设,扩大内陆地区对外开放,加快沿边开放步伐,改革行业商(协)会管理体制。

全面提高开放型经济水平,要在改革创新中培育参与和引领国际经济合作竞争的新优势。多年的实践证明,改革是解放和发展生产力、提升经济整体竞争力的必由之路,体制变革催生的竞争优势最全面、最稳定、最持久。哪个时期开放型经济体制改革力度更大,哪个时期经济整体竞争力就提升更快;哪个地区开放型经济体制更成熟,哪个地区的经济就更具活力。要培育产业综合竞争新优势,培育全方位开放新优势,培育稳定、透明、可预期的营商环境新优势,培育参与和引领国际规则和标准制定的新优势,在日趋激烈的国际竞争中把握主动权。

第五章　中国特色社会主义经济建设

中国特色社会主义经济建设是我国改革开放和社会主义现代化建设的首要任务。要实现这一任务，就必须深化经济体制改革，完善社会主义市场经济体制，毫不动摇地坚持公有制为主体、多种所有制经济共同发展的基本经济制度，坚持和完善以按劳分配为主体、多种分配方式并存的分配制度，把加强宏观调控和发挥市场的作用有机结合，推动国民经济持续健康发展。

第一节　社会主义市场经济

一、社会主义市场经济体制的形成和发展

"我国经济体制改革确定什么样的目标模式，是关系整个社会主义现代化建设全局的一个重大问题。这个问题的核心，是正确处理计划与市场的关系。"①传统观念认为，计划经济是社会主义的基本特征，市场经济是资本主义特有的东西。但在经济建设实践中，市场与计划的矛盾日益突显，成为深化社会主义市场经济体制改革面临的主要问题。可以说，中国选择社会主义市场经济体制，是十一届三中全会以来改革开放实践发展的必然结果，是对我国社会主义建设尤其是改革开放实践中创造的新鲜经验和理论探索的成果总结。

新中国成立初期，为了适应全国财经的统一、初步工业化的建设、对农业手工业和资本主义工商业进行社会主义改造的需要，我国仿效苏联模式，逐步建立起全国集中统一的计划经济体制。这种以指令性

---

① 《十四大以来重要文献选编》(上)，人民出版社 1996 年版，第 17－18 页。

计划为主的高度集中的计划经济体制,在当时经济结构比较简单、生产力水平比较低下、社会利益比较单纯的情况下,对于国家能够迅速集中资源进行重点建设,有一定的积极作用。它的建立保证了中国能够迅速建造156项大型骨干工程,为社会主义工业化奠定了初步基础。但随着经济规模的不断扩大,经济联系日益复杂,这一体制统得过多过死的弊端不仅长期得不到解决,反而发展得越来越突出,使本来应该生机盎然的社会主义经济在很大程度上失去了活力,改革势在必行。

十一届三中全会以后,邓小平在总结我国社会主义经济建设的历史经验和教训时指出,中国要发展,在坚持社会主义基本制度的同时,必须对原有的经济体制进行根本性的变革,即"要发展生产力,经济体制改革是必由之路。"[①]社会主义市场经济理论形成与发展的历史实质上就是中国经济改革的历史。

1979年11月,邓小平在回答社会主义是否可以利用市场经济时指出:"说市场经济只存在于资本主义社会,只有资本主义的市场经济,这肯定是不正确的","我们是计划经济为主,也结合市场经济,但这是社会主义的市场经济。"[②]邓小平这一思想打破了社会主义只能实现计划经济体制的僵化观念,开始把市场经济与社会主义联系在一起。这一思想在1981年党的十一届六中全会通过的《关于建国以来党的若干历史问题的决议》中被确认为"计划经济为主、市场调节为辅"的原则,并在十二大上得到肯定。1984年党的十二届三中全会通过的《中共中央关于经济体制改革的决定》提出了社会主义经济是公有制基础上有计划的商品经济的论断。邓小平高度评价了该决定,认为这是马克思主义基本原理和中国社会主义实践相结合的政治经济学。有计划商品经济理论的确立,肯定了商品经济是社会主义的基本属性,突破了社会主义经济理论把计划经济和商品经济对立起来的传

---

① 《邓小平文选》第3卷,人民出版社1993年版,第138页。

② 《邓小平文选》第2卷,人民出版社1994年版,第236页。

统的思想观念的束缚，有力推动了我国经济体制的改革，这一改革的市场经济取向也由此初步确立起来。1987年党的十三大把有计划的商品经济新体制界定为计划与市场内在统一体制，强调计划与市场的作用都是覆盖全社会的，不再提以计划经济为主。

1990年末和1991年初，邓小平又多次指出，不要以为一说计划经济就是社会主义，一说市场经济就是资本主义，不是那么回事。1992年南方谈话中，邓小平明确提出："计划经济不等于社会主义，资本主义也有计划；市场经济不等于资本主义，社会主义也有市场。计划和市场都是经济手段。"①这些论断从根本上解除了长期以来赋予计划经济和市场经济制度性特征的思想束缚，解脱了姓"社"姓"资"的观念羁绊，使人们在计划与市场关系问题的认识上取得突破性的进展，为社会主义市场经济体制目标模式的确立奠定了理论基础。党的十四大把建立"社会主义市场经济体制"作为经济体制改革的目标，标志着社会主义市场经济理论的正式提出和初步形成。

1993年十四届三中全会通过的《中共中央关于建立社会主义市场经济体制若干问题的决定》，把十四大确立的建立社会主义市场经济体制的目标和基本原则加以具体化和系统化，提出以建立现代企业制度、培育和发展市场体系、建立健全宏观调控体系、建立合理的个人收入分配制度、建立健全社会保障制度为内容的社会主义市场经济体制的基本框架。2003年党的十六届三中全会通过的《中共中央关于完善社会主义市场经济体制若干问题的决定》，提出在新世纪新阶段要建成完善的社会主义市场经济体制和更具活力、更加开放的经济体系的战略部署，强调通过制度创新以完善社会主义市场经济体制，"更大程度地发挥市场在资源配置中的基础性作用，增强企业活力和竞争力，健全国家宏观调控，完善政府社会管理和公共服务职能，为全面建设小康社会提供强有力的体制保障"②。这对于全面建设小康社会和实

① 《邓小平文选》第3卷，人民出版社1993年版，第373页。

② 《十六大以来重要文献选编(上)》，人民出版社2005年版，第465页。

现经济社会发展第三步战略目标，促进经济社会和人的全面发展，具有重要的理论和现实意义。

2012 年党十八大提出要全面深化经济体制改革，进一步完善社会主义市场经济体制。2013 年十八届三中全会强调经济体制改革是全面深化改革的重点，核心问题是处理好政府和市场的关系，使市场在资源配置中起决定性作用和更好发挥政府作用，“紧紧围绕使市场在资源配置中起决定性作用，深化经济体制改革，坚持和完善基本经济制度，加快完善现代市场体系、宏观调控体系、开放型经济体系，加快转变经济发展方式，加快建设创新型国家，推动经济更有效率、更加公平、更可持续发展”①。

二、社会主义市场经济理论

社会主义市场经济理论一方面是我国社会主义建设长期历史经验的总结，是改革开放实践发展的必然结果，另一方面也是多年来理论探索的宝贵成果，是马克思主义政治经济学的重大理论创新。其主要内容包括：

计划经济和市场经济不是划分社会制度的标志，计划经济不等于社会主义，市场经济不等于资本主义。经济学的传统观念都将市场经济和计划经济看作分属于资本主义和社会主义两种不同社会制度的基本特征。邓小平将计划和市场看作体制性范畴，而非制度性范畴，认为它们是资源配置的方式和手段。

计划和市场都是经济手段，对经济活动的调节各有优势和长处，社会主义实现市场经济要把二者结合起来。作为资源配置手段和方式的市场经济具有共性：经济关系市场化，所有经济活动主体都通过市场发生联系，一切经济活动都直接或间接地处于市场关系之中，全

---

① 《中共中央关于全面深化改革若干重大问题的决定》，人民出版社 2013 年版，第 3 页。

部生产要素都进入市场;企业行为自主化,所有企业都具有进行商品生产经营所拥有的全部权利;宏观调控间接化,政府不直接干预企业生产和经营的具体事务,而是通过调节市场引导企业生产经营活动,并弥补市场缺陷,保证市场经济的健康运行;经济运行法制化,一切经济活动方式和关系都以法律形式来规范,整个经济运行有一个比较健全和科学的法制基础。这些观点为社会主义市场经济体制的建立和完善提供了重要的理论基础,并为之指明方向。但市场作为资源配置的有效手段,也有缺陷,需要由政府运用各种手段对宏观经济活动进行调节和控制。现代市场经济不是自由放任的市场经济,是有"计划"即国家宏观调控的市场经济。

市场经济作为资源配置的一种方式本身不具有制度属性,可以和不同的社会制度结合,但它和不同社会制度结合具有不同的性质。市场经济与资本主义基本制度相结合,就是资本主义的市场经济;与社会主义基本制度相结合,就是社会主义的市场经济。社会主义国家实行市场经济,一方面要充分发挥市场对经济发展的积极作用,另一方面要充分发展社会主义制度的优越性。

三、社会主义市场经济体制

要建立社会主义市场经济体制,就要使经济活动遵循价值规律的要求,适应供求关系的变化;通过价格杠杆和竞争机制的功能,把资源配置到效益好的环节中去,并给企业以压力和动力,实现优胜劣汰;运用市场对各种经济信号反应比较灵敏的优点,促进生产和需求的及时协调;针对市场自身的弱点和消极方面,国家对市场进行有效的宏观调控。

坚持社会主义制度与市场经济的结合,是社会主义市场经济的特色所在,社会主义市场经济体制的基本特征主要体现在:第一,在所有制结构上,以公有制为主体,多种所有制经济共同发展。一切符合"三个有利于"的所有制形式都为社会主义服务,各类不同的企业都进入市场,国有经济在市场平等竞争中发挥主导作用。第二,在分配制度上,以按劳分配为主体,多种分配方式并存。坚持按劳分配和按生产要素分配相结合,坚持效率与公平相统一的原则。运用包括市场在内的各种有效的调节手段,既鼓励先进,允许一部分人依靠合法经营和诚实劳动先富起来,促进效率提高,合理拉开收入差距,又有效地防止两极分化,逐步使社会成员实现更高层次的共同富裕。第三,在宏观调控上,社会主义市场经济将社会主义经济制度的优势同市场经济的优势相结合,并将人民的当前利益与长远利益、局部利益与整体利益结合起来,更好地发挥计划和市场两种手段的好处。

现在,我国社会主义市场经济体制已经初步建立,市场化程度大幅度提高,宏观调控体系更为健全,我国经济发展已经处于一个新的起点上。但是,我国的社会主义市场经济在运行中还存在着很多问题,主要是市场秩序不规范,以不正当手段谋取经济利益的现象广泛存在;生产要素市场发展滞后,要素闲置和大量有效需求得不到满足并存;市场规则不统一,部门保护主义和地方保护主义大量存在;市场竞争不充分,阻碍优胜劣汰和结构调整等。十八届三中全会正是在这一现实基础上,强调进一步完善社会主义市场经济体制,处理好政府和市场的关系,把市场在资源配置中的“基础性作用”改为“决定性作用”。“基础性作用”和“决定性作用”两字之差,反映了我们党对社会主义市场经济规律认识的深化,是理论和实践上的重大推进。

处理好政府和市场的关系,实际上就是要处理好在资源配置中市场起决定性作用还是政府起决定性作用的问题。经济发展就是提高资源尤其是稀缺资源的配置效率,以尽可能少的资源投入生产尽可能多的产品、获得尽可能大的效益。理论和实践都证明,市场配置资源是最有效率的形式,市场决定资源配置是市场经济的一般规律。市场经济本质上都是市场决定资源配置的经济,发展社会主义市场经济,就要让市场在资源配置中发挥决定性作用。当然,强调市场不是不要政府,让市场在资源配置中起决定性作用,不是起全部作用。发展社会主义市场经济，既要发挥市场作用，也要发挥政府作用，但市场作用和政府作用的职能是不同的。政府的职责和作用主要是保持宏观经济稳定，加强和优化公共服务，保障公平竞争。加强市场监管，维护市场秩序，推动可持续发展，促进共同富裕，弥补市场失灵。处理好政府与市场的关系，有利于完善市场价格体系，最大限度激发各类市场主体创业、创新活力；有利于改善产业结构，加快我国经济转型升级；有利于转变政府职能，建设高效廉洁的服务型政府；有利于构建开放型经济新体制；有利于制定中长期发展战略，实现赶超型经济发展；有利于坚持和完善社会主义基本经济制度，确保改革开放的正确方向。

在社会主义条件下发展市场经济，是前无古人的伟大创举，是中国共产党人创造性地发展马克思主义理论作出的历史性贡献，是中国经济改革获得成功的根本经验。社会主义市场经济模式的形成既体现了经济现代化和市场经济发展的一般规律，又反映了中国特殊的制度、国情和历史阶段的要求。因而，它既是民族的，也是世界的，既有特殊性，也有普遍意义。它不仅推进了中国社会主义现代化事业的前进，也为经济发展和经济转型国家的经济发展模式选择提供了有益的借鉴，是中华民族对人类文明发展的重大贡献。

第二节　社会主义初级阶段的基本经济制度

一、社会主义初级阶段所有制形式的发展历程

改革开放以前，我们对社会主义所有制结构的认识，主要不是立足于我国生产力发展水平多层次的客观现实，而是拘泥于马克思主义经典作家在当时条件下对未来社会主义基本特征所作的某些预测，更多的只是抽象地从社会主义一般原理出发来思考和实践这一问题的，从而使我们在一定程度上陷入了社会主义建设的误区，给经济社会发展带来了一些负面影响。十一届三中全会明确提出，把全党工作的重点转移到社会主义现代化建设上来，大幅度提高社会生产力，并且要

多方面地改变同生产力发展不相适应的生产关系和上层建筑，从而为我们重新认识所有制结构问题起了先导作用。党的十二大在强调国营经济在整个国民经济中处于主导地位的同时，充分肯定了多种经济成分的作用，并认为它们是公有制经济发展的必要、有益的补充。十二届三中全会通过的《中共中央关于经济体制改革的决定》指出，全民所有制经济是我国社会主义经济的主导力量，对于保证社会主义方向和整个经济的稳定发展起着决定性的作用，但其发展和巩固决不应以限制和排斥其他经济形式和经营方式为条件，并再次肯定了集体经济、个体经济和私营经济等经济形式是我国社会主义经济必要的有益的补充。党的十三大继续强调，社会主义初级阶段的所有制结构应以公有制为主体，其他经济成分是公有制经济的必要的有益的补充，应支持和鼓励它们长期共同发展。党的十四大确立了社会主义市场经济体制改革的目标，指出在所有制结构上继续坚持公有制为主体、多种所有制共同发展。十四届三中全会通过的《中共中央关于建立社会主义市场经济体制若干问题的决定》进一步指出，经过多年的改革，虽然我国的经济体制发生了巨大变化，但建立社会主义市场经济体制仍然要坚持以公有制为主体、多种经济成分共同发展的方针。党的十五大在此基础上对我国所有制结构作出了新的理论概括，第一次明确提出以公有制为主体、多种所有制经济共同发展，是我国社会主义初级阶段的一项基本经济制度。

以公有制为主体，多种所有制经济共同发展，是我国社会主义初级阶段的一项基本经济制度，这是由我国的社会主义性质和初级阶段的基本国情决定的。第一，我国是社会主义国家，必须将公有制作为社会主义经济制度的基础；任何一种社会经济制度，都有一定的所有制基础，占主体地位的所有制决定社会的性质。第二，我国处在社会主义初级阶段，需要在公有制为主体的条件下发展多种所有制经济，各种非公有制经济是我国社会主义市场经济的重要组成部分。第三，一切符合“三个有利于”的所有制形式都可以而且应该用来为社会主义服务。坚持这一基本经济制度不动摇，必须从理论上解决好两个大问题：一是对公有制要有深刻的理论认识，坚持公有制的主体地位；二是对非公有制要有充分的认识，鼓励、支持、引导非公有制经济的发展。

二、毫不动摇地巩固和发展公有制经济

1985 年，邓小平在谈到改革开放必须坚持社会主义方向时指出："一个公有制占主体，一个共同富裕，这是我们所必须坚持的社会主义的根本原则。"①中国特色社会主义之所以要坚持公有制的主体地位，是因为：第一，这是社会主义本质的内在要求。一定的所有制是一定社会经济制度的基础。要实现社会主义本质，最终达到共同富裕的目标，必须坚持公有制为主体。第二，这是巩固社会主义国家政权的需要。社会主义国家是劳动人民当家作主的国家，只有坚持公有制为主体，才能保证劳动人民在政治上和经济上的主人翁地位，行使他们的民主权利，形成基本统一的社会利益和占主体地位的进步的意识形态，从而巩固社会主义的国家政权。第三，这是发展社会主义市场经济的要求。只有坚持公有制为主体，国家才能及时有效地进行宏观调控，最大限度地克服各种消极因素，保证市场经济沿着社会主义方向健康发展。这些都要求我们必须坚持公有制的主体地位，毫不动摇地巩固和发展公有制经济。

巩固和发展公有制经济，坚持公有制经济的主体地位，需要全面认识公有制经济的含义。公有制经济包括国有经济和集体经济，以及混合所有制经济中的国有成分和集体成分。国有经济即社会主义全民所有制经济，是指国家代表全体社会成员共同占有生产资料的公有制形式。国有经济是社会主义公有制经济的主要形式，它掌握国民经济的命脉，是国民经济的主导力量；它掌握着社会化程度较高的现代

---

① 《邓小平文选》第 3 卷，人民出版社 1993 年版，第 111 页。

化大生产,代表着社会生产力发展的趋势和方向,是我国进行现代化建设的重要物质基础;它是国家依靠经济手段引导其他所有制经济,进行宏观经济调控的重要的物质条件。集体经济即社会主义集体所有制经济,是指部分社会成员共同占有生产资料的一种社会主义公有制形式,是公有制经济的重要组成部分。集体所有制经济是社会主义公有制经济的重要组成部分,在我国国民经济发展中起着极其重要的作用。它是我国农村的主要经济形式,在城镇的工业、交通运输业、商业和服务业等领域中也占较大的比重。集体所有制可以广泛吸收社会资金,对于发展生产、满足和提高人民生活需要、繁荣市场、稳定物价、吸收劳动就业、扩大商品出口,增加公共积累和国家税收等都发挥着重要作用。混合所有制经济是指不同所有制经济的归属者以参股和控股等形式共同投资组建而成的产权多元化法人企业的经济形式。其主要表现形式是股份制企业、跨所有制组成的企业和企业集团、中外合资合作企业等。这些所有制经济中的国有成分和集体成分,根据参股和控股的大小享有相应的产权和收益权,因而也属于公有制经济的范畴。这打破了公有制经济只包括单一的国有经济和集体经济的传统理论,把混合所有制经济中的国有成分和集体成分划归为公有制经济的范畴,拓展了公有制经济的范围,是对马克思主义所有制理论的重要补充发展,对我国经济改革和发展具有重大的意义。

坚持公有制经济的主体地位,主要体现在两个方面:一是公有资产在社会总资产中占优势;二是国有经济控制国民经济命脉,对经济发展起主导作用。不过,就全国而言,不同地方,不同产业有所差别。公有资产既有量的优势,更要注重质的提高。国有经济起主导作用,主要体现在控制力上,只要坚持公有制为主体,国有经济控制国民经济命脉,在经济中的控制力和竞争力得到增强,在这个前提下,国有经济比重减少一些,并不会影响我国的社会主义性质。当然,发挥国有经济的主导作用,需要不断增强国有经济活力、控制力、影响力,国有经济的布局应逐步优化,使国有资本的投资运营服务于国家战略目标,更多投向关系国家安全、国民经济命脉的重要行业和关键领域,重点提供公共服务、发展重要前瞻性战略性产业、保护生态环境、支持科技进步和保障国家安全。

巩固和发展公有制经济,还要努力寻找能够极大促进生产力发展的公有制实现形式。所有制是指在社会生产过程中人与人在生产资料占有方面的关系体系,它包括人们对生产资料的所有、占有、支配和使用等方面的经济关系。所有制实现形式是指一定的所有制前提下的资产在生产过程中的具体经营方式和组织形式。在资本组织形式上可以采取独资、股份合作制、合作社、股份公司等。在经营方式上可以实行公有公营、公有民营、租赁或承包经营等方式。公有制经济的性质和实现形式是两个不同层次的问题。公有制经济的性质体现在所有权的归属上,坚持公有制的性质,根本的是坚持国家和集体对生产资料的所有权。所有制作为生产关系的基础,有公有制和私有制、社会主义与资本主义的区别。而所有制的实现形式是采取怎样的经营方式和组织形式问题,它不具有“公”与“私”、“社”与“资”的区分。同一种所有制可以有不同的实现形式,不同的所有制也可以有相同的实现形式。长期以来,我们把二者混为一谈,导致实际工作中始终把所有权和经营权合二为一,使企业缺少活力。我们必须消除那种认为公有制实现形式的改变,就是公有制性质的改变、就是公有资产的流失、就是私有化等错误观念,大胆利用一切反映社会化生产规律的组织形式和经营方式,不断提高公有制经济的整体效益。实现形式要解决的是发展生产力的组织形式和经营方式问题,只要能够有利于生产力的发展,公有制的实现形式可以而且应当多样化。一切反映社会化生产规律的经营方式和组织形式都可以大胆利用。要根据社会生产规律的要求,采取多样化的经营方式和资产组织形式,使国有经济在更大的范围里获得广阔的发展空间。实践证明,股份制是现代企业的一种资本组织形式,有利于所有权和经营权的分离,有利于提高企业和资本的运作效率。不能笼统地说股份制是公有还是私有,关键看控股权掌握在谁的手中。国家和集体控股,具有明显的公有性,有利于扩大公有资本的支配范围,增强公有制的主体地位。国有企业是我国国民经济的支柱,要从根本上扭转国有企业整体效益不高的局面,必须深化国有企业改革,进一步探索公有制特别是国有制的多种有效实现形式,大力推进企业的体制、技术和管理创新。

三、鼓励、支持、引导非公有制经济的发展

坚持公有制经济主体地位的同时,我国还要大力发展非公有制经济,这是由我国现阶段生产力水平决定的。我国是在半殖民地半封建的社会基础上进入社会主义社会,经过几十年的社会主义建设,生产力水平有了很大提高,已经建立起独立的比较完整的工业体系和国民经济体系,科学技术在某些领域已经具备了世界先进水平。但是,总体上,我国的生产力发展水平比较低,各行业各地区发展极不平衡,生产力水平呈现出多层次性的特征。与这种生产力发展水平相适应,必然要求发展多种所有制形式。

非公有制经济是我国社会主义市场经济的重要组成部分,包括个体经济、私营经济、外商独资经济、混合所有制经济中的非公有制经济成分等。它是促进我国社会生产力发展的重要力量,在支撑增长、促进创新、扩大就业、增加税收等方面具有重要作用。目前,我国非公有制经济国内生产总值所占比重超过60%,税收贡献超过50%,就业贡献超过80%,新增就业贡献达到90%。但是,非公有制经济的发展也面临许多问题,一方面是市场准入限制、融资渠道狭窄、实际税费负担较重、企业合法权益不时受到侵犯等经营环境和条件问题;另一方面是经营模式粗放、核心竞争力不强、企业治理方式弊端突出、履行社会责任不够等企业自身方面的问题。

积极鼓励、支持、引导非公有制经济的发展,需要坚持权利平等、机会平等、规则平等,废除对非公有制经济各种形式的不合理规定,消除各种隐形壁垒,制定非公有制企业进入特许经营领域的具体办法,

保证各种所有制经济依法平等使用生产要素、公开公平公正参与市场竞争，改进对非公有制企业的服务和监管。

为了进一步巩固和发展公有制经济，鼓励、引导和支持非公有制经济，必须建立健全现代产权制度。产权是所有制的核心和主要内容，包括物权、债权、股权和知识产权等各类财产权，建立归属清晰、权责明确、保护严格、流转顺畅的现代产权制度，有利于维护公共财产权，巩固公有经济的主体地位；有利于保护私有财产权，促进非公有制经济发展；有利于各类资本的流动和重组，推动混合所有制经济发展；有利于增强企业和公众创业创新的动力，形成良好的信用基础和市场秩序。这是完善基本经济制度的内在要求，是构建现代企业制度的重要基础。因此，要依法保护各类产权，健全产权交易规则和监管制度，推动产权有序流转，保障所有市场主体的平等法律地位和发展权利。

全面深化改革，就必须坚持和完善以公有制为主体、多种所有制经济共同发展的基本经济制度，这是中国特色社会主义制度的重要支柱，也是社会主义市场经济体制的根基。公有制经济和非公有制经济都是社会主义市场经济的重要组成部分，都是我国经济社会发展的重要基础。必须毫不动摇地巩固和发展公有制经济，坚持公有制主体地位，发挥国有经济主导作用，不断增强国有经济活力、控制力和影响力。必须毫不动摇地鼓励、支持、引导非公有制经济发展，激发非公有制经济活力和创造力。

第三节　社会主义初级阶段的分配制度

一、社会主义初级阶段的分配制度

个人收入分配制度是由生产资料所有制性质决定的，有什么样的所有制性质，就有什么样的分配方式。公有制为主体、多种所有制经济共同发展的基本经济制度，决定了收入分配领域必然实行以按劳分配为主体、多种分配方式并存的分配制度。

在社会主义社会，个人消费品实行按劳分配原则，是马克思主义的一个基本原理。按劳分配的基本内容是：凡是有劳动能力的人都应该尽自己的能力为社会劳动。劳动的全部成果在作了必要的社会扣除以后，按劳动者所提供的劳动数量和质量分配个人消费品，等量劳动领取等量报酬，多劳多得，少劳少得，不劳动者没有向社会领取劳动报酬的权利。社会主义之所以必须坚持按劳分配的主体地位，是由社会主义公有制和生产力发展水平决定的。第一，公有制是实行按劳分配的所有制基础。公有制实现了人们在生产资料占有上的平等关系，每一个劳动者在共同占有生产资料的基础上为社会提供劳动，社会则根据每个劳动者提供的劳动数量和质量进行收入分配。第二，生产力水平是实行按劳分配的物质基础。在生产力水平还没有达到高度发达的程度，社会产品还没有极大丰富时，劳动还是谋生的手段。现阶段，劳动者向社会提供的劳动数量和质量还存在着差别，只有承认这种差别，并在个人收入分配上体现这种差别，才能充分调动劳动者的积极性。

坚持按劳分配为主体，体现按劳分配是全社会占主体的分配原则，也体现为它是公有制经济内部的主体分配原则。但随着经济体制改革的深化，公有制实现形式已经发生深刻的变化，职工持股、法人持股以及各种非公有制经济的合营等形式纷繁多样，企业内部的分配形式也呈现多样化。在此情况下，按劳分配不是唯一的形式，但只要企业仍然是公有制或公有控股企业，按劳分配仍然是企业内部职工收入的主要形式，职工收入的主要部分仍然来自按劳分配。按劳分配是社会主义公有制在分配领域的体现，对于坚持中国特色社会主义经济的性质具有重要意义。

我国现阶段存在的分配方式，除了占主体地位的按劳分配原则以外，还有多种分配方式，其实质是按生产要素的占有状况进行分配。生产要素可以分为两大类：一是各种物质生产条件，如土地等自然资源以及厂房、设备、原材料等各种生产资料；二是人的劳动，包括人们在生产过程中提供的劳动、技术、信息、管理等。按生产要素分配所依据的是市场经济中各种生产要素的产权关系。因为各种生产要素是现实生产过程中必不可少的条件,所以,作为这些生产要素的所有者也就有权参与价值的分配,得到相应的收入,这是市场激活生产要素和发挥生产要素积极性的要求。

按生产要素分配有多种不同的形式,就其内容不同可以分为三类:一是以劳动作为生产要素参与分配。这里不包括公有制中的按劳分配,因为按劳分配得到收入的劳动者不是凭借作为独立的生产要素的所有者来参与分配,而是以生产资料所有者的身份凭自己提供的劳动来参与分配的。以劳动作为生产要素参与分配的主要是个体劳动者和被雇佣于非公有制经济的雇佣劳动者,实质上是劳动者出卖劳动力商品,按劳动力的价值得到的收入。二是劳动以外的生产要素所有者参与分配。主要包括资本所有者在生产经营过程中凭借资本所取得的利润;生产要素的所有者将自有的货币或资本借给他人经营或存入金融机构所取得的利息;以实物形态资本租借给他人经营或使用而取得的租金等。三是管理和知识产权类的生产要素,如科技发明、创造、信息、专利等参与分配。这类生产要素来自它们的所有者的劳动或劳动成果,在当代经济生活中发挥着越来越大的作用,在很大程度上决定着企业经营的成败和发展前途。

在社会主义初级阶段,实行按劳分配和按生产要素分配结合的分配制度,有利于优化资源配置,促进经济发展,最广泛最充分地调动一切积极因素,让劳动、知识、技术、管理和资本的活力竞相迸发,让一切创造财富的源泉充分涌流,以造福人民,造福社会。

二、深化分配制度改革

收入分配制度是整个社会主义经济制度中十分重要的组成部分。完善收入分配体制,努力缓解地区之间和部分社会成员之间收入分配差距扩大的趋势,在经济发展的基础上逐步实现全体人民的共同富裕，这是社会主义的本质要求。非公有制和按劳分配外的分配方式虽然是造成收入差距扩大和贫富差距存在的重要因素，但“目的是更快地实现共同富裕。正因为如此，所有我们的政策是不使社会导致两极分化。”[①]习近平总书记也强调，要使收入分配更合理、更有序。收入分配是民生之源，是改善民生、实现发展成果由人民共享最重要最直接的方式。

深化分配制度改革首先要解决好分配过程中的效率与公平问题。理论上讲，效率与公平都是社会经济发展要追求的目标，但在现实中二者又存在矛盾，强调效率往往会牺牲公平，强调公平又会影响效率。一般来说，效率主要由市场经济活动来解决，市场经济规律以及市场机制的作用具有自发提高效率的功能。公平问题是市场经济本身不能解决的问题，要靠政府来解决。社会主义与市场经济的结合，一方面通过走市场经济发展道路，能够有效解决效率问题，同时又能够通过社会主义的优势，较好地解决市场经济发展过程中出现的收入差距扩大、贫富悬殊的问题，尽可能消除市场经济发展过程中的负面影响。公平作为社会主义的基本特征，必须在经济社会发展中得到充分体现。没有效率不可能有真正的公平，也无法实现社会主义的本质。但是，只注重效率，不注重公平，或者只有效率，没有公平，也不能体现社会主义市场经济发展的特征。因此，在深化分配制度改革过程中，首先要正确处理好效率与公平的关系。

解决效率与公平关系的问题，要求改革收入分配制度，规范收入分配秩序，构建科学合理、公平公正的社会收入分配体系。第一，要完善国民收入分配体制，提高居民收入在国民收入分配中的比重。提高消费对经济增长的拉动力，必须提高居民收入在国民收入分配中的比重。消费是收入的函数，二者是正相关的关系，只有居民收入增加了，社会消费需求增加才具备基本条件。提高居民收入在国民收入分配

① 《邓小平文选》第3卷，人民出版社1993年版，第172页。

中的比重,涉及国民收入分配指导思想的变化和宏观分配体制的完善。在指导思想上,不需再把维持高积累作为国民收入分配的基本倾向,应该提高消费率作为国民收入分配的基本原则,通过提高消费率来增加消费需求在社会总需求中的比例。在宏观分配体制上,要确立有利于提高居民收入的导向,从体制上保证国民收入再分配更多地向直接形成居民收入的方面倾斜,加大转移支付的力度和数量,使更多的人能够通过再分配途径获得更多的收入。第二,要完善初次分配体制,提高劳动报酬的比重。劳动报酬在初次分配中的比重过低,实质问题是对劳动力价值定位不准确。在这一问题上,长期以来形成的一个习惯性做法是把压低劳动报酬作为降低生产成本的最主要途径,并作为提高产品市场竞争力的主要措施。因而必须从体制上扭转这种观念和做法,使企业逐步提高劳动报酬在生产成本中的比重。只有大幅度提高劳动报酬在生产成本中的比重,才能把提高市场竞争力的着力点转移到技术创新、制度创新、管理创新上来。提高劳动报酬在初次分配中的比重,保证企业创造的总收入中有更多的份额成为劳动者的收入。因此,十八大报告中明确指出:"必须深化收入分配制度改革,努力实现居民收入增长和经济发展同步、劳动报酬增长和劳动生产率提高同步,提高居民收入在国民收入分配中的比重,提高劳动报酬在初次分配中的比重。初次分配和再分配都要兼顾效率和公平,再分配更加注重公平。"通过深化收入分配制度改革,努力实现劳动报酬增长和劳动生产率提高同步,完善以税收、社会保障、转移支付为主要手段的再分配调节机制,完善收入分配调控体制机制和政策体系。保护合法收入,调节过高收入,清理规范隐性收入,取缔非法收入,增加低收入者收入,扩大中等收入者比重,努力缩小城乡、区域、行业收入分配差距,逐步形成橄榄型分配格局。

第四节 推动经济持续健康发展

一、推动经济持续健康发展的必要性

改革开放以来,我国以世界上少有的速度实现了持续快速发展,经济总量大幅跃升,人民生活水平得到显著提高。在经济快速发展的同时,我们对经济发展治理和效益的认识也不断深化,作出了以科学发展为主题,以加快转变经济发展方式为主线这一关系我国发展全局的战略抉择。

推动国民经济持续健康发展,是贯彻落实科学发展观、全面建成小康社会的必然要求,是调动各方面积极性、发挥各类生产要素潜力的有效途径,是紧紧抓住机遇、实现综合国力整体跃升的必由之路。推动国民经济持续健康发展,是在总结改革开放以来我国经济发展经验教训的基础上取得的新认识。如何以更好的质量实现经济社会的发展,是我国面临的也是必须要解决好的重大问题。国民经济的进一步发展对提高质量效益、节约资源、保护环境、实现经济社会持续健康发展的要求更加突出。只有推动经济持续健康发展,才能筑牢国家繁荣富强、人民幸福安康、社会和谐稳定的物质基础。

二、推动经济持续健康发展的战略

推动经济持续健康发展,必须加快转变经济发展方式,这是发展理念变革、模式转型、路径创新的综合性、系统性和战略性转变。要适应国内外经济形势新变化,加快形成新的经济发展方式,把推动发展的立足点转到提高质量和效益上来,着力激发各类市场主体发展新活力,着力增强创新驱动发展新动力,着力构建现代产业发展新体系,着力培育开放型经济发展新优势,使经济发展更多依靠内需特别是消费需求拉动,更多依靠现代服务业和战略性新兴产业带动,更多依靠科技进步、劳动者素质提高、管理创新驱动,更多依靠节约资源和循环经济推动，更多依靠城乡区域发展协调互动，不断增强长期发展后劲。调整经济结构是转变经济发展方式的主攻方向，是提升国民经济整体素质，赢得国际经济竞争主动权的战略重点和根本途径。必须以改善需求结构、优化产业结构、促进区域协调发展、推进城镇化为重点，着力解决制约经济持续健康发展的重大结构性问题。要牢牢把握扩大内需这一战略基点，加快建立扩大消费需求长效机制，释放居民消费潜力，保持投资合理增长，扩大国内市场规模。要加快产业结构优化升级，大力发展先进制造业、高技术产业特别是信息产业、生物产业，以及国防科技工业，大力提高服务业的比重和水平，加强基础产业、基础设施建设，充分发挥结构调整对经济发展方式转变的促进作用。

推动经济持续健康发展，必须坚持走中国特色新型工业化、信息化、城镇化、农业现代化道路。首先，信息化和工业化深度融合，以信息化带动工业化，以工业化促进信息化，走出一条科技含量高、经济效益好、资源消耗低、环境污染少、人力资源优势得到充分发挥的路子。其次，工业化和城镇化良性互动。工业化和城镇化实际上是同一问题的两个方面，工业化以城镇化为载体，工业化的过程也就是城镇化的过程，二者的互动才能实现良性发展。再次，城镇化和农业现代化相互协调。城镇化发展的显著标志是城镇人口所占的比重不断提高，而这一变化是建立在农业现代化发展基础上的，农业现代化和城镇化是不能分开的一个整体。最后，工业化、信息化、城镇化、农业现代化同步发展。现代化是一个整体，“四化”同步发展是现代经济发展的基本特征。这是党的十八大提出的关于“四化”同步发展的一个重要思想。

推动经济持续健康发展，必须坚持走中国特色自主创新道路。实施创新驱动发展战略，全面依靠创新驱动发展，提高经济质量和效益。坚持走中国特色自主创新道路的基本内涵是：以全球视野谋划和推动创新，提高原始创新、集成创新和引进消化吸收再创新能力，更加注重协同创新，坚持自主创新、重点跨越、支撑发展、引领未来的指导方针，不断提高创新能力，着力建立以企业为主体、市场为导向、产学研相结合的技术创新体系，加快建设国家创新体系，努力培育全社会的创新精神，把全社会智慧和力量凝聚到创新发展上来。党的十八大提出的创新驱动发展战略是在我国改革发展的关键时期作出的重大抉择。实施创新驱动发展战略，一是进一步提高自主创新能力。围绕产业发展需求部署创新链，完善科技有效支撑引领产业发展的机制。二是进一步深化科技体制改革。加快建立企业主导产业技术研发创新的体制机制，使企业成为技术创新决策、研发投入、科研组织和成果应用的主体，完善市场导向的创新格局。三是进一步优化创新环境。积极研究制定深化科技体制改革，加快国家创新体系建设有关政策措施。四是进一步扩大科技开放合作。立足全球视野和国际眼光，加快国际科技资源流动和重组，在开放合作中提高我国产业技术水平和科技实力。

推动经济持续健康发展，必须健全城乡发展一体化体制机制。推动城乡发展一体化是统筹城乡发展，缩小城乡差距的客观要求，是强农惠农富农政策和实践发展的必然趋势。必须健全体制机制，形成以工促农、以城带乡、工农互惠、城乡一体的新型工农城乡关系，让广大农民平等参与现代化进程、共同分享现代化成果。城乡二元结构是制约城乡发展一体化的主要障碍。加快完善城乡发展一体化体制机制，深化农村体制改革，适应工业化、城镇化快速推进的新形势，针对农业劳动力大规模转移、市场经济的观念和机制在农村中不断深化，现代农业科学技术普遍应用等新情况，加快建构新型农业经营体系，大力推进农业组织和制度创新，发展农民专业合作和股份合作，培育新型经营主体，发展多种形式规模经营，发展各类农业社会化服务组织和农业产业化经营体系。赋予农民更多财产权利，推进城乡要素平等交换和公共资源均衡配置，完善城镇化健康发展体制机制。

第六章　中国特色社会主义政治建设

走中国特色社会主义政治发展道路，是中国近现代社会历史发展的必然，是中国人民的选择。坚定不移地走中国特色社会主义政治发展道路，关键是要坚持党的领导、人民当家作主和依法治国有机统一。中国特色社会主义政治建设，就是要坚持和完善以人民民主专政的国家政权、人民代表大会制度、中国共产党领导的多党合作和政治协商制度、民族区域自治制度和基层群众自治制度等为主要内容的基本政治制度。应以保证人民当家作主为根本，以增强党和国家活力、调动人民积极性为目标，积极稳妥地推进政治体制改革，不断推进社会主义制度的自我完善和发展。

第一节　中国特色社会主义的政治发展道路

一、坚持中国特色社会主义政治发展道路的根本要求

发展社会主义民主政治，建设社会主义政治文明，是全面建设小康社会的重要目标，是建设中国特色社会主义总体布局的重要组成部分。改革开放以来，中国共产党总结社会主义民主正反两方面经验，不断推进政治体制改革，成功开辟和坚持了中国特色社会主义政治发展道路，为实现最广泛的人民民主确立了正确方向。中国特色社会主义政治发展道路，就是高举人民民主旗帜，从中国国情出发，坚持党的领导、人民当家作主、依法治国有机统一，坚持和完善人民代表大会制度、中国共产党领导的多党合作和政治协商制度、民族区域自治制度和基层群众自治制度，不断推进社会主义政治制度的自我完善和发展。坚定不移地走中国特色社会主义政治发展道路，其根本要求是坚

持党的领导、人民当家作主和依法治国的有机统一。这既是发展中国特色社会主义民主必须遵循的基本方针，也是中国特色社会主义民主区别于西方资本主义民主的本质特征。

第一，中国共产党的领导是人民当家作主和依法治国的根本保证。中国共产党是一个全心全意为人民服务的政党，实现人民民主从根本上体现了中国共产党立党为公、执政为民的宗旨。在中国这样一个人口众多，经济文化比较落后且发展不平衡的大国，人民利益具有广泛性和多样性，实现人民利益具有空前的复杂性和艰巨性，这就必然要求有一个代表最广大人民根本利益的坚强政治核心，来实现和保障人民当家作主，团结、凝聚和带领人民把革命、建设和改革事业不断推向前进。邓小平曾指出："我们人民的团结，社会的安定，民主的发展，国家的统一，都要靠党的领导。"①党和法治的关系是法治建设的核心问题，党的领导是中国特色社会主义最本质的特征。坚持党的领导，是社会主义法治的根本要求，是党和国家的根本所在、命脉所在，是全国各族人民的利益所系、幸福所系，是全面推进依法治国的题中应有之义。党的领导和社会主义法治是一致的，社会主义法治必须坚持党的领导。只有在党的领导下依法治国、厉行法治，人民当家作主才能充分实现，国家和社会生活法治化才能有序推进。推进政治建设和政治体制改革，必须有利于坚持和改善党的领导，增强党和国家的活力，而不能削弱党的领导。

第二，人民当家作主是社会主义民主政治的本质和核心要求，是社会主义政治文明建设的根本出发点和归宿。人民群众是历史的创造者，是革命和建设事业取得胜利的力量源泉，人民当家作主是社会主义的本质特征和内在要求。人民当家作主保证了国家各项事业发展符合人民的利益和意愿，离开人民当家作主，不受人民监督，党的领导和依法治国就会脱离正确的方向。同时，发扬人民民主，又是加强

① 《邓小平文选》第2卷，人民出版社1994年版，第342页。

和改善党的领导的有效途径。党的领导方式和执政方式集中反映在党与国家以及人民群众关系的具体形式上。党只有领导人民创造各种有效的当家作主的民主形式，坚持依法治国，才能充分实现人民当家作主的权利，才能巩固党的执政地位。必须坚持法治建设为了人民、依靠人民、造福人民、保护人民，以保障人民根本权益为出发点和落脚点，保证人民依法享有广泛的权利和自由、承担应尽的义务，维护社会公平正义，促进共同富裕。必须保证人民在党的领导下，依照法律规定，通过各种途径和形式管理国家事务，管理经济文化事业，管理社会事务。必须使人民认识到法律既是保障自身权利的有力武器，也是必须遵守的行为规范，增强全社会学法尊法守法用法意识，使法律为人民所掌握、遵守和运用。

第三，依法治国是党领导人民治理国家的基本方略，是社会主义民主的有效途径和可靠保障。依法治国与人民民主、党的领导是紧密联系、相辅相成、互相促进的。依法治国不仅从制度上、法律上保证人民当家作主，而且也从制度上、法律上保证党的执政地位。我国的宪法和法律是党的主张和人民意志相统一的体现。人民在党的领导下，依照宪法和法律治理国家，管理社会事务和经济文化事业，保障自己当家作主的各项民主权利，这是依法治国的实质。党领导人民通过国家权力机关制定宪法和各项法律，又在宪法和法律范围内活动，严格依法办事，保证法律的实施，从而使党的领导、人民当家作主和依法治国有机统一起来。

总之，党的领导、人民当家作主和依法治国必须统一于建设中国特色社会主义民主政治的伟大实践之中，决不能把它们分别割裂开来或对立起来。把坚持党的领导、人民当家作主、依法治国有机统一起来是我国社会主义法治建设的一条基本经验。

二、坚持中国特色社会主义政治发展道路的独特优势

走中国特色社会主义政治发展道路，能够真正实现人民当家作

主,有利于发挥人民群众以国家主人翁的身份建设和管理国家的积极性、主动性和创造性。中国特色社会主义民主政治建立在生产资料公有制基础上,从根本上消除了导致资本主义民主落后性的根源,使少数人统治的“精英民主”真正变成了最广大人民的民主。我国宪法明确规定国家的一切权力属于人民。广大人民群众真正成为国家、社会和自己命运的主人,也必然焕发出推进经济社会发展的热情和力量。

走中国特色社会主义政治发展道路,能够保证国家机关协调高效运转,有利于发挥社会主义集中力量办大事、提高效率办成事的政治优势。人民代表大会作为国家权力机关统一行使国家权力,实行民主集中制。国家行政机关、审判机关、检察机关虽然分工不同、职责不同,但都由人大产生,对人大负责。这就保证了各国家机关协调一致地高效运转,能够排除各种干扰,统筹兼顾各方面利益,集中一切资源、力量和智慧用于国家建设。这与西方资本主义国家的“三权分立”、互相掣肘是根本不同的。

走中国特色社会主义政治发展道路,能够保障国家的统一稳定,有利于实现国家长治久安、社会和谐。中国是一个发展中大国,城乡之间、地区之间发展很不平衡,保持稳定的任务十分艰巨。中国共产党作为中国特色社会主义事业的坚强领导核心,领导全国各族人民在实践中形成并不断发展完善的一系列政治制度,为巩固和发展社会主义,实现国家统一、民族团结和社会稳定提供了根本政治保证。

中国特色社会主义政治发展道路,在实践中已经展现出强大的生命力和优越性,我们必须坚定不移地坚持这条道路。同时,我们也应该看到,我国还处于社会主义初级阶段,中国特色社会主义民主的实践只有几十年时间,在民主的具体实现形式、运作机制以及制度化、规范化和程序化建设方面还不够成熟和完善。新形势下,我们要坚定不移地走这条道路,积极应对新挑战,就必须坚持正确的政治方向,坚持和完善我国的一系列政治制度,进一步健全和完善相关体制和机制,不断学习和借鉴人类政治文明的有益成果,努力开辟中国特色社会主义政治发展的更为广阔的道路。

第二节 中国特色社会主义的基本政治制度

一、发展社会主义民主

坚持和完善中国特色社会主义政治制度，是走中国特色社会主义政治发展道路，发展社会主义民主政治的基本途径。民主是国体和政体的统一。中国特色社会主义民主是人民民主专政国体和中国特色社会主义根本政治制度、基本政治制度的统一。

1. 人民民主专政

人民民主专政是我国的国体。我国宪法规定："中华人民共和国是工人阶级领导的，以工农联盟为基础的人民民主专政的社会主义国家。"这一规定表明：人民民主专政是工人阶级（经过共产党）领导的，以工农联盟为基础的，对人民实行民主和对敌人实行专政的国家政权。国家的一切权力属于人民。人民民主专政是马克思列宁主义关于无产阶级专政的理论同我国革命的具体实践相结合的产物，是中国共产党在领导革命斗争中的一个创造。我国现阶段的人民民主专政实质上是无产阶级专政。第一，性质相同。二者都是以工人阶级（经过共产党）为领导，以工农联盟为基础的国家政权；都是绝大多数人享有民主权利而对极少数敌人实行专政的新型民主、新型专政的国家政权。第二，作用、职能相同。二者都承担着巩固和发展社会主义制度，扩大人民民主，镇压敌对势力反抗，保卫和巩固革命成果，领导和组织全面的社会主义建设的职能。第三，历史使命相同。二者都要大力发展生产力，完善和发展社会主义的生产关系和上层建筑，逐步消灭一切阶级差别和社会不平等，为将来过渡到共产主义创造条件。

同时，人民民主专政又是新型民主和新型专政的结合，具有鲜明的中国特色。第一，从政权组成的阶级结构来看，在新民主主义革命时期和向社会主义过渡时期，不仅工人、农民和城市小资产阶级参加国家政权,而且民族资产阶级在一定历史时期也参加国家政权。进入社会主义以后,包括知识分子在内的工人阶级、占人口大多数的农民阶级、一切拥护社会主义和拥护祖国统一的爱国者,都属于人民范畴,在最广大的人民内部实行民主,只对极少数人实行专政。第二,从党派之间的关系看,实行共产党领导的多党合作与政治协商。在中国共产党领导下,实行多党派合作,是我国政治制度中的一个特点和优点。这种新型的政党关系是国际共产主义运动史上一个成功的创造。第三,从概念表述上看,人民民主专政的提法更全面、更明确地表示出人民民主和人民专政这两个相互联系的方面。邓小平指出,人民民主专政"实质上也就是无产阶级专政,但是人民民主专政的提法更适合于我们的国情"①。坚持人民民主专政,既对人民内部实行最广泛的民主,又依法对极少数人实行最有效的专政,保证了国家的长治久安,维护人民的根本利益。

2. 人民代表大会制度

人民代表大会制度是我国的根本政治制度,是我国的政体。人民代表大会制度是符合中国国情、体现中国社会主义国家性质,能够保证中国人民当家作主的根本政治制度和最高形式,也是党在国家政权中充分发扬民主、贯彻群众路线的最好实现形式,是中国社会主义政治文明的重要制度载体。民主集中制是人民代表大会的组织原则。人民行使权力的机关是全国人民代表大会和地方各级人民代表大会,要保证广大人民群众通过人民代表大会行使国家权力,保证人民代表大会及其常务委员会依法履行职能,加强立法和监督工作,使立法和决策更好地体现人民的意志。

在建设和发展中国特色社会主义的过程中,必须毫不动摇地坚持、巩固和完善人民代表大会制度,不能照搬西方的"三权分立"。"三权分立"有利于调整资产阶级内部各党派、各利益集团之间的利益矛

---

① 《三中全会以来重要文献选编(上)》,人民出版社 1982 年版,第 647 页。

盾，有助于维护资产阶级的民主制度和保持资本主义社会的稳定。资产阶级内部存在着大量的政治派别和利益集团，他们通过分权制衡的方式来协调内部不同利益冲突。“三权分立”的实质是阶级分权和资产阶级内部不同利益集团之间的分权，是实行资产阶级专政、维护资本统治的有力工具。但这种分权与制衡常使国家权力难以完全集中，相当一部分力量在互相牵制中被抵消，造成议而不决、决而不行，缺乏效率和稳定的政策。我国的人民代表大会制度是适合中国国情的具有中国特色的社会主义民主政治制度，同资本主义国家的“三权分立”制度相比，具有自身的优势和优越性。人民代表大会制度具有广泛的代表性，这使得各地区、各阶层、各民族、各个方面的群众都能参与到国家政治生活中来，参与到管理国家事务、管理经济和文化事业、管理社会事务上来，有效地保证了全国各族人民依法行使民主选举、民主决策、民主管理、民主监督的权利，享有宪法和法律规定的广泛民主、自由和权利。人民代表大会制度保证国家机关协调高效运转，在充分发扬民主、协商达成共识的基础上，按照多数人的意见作出决定，从而保证了国家统一有效地组织各项事业，能够排除各种干扰，统筹兼顾各方面利益，调动各种资源、力量和智慧，集中力量办大事，共同实现追求的目标。人民代表大会制度有利于维护国家统一和民族团结，保护各民族的合法利益，促进少数民族地区的经济和社会发展。

3. 中国共产党领导的多党合作和政治协商制度

中国共产党领导的多党合作和政治协商制度是中国特色社会主义的政党制度，是我国的一项基本政治制度。这一制度是在中国革命斗争中形成的，是中国共产党和各民主党派及社会各界民主人士的共同选择。中国共产党的领导是多党合作和政治协商的前提和根本保证，政治协商是中国民主政治的重要形式。中国共产党与各民主党派合作的基本方针是“长期共存、互相监督、肝胆相照、荣辱与共”。中国人民政治协商会议是中国人民爱国统一战线组织，是中国共产党领导的多党合作和政治协商的重要机关。它的主要职能是政治协商、民主监督和参政议政。

中国共产党领导的多党合作和政治协商制度是马克思主义政党理论和统一战线学说同我国实际相结合的产物，它既不同于许多资本主义国家的多党制或两党制，也不同于一些国家的一党制，而是根据中国实际作出的创造，具有鲜明的中国特色。第一，在我国的政党制度中，中国共产党是执政党，民主党派是参政党，不是在野党，更不是反对党。第二，中国共产党和各民主党派有着共同的根本利益和共同的目标，都以四项基本原则为共同准则，以实现不同时期的总任务为共同纲领，以建设中国特色社会主义为共同理想。第三，各民主党派都参与国家政权，参与国家事务的管理，参与国家大政方针和国家领导人选的协商，参与国家方针、政策、法律、法规的制定执行。第四，中国共产党和各民主党派都以宪法为根本活动准则，都受到宪法的保护，享有宪法规定范围内的政治、组织独立和法律上的平等地位。这一制度的优势在于：既能实现广泛的民主参与，集中各民主党派、各人民团体和各界人士的智慧，促进执政党和各级政府决策的科学化、民主化，又能实现集中统一，统筹兼顾各方面的利益要求。

4. 民族区域自治制度

民族区域自治是我国解决民族问题的基本政策，也是国家的一项基本政治制度。民族区域自治是指在统一而不可分离的国家领导下，在各少数民族聚居的地方设立自治机关，行使自治权，实行区域自治。其核心是保障少数民族当家作主，管理本民族、本地方事务的权利。实行民族区域自治，是中国共产党根据我国的历史发展、文化特点、民族关系和民族分布等具体情况作出的制度安排，符合各民族人民的共同利益和发展要求。实践证明，民族区域自治制度把民族因素和现实因素相结合，体现了我国坚持实行各民族平等、团结、合作和共同繁荣的原则，巩固和发展了平等团结互助和谐的社会主义民族关系。

民族区域自治制度，是中国共产党运用马克思主义关于多民族国家结构的一般原则解决我国民族问题的基本政策，是党和各族人民的一个伟大创举，具有鲜明的特点和巨大的优越性。第一，民族区域自治制度具有高度的原则性，有利于国家的统一。我国是一个团结统一的多民族国家，民族区域自治是在国家统一领导下的自治，这是民族区域自治的前提。第二，民族区域自治的权利具有广泛性，有利于少数民族当家作主。民族区域自治的地方自治机关，享有大于一般地方行政机关的权利。它除行使一般地方行政机关的同等职权外，还同时行使地方自治权。这是民族区域自治的核心。第三，民族区域自治的形式具有极大的灵活性，有利于充分保障各民族的平等地位和平等权利。我国的民族区域自治是民族自治与区域自治的有机结合，它以民族聚居区为基础，以民族成分、区域界限、行政地位为要素，这就使自治形式具有极大的灵活性，充分适应了中国的地理特点和少数民族的分布特点，最大限度地满足少数民族人民积极参与国家政治生活的要求，充分保障所有大小民族的平等地位和平等权利。

5. 基层群众自治制度

基层群众自治制度也是中国的一项基本政治制度。它是依照宪法和法律的规定，由居民（村民）选举的成员组成居民（村民）委员会，实行自我管理、自我教育、自我服务、自我监督的制度。它是一种基层自治和民主管理制度，是人民依法直接行使民主权利的制度保障，是社会主义民主广泛而深刻的实践。改革开放以来，随着中国的发展和进步，全国各地城乡基层民主不断扩大，公民有序的政治参与渠道增多，民主的实现形式日益丰富。目前，中国已经建立了以农村村民委员会、城市居民委员会和企业职工代表大会为主要内容的基层民主自治体系。广大人民在城乡基层群众性自治组织中，依法直接行使民主权利，实行民主自治，已经成为当代中国最直接、最广泛的民主实践。

实施这一制度，扩大基层民主，实行基层群众自治，有助于激发广大人民群众当家作主的积极性、创造性和责任感，在中国特色社会主义事业建设中发挥着重要的作用。第一，保障了最广泛的人民群众的民主权利。通过基层群众自治制度，我国将绝大多数人口纳入基层的民主选举、民主决策、民主管理和民主监督的政治实践中，体现出社会主义民主高度的人民性和广泛性。第二，反映了最广大人民群众的利益诉求。在自治的内容上，群众自治的事务涉及群众的切身利益，能够表达自己的利益诉求，保护自己的权利不受侵犯；在行使民主权利的方式上，人民群众在自己生活的社区内，通过选举、决策、管理和监督，直接参与基层公共事务和公益事业的管理，使得民主参与具有直接性和有效性。第三，提高了干部群众的政治素质。在基层群众的自治中，广大农民和市民的民主意识、权利义务观念、法制观念以及参政议政能力大幅度提高，造就了一大批政治觉悟高、业务能力强的基层干部群众。第四，理顺了党群和干群关系，促进了农村、城市的廉政建设。实行基层群众自治制度，有利于促进干部为广大群众做实事、谋发展，从而有利于融洽党群和干群关系。第五，有利于促进社会主义和谐社会建设，带动基层的整体性进步。社会主义和谐社会，是充满创造活力的社会，是各方面利益关系不断得到有效协调的社会，是社会管理体制不断创新和健全的社会，是稳定有序的社会。要实现和谐社会，关键是让各个社会阶层、各个群体都可以参与立法和决策过程、表达自己的诉求，让广大农民和工人有权利选择他们自己的代表来参与政治。

二、建设社会主义法治国家

依法治国，建设社会主义法治国家，是建设中国特色社会主义的重要目标，是党领导人们治理国家的基本方略。党提出并实施依法治国战略经历一个曲折的历史过程。新中国成立后，毛泽东亲自领导并参加了新中国第一部宪法的起草工作。1956 年党的八大通过的关于政治报告的决议提出，由于社会主义革命已经基本完成，国家的主要任务已经由解放生产力变为保护和发展生产力。“国家必须根据需要，逐步系统地制定完备的法律。”①但由于多种原因，八大提出的正确方针没能一贯坚持，“文化大革命”使社会主义法制遭到破坏。十一届三中全会以后，邓小平总结我国法制建设的经验教训，适应改革开放的新要求，十分强调和重视法制建设，并于1996年2月提出了“依法治国”思想。1997年党的十五大正式将“依法治国”写入党的文件，将依法治国提升到治国方略的战略高度，确定依法治国是党领导人民治理国家的基本方略，提出了“依法治国，建设社会主义法治国家”的历史任务。1999年3月，九届全国人大二次会议通过的宪法修正案正式把“依法治国”这一基本方略以国家根本大法的形式确定下来，表明依法治国方略已由党的主张上升为国家意志。

2002年党的十六大将“依法治国基本方略得到全面落实”列入全面建设小康社会的重要目标。2007年党的十七大强调“坚持依法治国的基本方略，树立社会主义法治理念”，提出加快建设社会主义法治国家。2012年党的十八大强调“全面推进依法治国”，“法治是治国理政的基本方式”，提出“科学立法、严格执法、公正司法、全民守法”的新十六字方针。十八届三中全会为了贯彻全面落实依法治国方略，强调“建设法治中国，必须坚持依法治国、依法执政、依法行政共同推进，坚持法治国家、法治政府、法治社会一体建设。”②2014年10月，以“依法治国”为主题的十八届四中全会通过了《中共中央关于全面推进依法治国若干重大问题的决定》，旗帜鲜明地提出要坚持走中国特色社会主义法治道路、建设中国特色社会主义法治体系、建设社会主义法治国家，深刻阐述了全面推进依法治国的重大意义、指导思想、总体目标、基本原则，并阐释了中国特色社会主义法治体系的科学内涵、党的领导和依法治国的关系等重大问题。

依法治国就是广大人民群众在党的领导下，依照宪法和法律规

---

① 《建国以来重要文献选编》第九册，中央文献出版社1994年版，第351页。

② 《中共中央关于全面深化改革若干重大问题的决定》，人民出版社2013年版，第31页。

定,通过各种途径和形势管理国家事务,管理经济文化事业,管理社会事务,保证国家各项工作都依法进行,逐步实现社会主义民主的制度化、法律化,使这种制度和法律不因领导人的改变而改变,不因领导人看法和注意力的改变而改变。深刻理解依法治国的科学内涵,应注意把握:第一,依法治国的主体是党领导下的人民群众,也就是党领导人民实行依法治国。第二,依法治国的客体是国家事务、经济文化事业和社会事务。第三,依法治国就是要保证对上述事业、事务的管理工作都要依法进行。第四,依法治国所依的法,最重要的是宪法和法律。我国的宪法和法律体现了党的主张和人民的利益、人民意志的统一。

依法治国是社会文明进步的显著标志,是国家长治久安的重要保障,是社会主义民主政治的基本要求。第一,依法治国是中国共产党执政方式的重大转变,它同坚持和改善党的领导是完全一致的,有利于加强和改善党的领导。第二,依法治国是发展社会主义民主、实现人民当家作主的根本保证,社会主义民主是社会主义法治的基础,社会主义法治是社会主义民主的保障。第三,依法治国是发展社会主义市场经济和扩大对外开放的客观需要,有利于社会主义市场经济体制的完善和发展,可以为扩大对外开放保驾护航。第四,依法治国是国家长治久安的重要保障。依法治国就是要依靠法治来协调社会关系,化解社会矛盾,严厉打击各种犯罪活动,实现国家的长治久安。因此,依法治国,是坚持和发展中国特色社会主义的本质要求和重要保障,是实现国家治理体系和治理能力现代化的必然要求,事关我们党执政兴国,事关人民幸福安康,事关党和国家长治久安。

实行依法治国,必须不断完善中国特色社会主义法律体系。中国特色社会主义法律体系是以宪法为统帅,以法律为主干,以行政法规、地方法规为重要组成部分,由宪法相关法、民法商法、行政法、经济法、社会法、刑法、诉讼与非诉讼程序法等多个法律部门组成的有机统一整体。推进依法治国进程,建设社会主义法治国家,必须大力加强社会主义法制建设。其基本要求是:有法可依、有法必依、执法必严、违法必究。四者相互联系,相互制约。有法可依是前提,有法必依是核心,执法必严是关键,违法必究是保障。

任何一个国家的民主和法制都是逐步建立并不断完善的。社会主义民主法制建设,也需要一个逐步发展和完善的过程。新中国成立60多年来特别是改革开放30多年来,我国的法制建设取得了长足进展。目前,中国特色社会主义法律体系已经形成,法治政府建设稳步推进,司法体制不断完善,全社会法治观念明显增强。但也必须清醒地看到,我国现阶段,有法不依、执法不严、违法不究的现象还在一定范围内存在,继续推进我国依法治国的进程还有许多工作要做。

十八届四中全会强调全面推进依法治国的总目标是建设中国特色社会主义法治体系,建设社会主义法治国家,即在中国共产党领导下,坚持中国特色社会主义制度,贯彻中国特色社会主义法治理论,形成完备的法律规范体系、高效的法治实施体系、严密的法治监督体系、有力的法治保障体系,形成完善的党内法规体系,坚持依法治国、依法执政、依法行政共同推进,坚持法治国家、法治政府、法治社会一体建设,实现科学立法、严格执法、公正司法、全民守法,促进国家治理体系和治理能力现代化。为了实现这一目标,必须坚持以下五个原则:一是坚持党的领导;二是坚持人民主体地位;三是坚持法律面前人人平等;四是坚持依法治国和以德治国相结合;五是坚持从实际出发。

当前和今后一个时期内,全面推进依法治国需要做到:第一,完善以宪法为核心的中国特色社会主义法律体系,加强宪法实施。建设中国特色社会主义法治体系,必须坚持立法先行,发挥立法的引领和推动作用,抓住提高立法质量这个关键。要恪守以民为本、立法为民理念,贯彻社会主义核心价值观,使每一项立法都符合宪法精神、反映人民意志、得到人民拥护。要把公正、公平、公开原则贯穿于立法全过程,完善立法体制机制,坚持立改废释并举,增强法律法规的及时性、系统性、针对性和有效性。第二,深入推进依法行政,加快建设法治政府,保证公正司法,提高司法公信力。各级政府必须坚持在党的领导下、在法治轨道上开展工作,创新执法体制,完善执法程序,推进综合执法,严格执法责任,建立权责统一、权威高效的依法行政体制,加快建设职能科学、权责法定、执法严明、公开公正、廉洁高效、守法诚信的法治政府。第三,增强全民法治观念,推进法治社会建设,加强法治工作队伍建设。公正是法治的生命线。司法公正对社会公正具有重要引领作用,司法不公对社会公正具有致命破坏作用。必须完善司法管理体制和司法权力运行机制,规范司法行为,加强对司法活动的监督,努力让人民群众在每一个司法案件中感受到公平正义。第四,加强和改进党对全面推进依法治国的领导。法律的权威源自人民的内心拥护和真诚信仰。人民权益要靠法律保障,法律权威要靠人民维护。必须弘扬社会主义法治精神,建设社会主义法治文化,增强全社会厉行法治的积极性和主动性,形成守法光荣、违法可耻的社会氛围,使全体人民都成为社会主义法治的忠实崇尚者、自觉遵守者、坚定捍卫者。全面推进依法治国是一个系统工程,是国家治理领域一场广泛而深刻的革命,需要在各方面进行战略部署,更加扎实地推进依法治国,努力实现国家各项工作法治化,向着建设法治中国不断前进。

第三节 当代中国的政治体制改革

一、政治体制改革的必要性

政治体制是一个国家政治制度得以运行和发挥功能的体制安排,涉及政治制度运行的组成体系、功能结构、工作机制和程序安排。我国经济体制改革的深入发展和社会主义现代化建设的顺利推进,要求我们在坚持基本政治制度的前提下,继续推进政治体制改革,进一步扩大社会主义民主和健全社会主义法制,以促进经济、政治、文化的顺利发展和社会的全面进步。

政治体制改革是完善社会主义基本政治制度的需要。由于世界社会主义运动的经验不足,中国社会主义建设的实践更短,加之“文化大革命"对民主法制的严重破坏等原因,造成了我们党和国家具体体制的某些弊端,诸如权力过分集中、党政不分、以党代政、干部职务终身制、官僚主义、家长制以及形形色色的特权现象等。如果对这些弊端不进行有效地革除,过去曾出现过的一些严重问题今后就又可能再次出现,势必会阻碍改革开放和社会主义现代化建设的顺利推进,甚至影响国家的长治久安。但是,我们所进行的政治体制改革,不是改掉社会主义基本政治制度,更不是照搬照抄西方的政治模式,而是社会主义制度的自我完善和发展。

政治体制改革是深化经济体制改革的需要。随着经济体制改革的深入发展,社会主义市场经济体制目标的确立,必然要求建立与之相适应的领导体制、决策机制、管理体制和法律体制等,并使之与经济体制改革互相配合,以改变原来主要由于高度集中的计划经济体制而形成的诸如政企不分、机构臃肿、人浮于事和效率低下等弊端,充分发挥人民群众的积极性和创造性,使社会主义市场经济体制充满生机和活力。

政治体制改革是建设社会主义民主政治的需要。实现社会主义现代化,是千百万人民群众的共同事业。没有广大人民群众积极性和创造性的充分发挥,没有全民族的思想道德素质和科学文化素质的普遍提高,社会主义现代化建设事业就不可能获得成功,而调动积极性是最大的民主。要切实改革并完善党和国家的制度,从制度上保证党和国家政治生活的民主化、经济管理的民主化、整个社会生活的民主化,促进现代化建设事业的顺利发展。

二、中国政治体制改革的历程和成就

改革开放以来,我国党和政府把推动经济基础变革同推进上层建筑改革结合起来,积极稳妥地推进政治体制改革。1980 年 8 月,邓小平在中央政治局扩大会议上作了《党和国家领导制度的改革》的重要讲话,标志着我国政治体制改革正式启动。当时的政治体制改革,主要是针对“文化大革命”造成破坏，解决权力过分集中、官僚主义以及干部职务终身制等问题。中共十二大首次明确提出政治体制改革的概念，将政治制度和政治体制区别开来，从理论上破除了对社会主义的僵化理解，为政治体制改革提供了理论依据。此后，政治体制改革围绕着经济体制改革逐步全面展开。中国共产党明确提出了建设有中国特色的社会主义民主政治，依法治国、建设社会主义法治国家、发展社会主义民主政治，把坚持党的领导、人民当家作主和依法治国有机统一起来，走中国特色社会主义民主政治发展道路等一系列重大战略方针，使政治体制改革稳步推进。

改革开放30多年来，中国政治体制改革始终贯穿于政治发展的历史进程中，是同经济体制、文化体制和社会体制以及其他方面的体制改革相辅相成、互相促进、不断深化的，取得了重大成就。

一是扩大了人民有序政治参与，民主政治的制度化水平大大提高。选举制度、政治协商、民主监督、参政议政等制度逐步发展和完善，农村村民委员会、城镇居民委员会、企业职工代表大会等民主制度逐步发展。同时，人民直接监督、人民代表大会监督、舆论监督等制度和机制更加健全。

二是社会主义法治更加完善。中国用30年左右的时间完成了西方一些国家用几百年才建成法律体系的任务，2010年基本形成了中国特色社会主义法律体系。

三是行政管理体制与机构改革成效明显。政府职能转变迈出重要步伐，社会管理和公共服务得到加强，政府组织机构逐步优化，科学民主决策水平不断提高，初步形成了中国特色的行政管理体制。

四是干部人事制度改革成果丰硕。废除了领导干部职务终身制，全面推行职务任期制和领导干部退休制，确保了党和国家机关领导人有序更替。建立了国家公务员制度，构建了比较完备的干部选拔任用和监督管理机制。

五是人权得到更加全面、真实和充分的尊重和保障。以宪法为依据，确定了一系列保障人权的法律，建立了较为完备的保障人权的法律制度，人民的生存权和发展权，公民权利和政治权利，经济、社会、文化权利，妇女、老年人、未成年人等特殊群体和残疾人等弱势群体的合法权利，少数民族权利等均得到更好的保障。

中国政治体制改革虽然取得了巨大成就，但是，我国社会主义民主法制建设与扩大人民民主、促进经济社会发展的要求还不完全适应，社会主义民主政治的具体制度方面还存在不完善的地方，在保障人民民主权利、发挥人民创造精神方面还存在不足。这些都要求我们继续积极稳妥地推进政治体制改革。

三、政治体制改革的总体要求和任务

我国政治体制改革的总体要求是：坚持正确政治方向，坚持中国特色社会主义政治发展道路，以保证人民当家作主为根本，以增强党和国家活力、调动人民积极性为目标，扩大社会主义民主，建设社会主义法治国家，发展社会主义政治文明。这一总体要求明确了我国政治体制改革的基本立场、根本目的和主要目标。基本立场是：坚持党的领导，坚持走自己的路，决不照搬西方政治体制模式，在政治体制改革中实现社会主义政治制度的自我完善和发展。根本目的是：大力发展人民民主，保证和实现人民当家作主的权利。主要目标是：充分调动人民的积极性和创造性，使中国改革开放和社会主义现代化发展拥有不竭动力。同时，通过健全和完善党和国家制度，增强党和国家的活力，为实现中国社会的全面协调可持续发展提供重要保障。

我国政治体制改革的基本原则包括：坚持党总揽全局、协调各方的领导核心作用，提高党科学执政、民主执政、依法执政水平，保证党领导人民有效治理国家；坚持国家一切权力属于人民，健全民主制度，丰富民主形式，拓宽民主渠道，保证人民依法实行民主选举、民主决策、民主管理、民主监督；全面落实依法治国基本方略，在全社会大力弘扬社会主义法治精神，不断推进科学立法、严格执法、公正司法、全民守法进程,实现国家各项工作法治化;坚持社会主义政治制度的特点和优势,推进社会主义民主政治制度化、规范化、程序化,为党和国家长治久安提供政治和法律制度保障,更好地保证人民当家作主,巩固和发展民主团结、生动活泼、安定和谐的政治局面。

当前和今后一个时期,中国政治体制改革的目标是:以保证人民当家作主为根本,坚持和完善人民代表大会制度、中国共产党领导的多党合作和政治协商制度、民族区域自治制度以及基层群众自治制度,更加注重改进党的领导方式和执政方式,保证党领导人民有效治理国家;更加注重健全民主制度、丰富民主形式,保证人民依法实行民主选举、民主决策、民主管理、民主监督;更加注重发挥法治在国家治理和社会管理中的重要作用,维护国家法治的统一、尊严、权威,保证人民依法享有广泛权利和自由。

党的十八届三中全会提出了深化政治体制改革的主要任务:第一,推动人民代表大会制度与时俱进。坚持人民主体地位,推进人民代表大会制度理论和实践创新,发挥人民代表大会制度的根本政治制度作用。第二,推进协商民主广泛多层制度化发展。在党的领导下,以经济社会发展重大问题和涉及群众切身利益的实际问题为内容,在全社会开展广泛协商,坚持协商于决策之前和决策实施之中。发挥统一战线在协商民主中的重要作用。发挥人民政协作为协商民主重要渠道作用。第三,发展基层民主。畅通民主渠道,健全基层选举、议事、公开、述职、问责等机制。开展形式多样的基层民主协商,推进基层协商制度化。

四、政治体制改革的基本方针

政治体制改革作为我国全面改革的重要组成部分,是一项复杂而庞大的系统工程,每一项重大措施的出台,都涉及千万人的利益,必须分步骤、有领导、有秩序地进行,既要坚定不移,又要循序渐进,必须坚持积极稳妥的方针。

坚持积极稳妥的方针是从中国实际出发的必然选择。一个国家的政治、经济、文化、社会等方面的发展,总是互为条件的。政治发展的程度与社会经济文化发展的程度密切相关,政治体制改革不能滞后于社会经济文化的发展,也不能脱离现实的社会经济文化条件。我国仍处于并将长期处于社会主义初级阶段,经济文化还不发达,在发展过程中又遇到了多方面的矛盾和问题。深化政治体制改革,必须从我国的实际出发,与我国生产力和生产关系的发展相适应,与我国的历史条件、经济发展水平和文化教育水平相适应,既要积极,又要稳妥。这样才能保证政治体制改革沿着正确的道路前进。

坚持积极稳妥的方针是实现改革发展稳定相统一的必然要求。正确处理改革发展稳定的关系,实现改革发展稳定的统一,是关系我国社会主义现代化建设全局的重要指导方针。发展是硬道理,稳定是硬任务。没有稳定,什么事也干不成,已经取得的成果也会失去。新形势下,人民内部矛盾明显增多,有的还会突出出来。政治体制改革关系广大人民群众的福祉,稍有不慎就会带来严重危害,如果处理不当就会引起动荡,所以必须积极稳妥地推行。

第七章　中国特色社会主义文化建设

在世界多极化、经济全球化和实行社会主义市场经济的条件下，各种思想文化在我国相互交织、相互激荡。面对如此复杂的局面，如何建设和发展中国特色社会主义文化？为什么要建设社会主义核心价值体系，如何理解社会主义核心价值观？如何建设社会主义文化强国？这些都是中国特色社会主义建设总布局的重要内容，也是实现中华民族伟大复兴的历史进程中，我们必须认真研究和回答的问题。

第一节　发展社会主义先进文化

一、社会主义先进文化的基本含义及其重大意义

文化是人类社会特有的现象，一部人类史就是人的文化史。文化是一个内涵和外延都十分宽广的概念，它有广义与狭义之分。广义的文化，是指人类在改造自然和改造社会的过程中所创造的物质财富和精神财富的总和。其中物质财富是人类改造自然的物质成果，表现为物质生产的进步和物质生活的改善；精神财富是人类改造主观世界的精神成果，表现为教育、科学、文化的发展以及道德、理想、情操的升华。而狭义的文化则是指作为观念形态的，与经济、政治并列的，有关人类社会生活的思想理论、道德风尚、文学艺术、教育和科学等精神方面的内容。其中，人们的世界观、人生观、价值观是其核心。

文化有先进与落后之别。落后文化会桎梏人们的思想，遏制社会的创造力，阻滞社会的发展；而先进文化，是人类文明进步的结晶，是能够顺应人类社会发展规律，为人类社会文明进步提供强有力的思想保证、精神动力和智力支持的文化。先进文化一经形成，就会作为一

种潜在力量,规范人们的行为,保持社会认同,凝聚社会共识,制约社会发展的特色和方向。人类文明进步的历史充分表明,没有先进文化的积极引领,没有人民精神世界的极大丰富,没有全民族创造精神的充分发挥,一个国家、一个民族就不可能屹立于世界先进民族之林。

先进文化是反映先进生产力发展要求的、符合广大人民群众根本利益的、体现社会进步方向的文化,包括先进的政治思想、伦理道德和科学文化三个部分。在当代中国,发展社会主义先进文化,就是建设中国特色社会主义文化。就其主要内容而言,中国特色社会主义文化,同改革开放以来我们一直倡导的社会主义精神文明是一致的。中国特色社会主义文化就是以马克思主义为指导,以培育有理想、有道德、有文化、有纪律的公民为目标,发展面向现代化、面向世界、面向未来的,民族的科学的大众的社会主义文化。它渊源于中华民族五千年文明史,又植根于中国特色社会主义的改革开放实践,反映了我国社会主义初级阶段政治、经济的基本特征,与社会主义的基本经济制度和政治制度结合在一起,对经济和政治的发展起着巨大的促进作用。

要实现我国社会主义现代化建设和中华民族伟大复兴的宏伟目标,必须牢牢把握社会主义先进文化的前进方向,努力建设中国特色社会主义文化。

第一,中国特色社会主义文化是现代化建设的重要内容。任何社会都是由一定的经济、政治、文化、社会和生态构成的有机统一整体。社会主义社会也不例外,它同样是经济、政治、文化、社会和生态建设全面发展的社会。社会主义先进文化、社会主义精神文明在观念形态上反映着社会主义物质文明、政治文明、社会文明和生态文明的基本特征,同时又对其产生巨大的促进作用。只有文化建设与经济、政治、社会、生态等各方面建设相互促进,协调发展,中国特色社会主义事业才能顺利推进,社会主义现代化建设目标才能实现。

第二,中国特色社会主义文化是凝聚和激励全国各族人民的重要力量,是综合国力的重要标志。任何社会的生存和发展,都需要有一种普遍的社会认同和凝聚能力，以维护社会的协调与稳定。而文化从最初起，就具有明确的教化功能、认同功能和凝聚功能。中国特色社会主义文化通过知识体系、价值观念、思想信仰和行为规范，产生凝聚和激励社会成员的巨大力量。综合国力，以前主要是指经济力、政治力、军事力、外交力的总和，但随着世界多极化、经济全球化的深入发展和科技的日新月异，文化与经济、政治相互交融的程度不断加深，与科学技术的结合更加紧密，文化已经成为国家核心竞争力的重要因素，文化力已经成为综合国力不可或缺的重要内容。文化力的实质是文化对经济基础和上层建筑的反作用，最终表现为对生产力和经济发展的促进作用。在当今世界，谁占据了文化发展的制高点，谁就能够更好地在激烈的国际竞争中掌握主动权。由此可见，建设中国特色社会主义文化，对于增强国际竞争力、提高民族凝聚力等具有非常重要的作用。

第三，中国特色社会主义文化为现代化建设提供智力支持、精神动力和思想保证。建设中国特色社会主义文化，能够提高劳动者的科学文化素质，为现代化建设提供强大的科学支撑和智力支持；能够提高人们的思想道德素质，使其在共同利益的基础上，形成共同理想和道德准则，为改革和建设提供精神动力；能够帮助国民以全面的、辩证的、发展的眼光看待发展中的社会主义，树立正确的世界观、人生观和价值观，坚定对社会主义的信念，增强民族自尊心、自信心、自豪感，从而为改革开放和社会主义现代化建设提供强有力的思想保证。

二、坚持走中国特色社会主义文化发展道路

中国共产党在长期革命、建设和改革的奋斗历程中，十分重视文化建设，始终代表中国先进文化的前进方向，努力建设和弘扬反映民族精神和时代精神的新文化。

新民主主义革命时期，党就曾提出建设新文化的奋斗目标。毛泽东论述了文化与政治、经济的关系，认为任何社会没有文化就建设不

起来，我们要建立的新中国，不但有新政治、新经济，而且还有新文化。新中国成立后，党对社会主义文化建设进行了积极探索，提出文学艺术要为人民服务、为社会主义服务，百花齐放、百家争鸣，对民族文化要取其精华、去其糟粕，古为今用、洋为中用等思想，这些都成为我国社会主义文化建设的重要方针。党的十一届三中全会以后，党对文化建设有了新的认识，提出要一手抓物质文明，一手抓精神文明，“两手抓，两手都要硬”，明确了建设中国特色社会主义文化的根本任务和奋斗目标。新世纪以来，随着改革开放的深入和对社会主义建设规律认识的深化，文化建设被摆在更加突出的位置，强调要牢牢把握社会主义先进文化的前进方向，兴起社会主义文化建设新高潮，激发全民族文化创造活力，提高国家文化软实力，使人民基本文化权益得到更好保障，使社会文化生活更加丰富多彩，使人民精神风貌更加昂扬向上。我们党对文化建设规律的认识不断深化，在实践中逐步形成了中国特色社会主义文化发展道路。

坚持中国特色社会主义文化发展道路，就是以马克思列宁主义、毛泽东思想、邓小平理论、“三个代表”重要思想和科学发展观为指导，坚持社会主义先进文化前进方向，以科学发展为主题，以建设社会主义核心价值体系为根本任务，以满足人民精神文化需求为出发点和落脚点，以改革创新为动力，发展面向现代化、面向世界、面向未来的，民族的科学的大众的社会主义文化，培养高度的文化自觉和文化自信，提高全民族文明素质，增强国家文化软实力，弘扬中华文化，努力建设社会主义文化强国。

坚持中国特色社会主义文化发展道路，必须以马克思主义为指导，这是文化改革发展的根本问题。必须发挥人民的主体作用，坚持文化发展为了人民、文化发展依靠人民、文化发展成果由人民共享。必须继承和发扬中华优秀文化传统，大力弘扬中华文化，建设中华民族共有精神家园。必须积极吸收和借鉴国外优秀文化成果，抵制西方腐朽文化的影响。必须坚持一手抓文化事业、一手抓文化产业，推动文化事业和文化产业全面协调可持续发展。

三、中国特色社会主义文化建设的根本任务和基本方针

建设中国特色社会主义文化的根本任务是以马克思列宁主义、毛泽东思想、邓小平理论和"三个代表"重要思想为指导,全面贯彻科学发展观,着力培育有理想、有道德、有文化、有纪律的公民,切实提高全民族的思想道德素质和科学文化素质。

培育"四有"公民,是建设社会主义先进文化对公民素质提出的综合要求,是促进人的全面发展的需要。有理想、有道德、有纪律是对公民思想道德素质方面的要求,有文化则是对公民科学文化素质的要求。理想是核心和精神支柱;道德是行为的规范和理想的体现;纪律是实现理想、维护道德的重要保证;文化是基础,是形成理想信念、道德情操和纪律观念的重要条件。这四个方面构成了培育社会主义社会公民的整体标准,它指明了促进人的全面发展的现实目标。在现阶段,加强文化建设就是要按照有理想、有道德、有文化、有纪律的要求来引导人、教育人、培养人,逐步使全体公民树立崇高的理想信念、高尚的道德情操、自觉的纪律观念和较高的文化素质,使人的全面发展程度不断向着更高的层次提升。

培育"四有"公民,是一个复杂的系统工程,是我国文化建设面临的一项长期而艰巨的任务。要坚持以理想信念教育为核心,引导人们正确认识共产主义远大理想和现阶段共同理想的关系,更加坚定对中国特色社会主义的信念。尤其要重视引导青少年正确认识国家的前途命运、认清自己的社会责任,把个人的成长进步同祖国的繁荣富强紧密联系在一起。引导青少年珍惜年华,刻苦学习,努力掌握为祖国、为人民服务的真才实学,培养良好的道德品质和文明行为,增强纪律意识和法制观念,做知法、懂法、守法的合格公民。

我们党在领导文化建设的长期实践中,也形成了指导文化建设的一系列重要方针。

第一，坚持以马克思主义为指导，为人民服务、为社会主义服务。坚持以什么为指导、为什么人的问题，是文化建设的根本问题，既决定着文化建设的目标和方向，也决定着文化的性质。马克思主义是源于实践，指导中国革命、改革和建设的实践，并为实践所检验的科学体系，因此建设中国特色社会主义文化，必须坚持以马克思主义为指导。文化发展的最终目标是丰富人发展人完善人，促进社会进步和繁荣，因此建设中国特色社会主义，就要坚持为人民服务、为社会主义服务，把满足人民群众的精神文化需求作为文化建设的出发点和落脚点，不断促进人们思想道德素质和科学文化素质的提高，努力实现最广大人民的文化利益。

第二，坚持百花齐放、百家争鸣的方针。"双百"方针是对文化建设经验的深刻总结，反映了文化发展的内在规律。要在宪法规定的范围内，充分发扬学术民主和艺术民主，在学术问题上提倡不同观点和学派的自由讨论，在艺术创作上提倡不同艺术风格和流派的争鸣和切磋。注意区分学术问题、思想认识问题、政治问题的界限。对政治问题，要旗帜鲜明，立场坚定；对学术问题，要提倡学术民主，平等讨论，相互切磋；对思想认识问题，要加强有针对性的引导，努力析事明理，解疑释惑。

第三，坚持贴近实际、贴近生活、贴近群众，不断推进文化创新。鲜活的实际、火热的生活和人民群众的生动实践，是文化发展与创新的丰富土壤和不竭源泉。只有坚持"三贴近"，文化建设才能回答和解决现实问题，反映生活本质，满足群众的文化需求。要尊重人民群众的主体地位和首创精神，把握群众精神文化需求发展变化的特点，积极探索新形势下服务群众的有效途径和办法，多给人民群众提供优秀精神文化产品，做到文化发展成果由人民共享。

第四，既立足当代又继承民族优秀文化传统，立足本国又充分吸收世界优秀文化成果。对于中华民族传统文化要加以继承和发扬，同时又要使之与当今时代相适应，在保持民族性的同时体现时代性，古为今用,推陈出新。对人类文明优秀成果要加以积极借鉴,洋为中用,博采众长。

第五,坚持一手抓繁荣,一手抓管理。繁荣是文化建设的永恒主题,管理是文化繁荣发展的有力保障,两者紧密联系,相互促进。要通过长期坚持不懈的努力,推动社会主义文化大发展大繁荣,兴起社会主义文化建设新高潮。要坚持科学管理、依法管理,推进文化领域管理工作的法制化、规范化和制度化建设。

第二节 建设社会主义核心价值体系

一、价值、价值观、核心价值观及核心价值体系

马克思主义认为,价值作为一个关系范畴,是指客体属性满足主体需要的关系,以及人和其创造物对人的需要的满足关系。价值是来自人类生活实践的一种理论抽象。马克思指出:"'价值'这个普遍概念是从人们对待满足他们需要的外界物的关系中产生。"①

人们在认识和改造世界、创造和实现价值的过程中,必然要形成一定的价值认识,即价值观。价值观是一种价值意识,是一定社会文化、意识形态的表现形式,它是人们关于价值问题的基本观点,是人们基于一定的思维感官之上,对物质世界和精神世界的判断、评价、取向和选择。它在深层上表现为人生处世哲学,包括理想信念和人生的目的、意义、使命、态度;在表层上则表现为对利弊、得失、真假、善恶、美丑、义利、理欲等的权衡和取舍。简单地说,价值观就是人们关于好坏、得失、善恶、美丑等价值的立场、看法、态度和选择,它是人和社会精神文化系统中深层的、相对稳定而起主导作用的部分。价值观可以分为两类:核心价值观和非核心价值观。在一个社会的价值观体系中,各种价值观的地位并不相同,有些价值观处于主导地位,而有的则

① 《马克思恩格斯全集》第19卷,人民出版社1974年版,第406页。

处于从属地位。在一个社会里，统一的核心价值观能阻止社会分裂，而多元的非核心价值观则能增进社会活力。

核心价值观就是反映一定社会中主导意识形态本质内容的，并且在该社会诸多价值观中居支配地位的价值观。它是一个国家和民族价值体系中最本质、最重要、最集中、最具决定作用的价值内核，它反映社会和人类的长远利益和未来发展方向，具有激励人心和鼓舞人们不断前进的作用，它支撑和影响所有价值判断，逐渐成为人们共同遵循和维护的行为准则，对人们的思想和心灵起着潜移默化的作用，进而作为人们的价值传统和文化精神长期稳定下来，发挥着巨大的价值传递效用。处于主导地位的核心价值观代表着价值体系的基本特征，体现着价值体系的基本价值倾向，统率着其他处于从属地位的价值观念，是一种社会制度普遍遵循的基本原则，是一种文化区别于另一种文化的基本价值观念。

价值体系属于社会意识的范畴，是社会意识的本质体现，它受一定社会基本制度的制约，是由一定社会崇尚和倡导的思想理论、理想信念、道德准则、精神风尚等因素构成的社会价值认同体系。任何社会的存在和发展，都需要有一定的社会核心价值体系的强力支撑，而一个国家、一个民族在长期的实践过程中，也必然会形成自己的核心价值体系，这是社会系统得以运转、社会秩序得以维持的基本精神依托。社会主义核心价值体系是立足于社会主义经济基础之上的价值认同系统，社会主义制度在价值层面的本质规定，是全党全国各族人民团结奋斗的共同思想基础，是实现科学发展、社会和谐的推动力量，是国家文化软实力的核心内容。它渗透于经济、政治、文化、社会建设的各个方面，集中体现了社会主义国家的理想信念、价值标准和道德规范，在所有社会主义价值目标中处于统摄和支配地位，对于每个社会成员的世界观、人生观、价值观都具有深刻影响，是我国社会主义制度的内在精神之魂。

二、社会主义核心价值体系是社会主义意识形态的本质体现

建设和发展中国特色社会主义，需要一个能够被全社会共同接受和认可的社会主义核心价值体系来引领。马克思主义指导思想、中国特色社会主义共同理想、以爱国主义为核心的民族精神和以改革创新为核心的时代精神、社会主义荣辱观，构成社会主义核心价值体系的基本内容。

社会主义核心价值体系是社会主义意识形态的本质体系，是社会主义制度的内在精神和生命之魂，反映了全国各族人民的核心利益和共同愿望。在当前经济体制深刻变革、社会结构深刻变动、利益格局深刻调整、思想观念深刻变化，思想大活跃、观念大碰撞、文化大交融的背景下，建设社会主义核心价值体系，是党在思想文化建设上的一个重大理论创新和重大战略任务。

马克思主义指导思想，是社会主义核心价值体系的灵魂。马克思主义决定了社会主义核心价值体系的性质和方向，是社会主义核心价值体系的理论基础。只有用马克思主义的立场、观点、方法来正确认识经济社会发展大势，正确认识社会思想意识中的主流与支流，才能在错综复杂的社会现象中看清本质、明确方向。建设社会主义核心价值体系，最根本的是坚持马克思主义的指导地位。

中国特色社会主义共同理想，是社会主义核心价值体系的主题。这一共同理想，就是在中国共产党的领导下，走中国特色社会主义道路，实现中华民族的伟大复兴。中国特色社会主义共同理想，既是对中国社会发展规律的正确认识，也是中国人民利益和愿望的根本体现，是号召全国各族人民团结奋斗的精神旗帜。这个共同理想，有着广泛的社会共识，具有必然性、广泛性和包容性，具有强大的感召力、亲和力和凝聚力。不论哪个社会阶层、哪个利益群体的人们，都能够也应该认同和接受这个共同理想，并且为之奋斗。

民族精神和时代精神，是社会主义核心价值体系的精髓。在中华

民族五千年历史发展过程中,形成了以爱国主义为核心的团结统一、爱好和平、勤劳勇敢、自强不息的民族精神;在改革开放和社会主义现代化建设新时期,形成了以改革创新为核心的时代精神。民族精神和时代精神是一个民族自立于世界民族之林,不断生存和发展的精神支撑,两者相互交融,深深熔铸在民族的生命力、创造力和凝聚力之中,共同构成中华民族自立自强的精神品格,成为推动中华民族伟大复兴的精神动力。

社会主义荣辱观,是社会主义核心价值体系的基础。荣辱观是人们对荣誉和耻辱的根本看法和态度。树立正确的荣辱观,是形成良好社会风气的重要基础。以"八荣八耻"为主要内容的社会主义荣辱观,与社会主义市场经济体制相适应,与社会主义法律规范相协调,与中华民族传统美德相承接,鲜明地指出了什么是真善美、什么是假恶丑,为人们在社会主义市场经济条件下判断行为得失、作出道德选择、确定价值取向,提供了基本规范。

以上四个方面的内容,相互联系贯通,是有机统一的整体,都是社会主义意识形态最重要的组成部分,是对社会主义核心价值体系深刻内涵的科学揭示。

三、社会主义核心价值观是对社会主义核心价值体系的凝练

建设社会主义核心价值体系,使全社会对社会主义核心价值有了更为深入的认识,也为凝练社会主义核心价值观提供了条件。在建设社会主义核心价值体系的基础上,党的十八大首次提出,要倡导富强、民主、文明、和谐,倡导自由、平等、公正、法治,倡导爱国、敬业、诚信、友善,积极培育和践行社会主义核心价值观。

社会主义核心价值观与中国特色社会主义发展要求相契合,与中华民族优秀传统文化、人类文明优秀成果相承接,是党凝聚全党全社会价值共识作出的重要论断。富强、民主、文明、和谐是国家层面的价

值目标；自由、平等、公正、法治是社会层面的价值取向；爱国、敬业、诚信、友善是公民个人层面的价值准则。这24个字是社会主义核心价值观的基本内容，为培育和践行社会主义核心价值观提供了基本遵循。社会主义核心价值观以尊重差异、包容多样为原则，吸收借鉴了古今中外的优秀价值观，是对社会主义核心价值体系的高度凝练。

学习和践行社会主义核心价值观是加强和巩固社会主义意识形态建设的需要。社会主义核心价值观对各种社会思潮的有效引领，就是通过坚持和发展马克思主义，巩固社会主义意识形态，抵制各种错误和腐朽思想的影响。通过学习社会主义核心价值观的基本原则，并将其切实贯穿到社会生活的各个方面，有助于牢牢掌握社会主义意识形态在意识形态领域的主动权、主导权和话语权。

学习和践行社会主义核心价值观是团结和凝聚全国人民的需要。改革开放带来我国经济建设取得巨大成就和思想领域变得开放活跃的同时，也出现了一些人理想缺失、行为失范的问题，各种非社会主义价值观悄然渗入，造成了一定程度的思想混乱，使人们在实践中犹豫不决、不知前进的方向。社会主义核心价值观从国家、社会以及公民个人三个层面提出具体的价值目标和行为准则，将国家富强、民族振兴、人民幸福紧密相连，成为全党全国各族人民团结奋进的“思想旗帜”。

学习和践行社会主义核心价值观，是促进个人全面发展、社会和谐进步的需要。人的发展不能脱离社会，社会的进步更是需要人类的实践，个人的全面发展与社会的和谐进步是社会主义发展过程中两个重要方面，两者相互促进，互为条件。衡量人与社会发展的最主要标准是生产力的发展，但文明的进步也是一个不可或缺的标准。文明的进步主要表现为人类道德水平的提高和社会文化的进步。社会主义核心价值观明确提出了国家和社会发展的价值目标与取向，也在日常生活和道德实践层面为个人道德建设指明了方向，这既有利于个人正确世界观、人生观、价值观的树立，从而提高其道德水平，同时也有利于引领社会主义和谐文化建设，并为其提供现实的道德保障，成为社会和谐进步的重要体现。

四、建设社会主义核心价值体系的重大意义

建设社会主义核心价值体系，是凝聚和统一社会各阶层、各利益群体思想的有力武器，是社会主义制度的精神之魂，是社会主义意识形态大厦的基石。它鲜明回答了在新的历史条件下，我们党用什么样的精神旗帜团结带领全体人民开拓前进、中华民族以什么样的精神状态屹立于世界民族之林的重大问题，对于建设社会主义精神文明，为发展中国特色社会主义提供强大精神动力和思想保证，具有重大意义。

建设社会主义核心价值体系，既是丰富中国特色社会主义理论体系的迫切需要，也是推动文化发展繁荣、提高国家文化软实力的必然要求。没有社会主义核心价值体系的引领和主导，社会主义文化建设就会迷失方向、失去根本。在文化建设中，抓住了社会主义核心价值体系这个根本，才能形成全社会的共同理想，增强全社会的凝聚力；才能树立全社会的和谐理念，培育全社会的和谐精神；才能形成全社会的良好道德风尚，形成全社会的和谐心态。只有建设具有广泛感召力的社会主义核心价值体系，才能在尊重差异中扩大社会认同，在包容多样中增进思想共识，形成全民族奋发向上的精神力量和团结和睦的精神纽带，打牢全党全国人民团结奋斗的思想基础，抵御各种腐朽思想文化的渗透，维护我国的文化安全，扩大中华文化的影响力。

第三节　加强思想道德建设与发展教育和科学

改革开放以来，我国的 GDP 不断增长，各方面建设不断取得新成绩，相对而言，我国的思想道德建设和教育科学文化建设却严重滞后。这种滞后不仅会影响到中国国民素质的提高，影响中国的对外形象，

甚至会影响到中国综合国力的提升。加强思想道德建设与发展教育和科学显得尤为迫切。

一、加强思想道德建设

一个社会是否文明进步，一个国家能否长治久安，很大程度上取决于全体社会成员的思想道德素质。思想道德建设，解决的是整个民族的精神支柱和精神动力问题。加强思想道德建设，全面提高公民的道德素质，是建设社会主义核心价值体系的必然要求，也是中国特色社会主义文化建设的重要内容和中心环节。

改革开放以来，我国群众性精神文明创建活动、公民道德建设、青少年思想道德建设全面推进，思想道德建设取得长足进步，社会思想道德主流积极健康向上，人民群众展示出良好的精神风貌，全民族文明素质明显提高。但同时也应该看到，在社会道德领域还存在不少亟待解决的突出问题：一些领域道德失范、诚信缺失，一些社会成员理想信念淡漠、人生观价值观扭曲，是非、善恶、美丑界限混淆，拜金主义、享乐主义、极端个人主义有所滋长，以权谋私、造假欺诈、见利忘义、损人利己现象时有发生。这些问题冲击着社会的道德底线，严重败坏了社会风气，破坏了正常经济社会秩序。加强思想道德建设，是一项重大而紧迫的任务。

加强思想道德建设，是发展社会主义先进文化、建设和谐文化的重要内容。要紧紧围绕建设社会主义核心价值体系，按照发展先进文化、建设和谐文化的要求，坚持不懈地用马克思主义中国化的最新成果武装全党、教育人民，引导全社会牢固树立中国特色社会主义共同理想，坚持弘扬以爱国主义为核心的民族精神和以改革创新为核心的时代精神，倡导爱国主义、集体主义、社会主义思想，倡导以“八荣八耻”为主要内容的社会主义荣辱观，在国家、社会和公民个人三个层面，积极培育和践行社会主义核心价值观，不断巩固全党全国人民团结奋斗的共同思想道德基础。

要加快建立和完善社会主义思想道德体系，逐步建立与社会主义市场经济相适应的道德体系，坚持将依法治国和以德治国相结合，使法律和道德相辅相成、相互促进；要着力推进公民道德建设工程，培育文明道德风尚，弘扬真善美、贬斥假恶丑，引导人们自觉履行法定义务、社会责任、家庭责任，营造劳动光荣、创造伟大的社会氛围，培育知荣辱、讲正气、作奉献、促和谐的良好风尚；深入开展道德领域突出问题专项教育和治理，加强政务诚信、商务诚信、社会诚信和司法公信建设；注重人文关怀和心理疏导，培育自尊自信、理性平和、积极向上的社会心态；深化群众性精神文明建设活动，广泛开展志愿服务，推动学雷锋活动、学习宣传道德模范常态化。

加强思想道德建设，要把先进性要求同广泛性要求结合起来，要坚持从实际出发，区分层次，着眼多数，鼓励先进，循序渐进，引导人们在遵守基本思想道德规范的基础上，不断追求更高层次的思想道德目标。要进一步加强和改进思想政治工作，思想政治工作是经济工作和其他一切工作的生命线，是中国共产党和我们国家重要的政治优势，越是改革开放，就越需要紧密结合改革开放和现代化建设实际，重视和加强思想政治工作。

二、发展教育和科学

教育和科学是中国特色社会主义文化建设的重要内容，对于提高民族素质、提高社会文明程度、促进经济发展和社会全面进步具有重要作用。发展教育和科学，营造良好的文化环境，是加强文化建设、推进改革开放和现代化建设的重要条件。改革开放以来，我国教育和科学事业的发展与现代化进程基本适应，取得了重要成就。新世纪新阶段，全面建设小康社会，对教育和科学事业的发展提出了新的更高的要求。

科学技术作为第一生产力，对一个国家、一个民族现在和未来的发展具有决定性意义，它日益成为经济社会发展的决定性因素。进入

21世纪,科技进步日新月异,世界科学技术的发展突飞猛进,国民财富的增长和人类生活的改善越来越有赖于知识的积累和创新,科技竞争成为国际综合国力竞争的焦点。全面建成小康社会,实现社会主义现代化,必须大力推进科技进步和创新,进一步发挥科学技术对经济社会发展的关键性作用,把经济建设转到依靠科技进步和提高劳动者素质的轨道上来。要不断增强创新能力,加快建设国家创新体系,坚持科学技术面向经济建设的方针,从我国经济社会发展的战略需求出发,把关键领域的重大技术开发放在优先位置,按照有所为有所不为的要求,启动一批重大专项,力争取得重要突破。要深化科技体制改革,调整优化科技结构,促进科技资源的合理配置。要坚持以人为本,充分发挥广大科技人员的积极性。加强科学普及,提高全社会的科学素质。

哲学社会科学是人们认识世界、改造世界的重要工具,是推动历史发展和社会进步的重要力量。哲学社会科学是现代国家的一种战略性资源,哲学社会科学的研究能力和成果是综合国力的重要组成部分,建设中国特色社会主义也离不开以马克思主义为指导的哲学社会科学的繁荣发展。在改革开放和社会主义现代化建设进程中,哲学社会科学与自然科学同样重要,培养高水平的哲学社会科学家与培养高水平的自然科学家同样重要,提高全民族的哲学社会科学素质与提高全民族的自然科学素质同样重要。要面向实际、立足国情,以重大理论问题和现实问题为主攻方向,推动理论创新和知识创新,研究回答关系党和国家发展的全局性、战略性、前瞻性问题,研究回答全面建成小康社会的紧迫问题,研究回答干部群众普遍关心的深层次思想认识问题,充分发挥认识世界、传承文明、创新理论、资政育人、服务社会的重要作用。

教育是民族振兴和社会进步的基石。要坚持教育优先发展,全面贯彻党的教育方针,推动我国教育事业全面协调可持续发展,培育数以亿计的高素质劳动者、数以千万计的专门人才和一大批拔尖创新人才，建设人力资源强国，为全面建成小康社会、实现中华民族的伟大复兴提供强有力的人才和人力资源保证。要坚持育人为本、德育为先，实施素质教育，提高教育现代化水平，把立德树人作为教育的根本任务，培养德智体美全面发展的社会主义建设者和接班人。优化教育结构，办好学前教育，均衡发展九年义务教育，基本普及高中阶段教育，加快发展现代职业教育，推动高等教育内涵式发展，关心特殊教育。大力促进教育公平，合理配置教育资源。更新教育观念，深化教学内容方式、考试招生制度、质量评价制度等改革，提高学生综合素质。加大财政对教育投入，规范教育收费，扶持贫困地区、民族地区教育，健全学生资助制度，保障基金困难家庭、进城务工人员子女平等接受义务教育。加强教师队伍建设，重点提高农村教师素质。鼓励和规范社会力量兴办教育，积极发展远程教育和继续教育，建设全面学习、终身学习的学习型社会。

第四节 建设社会主义文化强国

当今时代，文化在综合国力竞争中的地位日益重要，谁占据了文化发展的制高点，谁就能够更好地在激烈的国际竞争中掌握主动权。实现中华民族伟大复兴，迫切要求我国由一个文化资源大国转变成为一个文化强国，这是中华民族几千年文化积淀赋予我们的历史使命。

一、文化强国的内涵

2011 年 10 月党的十七届六中全会，对新形势下繁荣发展中国特色社会主义文化作出了全面部署，会议审议通过的《中共中央关于深化文化体制改革推动社会主义文化大发展大繁荣若干重大问题的决定》(下称《决定》)，是当前和今后一个时期指导我国文化改革发展的纲领性文件。《决定》提出了“建设社会主义文化强国”的战略目标，即增强国家文化软实力，弘扬中华文化，努力建设社会主义文化强国。

所谓文化强国,是指这个国家具有强大的文化力量。这种力量既表现为具有高度文化素养的国民,也表现为发达的文化产业,还表现为强大的文化软实力。建设社会主义文化强国,就是要着力推动社会主义先进文化更加深入人心,不断开创全民族文化创造活力持续迸发,社会主义文化生活更加丰富多彩、人民基本文化权益得到更好保障、人民思想道德素质和科学文化素质全面提高、中华文化影响力不断增强的新局面,建设中华民族共有精神家园,为人类文明进步作出更大贡献。

建设社会主义文化强国,需要培养高度的文化自觉自信。文化自觉自信是建设社会主义文化强国的一个必要条件。当前,我国的经济发展水平已经处于较高的起点,经济实力位居世界前列。但文化发展相对滞后,总体实力和国际影响力与我国的国际地位很不相称。但更要看到,我国有着悠久的历史传统和深厚的文化资源,已经具备了相对雄厚的物质基础,人民群众对文化的需求快速增长,我国的文化发展面临着难得的机遇。要清醒认识我国文化发展的历史和现状,增强文化的自觉自信,更好地把握文化发展的规律,以主动担当的精神加快文化发展步伐,建设社会主义文化强国。

二、深化文化体制改革是重大而紧迫的任务

改革开放以来特别是党的十六大以来,我国文化建设取得了巨大成就,文化体制改革取得了积极进展。但我国文化建设还远不能适应时代发展的要求,深化文化体制改革,进一步解放和发展文化生产力,是我们面临的一项重大而紧迫的任务。

首先,随着社会主义市场经济的发展和对外开放的扩大,文化赖以生存和发展的经济基础、体制环境和社会条件都发生了深刻变化,因此迫切要求通过深化文化体制改革,消除各种体制性障碍,改变我国文化产业规模较小、相对分散、总体实力弱的现状,不断提高文化竞争力;其次,通过深化文化体制改革,能够激发文化发展的活力,为人

民群众提供更多更好的文化产品和文化服务；最后，落实科学发展观，积极推进和谐社会建设，也要求通过深化文化体制改革，加快文化发展步伐，使文化与经济、政治、社会建设全面推进，使人民群众的经济、政治和文化权益得到充分保障。

深化文化体制改革，要坚持以发展为主题，以改革为动力，以体制机制创新为重点，以创造生产更多更好适应人民群众需求的精神文化产品为目标，促进文化事业全面繁荣和文化产业快速发展。要牢固树立新的文化发展观，进一步增强深化改革的自觉性和坚定性，坚决冲破一切妨碍文化发展的思想观念，坚决改变一切束缚文化发展的做法和规定，坚决革除一切影响文化发展的体制弊端。

2013 年十八届三中全会对全面深化文化体制改革作出了新的重大战略部署。要求坚持以人民为中心的工作导向，坚持把社会效益放在首位、社会效益和经济效益相统一，以激发全民族文化创造活力为中心环节。要紧紧围绕建设社会主义核心价值体系、社会主义文化强国，加快完善文化管理体制和文化生产经营机制，建立健全现代公共文化服务体系、现代文化市场体系，推动社会主义文化大发展大繁荣。

三、大力发展文化事业和文化产业

建设社会主义文化强国，深化文化体制改革，要坚持大力发展文化事业和文化产业。

公益性文化事业是保障人民基本文化权益的主要途径，是政府主导的公共文化服务体系，其根本任务是为人民群众提供基本的公共文化服务，要加大投入力度，加强社区和乡村文化设施建设，努力构建覆盖全社会的比较完备的公共文化服务体系，普及文化知识，传播先进文化，提供精神食粮，体现人文关怀，不断满足人民群众最基本的文化需求。发展公益性文化事业，要坚持以政府为主导，鼓励社会参与，切实提高服务群众的能力和水平，最大限度地发挥公益性文化事业的社会效益。同时还要按照公益性、基本性、均等性、便利性的要求，让人民群众广泛享有免费或优惠的基本公共文化服务，在满足人民群众基本文化需求的基础上，提升国民素质。

经营性文化产业的根本任务是繁荣文化市场，满足人民群众多方面、多层次、多样性的精神文化需求。发展经营性文化产业，推动形成以公有制为主体、多种所有制共同发展的文化产业格局和以民族文化为主体、吸收外来有益文化的文化市场格局，是在社会主义市场经济条件下，繁荣社会主义文化的重要途径。发展经营性文化产业，要充分发挥市场配置资源的作用，通过实施重大文化产业项目带动战略，加快文化产业基地和区域性特色文化产业群建设，培育文化产业骨干企业和战略投资者，繁荣文化市场，增强国际竞争力。运用高新技术创新文化生产方式，培育新的文化业态，加快构建传输快捷、覆盖广泛的文化传播体系。坚持以市场为导向，调动社会力量，在市场竞争中发展壮大文化产业。要按照全面协调可持续的要求，推动文化产业跨越式发展，为推动科学发展提供重要支撑，在满足人民多样化精神文化需求的基础上，使之成为国民经济支柱性产业，创造出更多的经济效益。

党十七届六中全会对发展文化事业和文化产业又作出了进一步的明确部署。发展公益性文化事业，就要构建公共文化服务体系，发展现代传播体系，建设优秀传统文化传承体系，加快城乡文化一体化发展；发展经营性文化产业，就要构建现代文化产业体系，形成公有制为主体、多种所有制共同发展的文化产业格局，推进文化科技创新，扩大文化消费。对于以上的发展部署，党的十八大和十八届三中全会又分别进行了相应的详细说明，并提出了具体要求。

总之，中华民族伟大复兴必然伴随中华文化繁荣兴盛。要充分发挥人民在文化建设中的主体作用，调动广大文化工作者的积极性，更加自觉、更加主动地推进文化大发展大繁荣，在中国特色社会主义的伟大实践中进行文化创造，让人民共享文化发展成果。

第八章　中国特色社会主义社会建设

社会更加和谐是全面建成小康社会的一个重要目标,构建社会主义和谐社会是中国特色社会主义总布局的主要内容之一。那么,为什么要构建社会主义和谐社会?如何全面把握社会主义和谐社会的科学内涵和本质特征?怎样构建社会主义和谐社会?就成为当下必须要搞清楚的问题。这对构建社会主义和谐社会、全面推进中国特色社会主义事业、实现中华民族伟大复兴中国梦具有重要的理论与实践意义。

第一节　构建社会主义和谐社会的必要性

一、构建社会主义和谐社会的提出

构建社会主义和谐社会是中国特色社会主义建设的题中应有之义。社会和谐是中国特色社会主义的本质属性,是实现国家富强、民族振兴、人民幸福的主要保证。它既是中国共产党准确把握新时期新阶段国际社会发展变化的新趋势、国内经济社会发展面临新的战略机遇期、党的历史方位发生重大变化及其肩负的历史使命而提出的重大理论与实践创新成果,也是借鉴古今中外关于社会和谐理念的必然结果。

首先,构建社会主义和谐社会是对新时期新阶段国际社会发展变化新趋势作出的回应。新世纪新阶段,我们面临的机遇前所未有,面对的挑战也前所未有。和平与发展是时代的主题,合作共赢成为全球范围内的新共识,世界多极化和经济全球化的趋势日益深入,科技进步日新月异。同时,国际环境复杂多变,综合国力竞争日趋激烈,影响和平发展的不稳定因素增多，霸权主义和强权政治在国际政治、经济和安全领域中仍然存在，恐怖主义等非传统安全问题更加突出，我们仍将长期面对发达国家在经济科技等方面占优势的压力。面对如此复杂的国际环境，要想有力地应对各种挑战和压力，就必须把国内的事情办好。构建社会主义和谐社会就是要形成一个国家统一、民族团结和社会稳定的社会局面，集中全社会的智慧和力量，为推进中国特色社会主义伟大事业提供重要保障。

其次，构建社会主义和谐社会是抓住和用好重要战略机遇期、实现全面建成小康社会和中华民族伟大复兴中国梦的需要。新时期以来，中国经济社会的发展已经发生了翻天覆地的变化，取得了举世瞩目的成绩。社会主义市场经济体制日趋完善，物质文明、政治文明、精神文明、党的建设和国防军队现代化建设不断加强，综合国力大幅提升，人民生活水平显著提高，社会保持长期稳定。但是，我国仍处于并将长期处于社会主义初级阶段的基本国情没有变，人民日益增长的物质文化需要同落后的社会生产之间的矛盾这一社会主要矛盾没有变，我国是世界上最大的发展中国家的国际地位没有变。尤其是，随着我国改革发展进入深水区，经济社会变革空前加剧，这给我们带来发展的活力，但同时也带来各种矛盾和问题。目前，我国社会总体是和谐的，但是影响社会和谐发展的矛盾和问题依然存在。这些矛盾和问题如果处理不好，就会损害社会和谐稳定、影响构建和谐社会和实现中国梦的大局。

再次，构建社会主义和谐社会是巩固党的执政地位、实现党的历史担当的必然要求。全心全意为人民服务是党的根本宗旨。立党为公、执政为民，实现好维护好发展好最广大人民的根本利益是党的基本追求。党之所以能够长期执政，其关键在于赢得了广大人民群众的拥护和支持。只有把社会主义社会建设好，促进社会和谐，党执政的群众基础才能不断增强，才能实现其推进现代化建设、完成祖国统一、维护世界和平与促进共同发展的历史担当。

最后,构建社会主义和谐社会是继承人类社会传统优秀文化的必然要求。和谐社会是对人类美好社会状态的一种描绘,是人们梦寐以求的社会理想。历史上,古今中外各个国家都有很多关于社会和谐的思想。在我国传统文化中,早在西周时期出现的《易经》"兑"卦中,"和"是大吉大利的征象,蕴涵着丰富的和谐思想。其后,孔子说过"和为贵",墨子讲"兼相爱"、"爱无差"等,孟子描绘了"老吾老以及人之老,幼吾幼以及人之幼"的社会状态,近代的知识分子更是提出了"大同"社会的理想。在西方,早在古希腊时期,"和谐"这一范畴就在毕达哥拉斯学派的哲学——美学中占有重要地位。他们认为,整个世界是由"数"组成的。"数"有奇数和偶数,每一个数都与奇、偶这组对立有关,都是奇、偶两个对立方面的统一,而奇、偶两个对立方面的统一就是和谐。到了近代,有不少学者进一步提出了一些关于社会和谐的思想,特别是空想社会主义者傅立叶提出要建立"和谐制度"、欧文提出"新和谐"概念和魏特琳提出"全体和谐",等等。但是由于阶级社会的局限性,这些关于社会和谐的构想都没有找到真正实现的途径,而沦为空想甚至幻想。马克思、恩格斯在继承前人思想成果的基础上,创立了科学社会主义理论,描绘了未来共产主义社会的美好前景。他们在《共产党宣言》中明确指出:"代替那存在着阶级和阶级对立的资产阶级旧社会的,将是这样一个联合体,在那里,每个人的自由发展是一切人自由发展的条件。"①按照马克思、恩格斯的设想,未来社会将没有阶级对立、城乡差别和脑体差别,社会成员的精神境界极大提高,劳动积极性空前高涨,社会财富极大丰富,各尽所能、按需分配,每个人都能得到自由而全面地发展,人与人、人与自然之间的关系和谐。

二、中国共产党对构建社会主义和谐社会的理论探索

实现社会和谐是中国共产党不懈追求的目标。在长期的实践中,

---

① 《马克思恩格斯选集》(第1卷),人民出版社1995年版,第294页。

党探索和形成了中国特色社会主义的社会建设理论。20 世纪 50 年代，毛泽东在总结我国社会主义建设经验教训的基础上，写出了《论十大关系》和《关于正确处理人民内部矛盾的问题》等著作。明确提出要用民主的方法解决人民内部的矛盾，用“百花齐放、百家争鸣”的方针解决科学文化领域中的矛盾，用“长期共存、互相监督”的方针解决共产党与民主党派之间的矛盾，用“古为今用、洋为中用”的方法解决传统优秀文化和外国先进文化的批判与继承的矛盾，用“统筹兼顾、适当安排”的方法来处理全国各阶层以及国家、集体、个人之间的矛盾，用和平共处五项原则来处理国与国之间的矛盾，等等。他特别指出：“我们的目标，是想造成一个又有集中又有民主，又有纪律又有自由，又有统一意志、又有个人心情舒畅、生动活泼，那样一种政治局面，以利于社会主义革命和社会主义建设，较易于克服困难，较快地建设我国的现代工业和现代农业，党和国家较为巩固，较为能够经受风险。”[①]这些思想主张虽然在社会主义建设实践中没有得到全面贯彻，但他的这些正确思想对我们今天构建社会主义和谐社会仍然具有重要的指导意义。

党的十一届三中全会以后，邓小平在重申毛泽东关于社会主义社会建设的一系列重要思想的基础上，结合改革开放的新实践，科学阐述了建设中国特色社会主义的一系列重大理论观点，对社会主义和谐社会建设作出了一系列重要论断。邓小平关于社会主义的最终目的是要实现共同富裕的思想，集中力量发展社会生产力和以经济建设为中心的思想，社会主义社会的建设成果属于人民的思想，“两个文明一起抓”、“两手抓、两手都要硬”的思想，允许一部分人和一部分地区先富起来、先富带后富的“两个大局”的思想，稳定压倒一切和要形成一个安定团结的政治局面的思想，等等。这些思想奠定了党关于社会主义社会建设理论的重要基础。

---

① 《毛泽东著作选读》（下册），人民出版社 1986 年版，第 887 页。

党的十三届四中全会后，江泽民根据国内外形势的发展变化，根据我国经济社会发展的新要求和我们党肩负的新任务，进一步丰富和发展了党关于社会主义建设理论。他强调必须推进社会各项事业健康发展，充分调动社会各方面的积极性，努力形成全体人民各尽所能、各得其所而又和谐相处的局面，正确处理好改革稳定发展的关系，把不断改善人民生活作为处理改革发展的出发点和落脚点，正确处理好新形势下人民内部矛盾的问题，使全体人民都朝着共同富裕的目标前进，等等。

党的十六大报告第一次明确把“社会更加和谐”列为全面建设小康社会的一个重要目标。十六大以来，党对社会和谐的认识不断深化，逐步明确了构建社会主义和谐社会在中国特色社会主义事业总体布局中的地位。十六届四中全会明确提出了构建社会主义和谐社会的任务，强调形成全体人民各尽其能、各得其所而又和谐相处的社会是巩固党执政的社会基础、实现党执政的历史任务的必然要求，明确了构建社会主义和谐社会的主要内容。在 2004 年 12 月的中央经济工作会议上，胡锦涛把扩大就业、完善社会保障体系、理顺分配关系和社会事业发展看成是现阶段构建社会主义和谐社会的四个重要着力点。2005 年 2 月，在中央党校举办的省部级主要领导干部提高构建社会主义和谐社会能力专题研讨班上，胡锦涛明确提出了四位一体的中国特色社会主义事业的总体布局和社会主义社会建设的基本理论，以及构建社会主义和谐社会的总目标、总要求。2006 年 6 月，十六届六中全会审议通过的《中共中央关于构建社会主义和谐社会若干重大问题的决定》，全面、深刻地阐明了社会主义和谐社会的性质和定位，指明了构建社会主义和谐社会的指导思想、目标任务、工作原则和重大部署。十七大再次强调了构建社会主义和谐社会的重要性，并对以改善民生为重点的社会建设作了全面部署。十八大围绕全面建成小康社会，提出了社会建设的目标：人民生活水平全面提高；基本公共服务均等化总体实现；全民受教育程度和创新人才培养水平明显提高，进入人才强国和人力资源强国行列,教育现代化基本实现;就业更加充分;收入分配差距缩小,中等收入群体持续扩大,扶贫对象大幅减少;社会保障全民覆盖,人人享有基本医疗卫生服务,住房保障体系基本形成,社会和谐稳定。十八届三中全会对深化社会体制改革提出了新的要求:紧紧围绕更好保障和改善民生、促进社会公平正义深化社会体制改革,改革收入分配制度,促进共同富裕,推进社会领域制度创新,推进基本公共服务均等化,加快形成科学有效的社会治理体制,确保社会既充满活力又和谐有序。

三、构建社会主义和谐社会的科学内涵

社会建设是建设中国特色社会主义总布局的重要组成部分。社会和谐是中国特色社会主义的本质属性,是国家富强、民族振兴、人民幸福的重要保证。一般地讲,和谐社会就是人与自然、人与社会、人与人之间和谐统一与协调发展的社会。建设社会主义和谐社会,是中国特色社会主义的重大战略任务,体现了全党全国各族人民的共同愿望,对于推进党和人民的事业发展,保证党和国家的长治久安,具有十分重要的意义。

我们所要建设的社会主义和谐社会,是民主法治、公平正义、诚信友爱、充满活力、安定有序、人与自然和谐相处的社会。民主法治,就是社会主义民主得到充分发扬,依法治国基本方略得到切实落实,各方面积极因素得到广泛调动。公平正义,就是社会各方面的利益关系得到妥善协调,人民内部矛盾和其他社会矛盾得到正确处理,社会公平和正义得到切实维护和实现。诚信友爱,就是全社会互帮互助、诚实守信,全体人民平等友爱、融洽相处。充满活力,就是能够使一切有利于社会进步的创造愿望得到尊重,创造活动得到支持,创造才能得到发挥,创造成果得到肯定。安定有序,就是社会组织机制健全,社会管理完善,社会秩序良好,人民群众安居乐业,社会保持安定团结。人与自然和谐相处,就是生产发展,生活富裕,生态良好。

社会主义和谐社会六个方面的建设内容是一个相互联系、相互作用的统一体,既包括社会关系的和谐,也包括人与自然关系的和谐,既揭示了社会主义和谐社会的科学内涵和基本特征,也体现了构建社会主义和谐社会的总体要求。

四、构建社会主义和谐社会的重要意义

构建社会主义和谐社会,是我们党在新世纪新阶段把马克思主义关于社会建设的基本原理同我国社会主义改革实际相结合而提出的一项重大战略目标和任务,它对丰富和发展马克思主义社会发展理论,推进社会主义和谐社会建设,具有重大的理论价值与实践意义。

第一,深化了对人类社会发展规律的认识,丰富和发展了马克思主义关于社会主义社会建设理论。建设美好社会,实现社会和谐,始终是人类孜孜以求的社会理想,但是这一社会理想在很长的时间里都不可能得到实现。只有到了近代,马克思、恩格斯在继承与批判前人的基础上,创立了科学的唯物史观,从而揭示了社会的本质、发展动力和发展规律,使人类的社会和谐理想变成了科学。马克思、恩格斯指出虽然资本主义有力地推动了人类文明的发展,但是资本主义文明内含着生产社会化与生产资料私人占有制的不可克服的矛盾,这种矛盾导致的必然结果是社会主义和共产主义的诞生。马克思、恩格斯还提出,未来社会是一个“自由人联合体”,在这个联合体中,每个人都可以得到“自由而全面发展”。我们党关于构建社会主义和谐社会的思想,遵循了马克思主义基本原理,顺应了人类历史潮流,是把马克思、恩格斯关于未来社会的科学构想与中国实际结合,逐步将其变成社会发展的现实目标和具体措施,符合人类历史发展规律的要求。构建社会主义和谐社会的总要求的六个方面,相互联系、相互贯通,既包括人与人、人与社会关系的和谐,也包括人与自然关系的和谐,体现了民主与法治、公平与效率、活力与秩序、发展与稳定、科学与人文、人与自然的统一,既阐明了和谐社会的目标体系,又提出了实现这些目标的基本

途径和原则,是我们党对马克思主义关于社会主义社会建设理论的丰富和发展。

第二,深化了对社会主义建设规律的认识,丰富和发展了中国特色社会主义理论。促进社会和谐,是社会主义的本质要求。从社会主义发展的历史进程来看,社会主义运动之所以在苏东国家遭受严重挫折,其原因固然有许多条,但社会不和谐是其中的重要原因之一。因为苏联共产党在改革过程中没有处理好社会成员及经济、政治、文化、社会的和谐发展问题,没有把社会公正和提高人民生活水平提高到应有的重要位置,导致苏共的许多党员和广大工人、农民对其感到绝望,对社会主义的前途失去了信心。中国特色社会主义是一个全面发展、全面进步、全面现代化的社会。为了实现这一个目标,我们党明确提出了“三步走”的发展战略,进入新世纪新阶段,正式提出构建社会主义和谐社会的命题,把中国特色社会主义现代化建设的总体布局由物质文明、政治文明、精神文明“三位一体”拓展为包括物质文明、政治文明、精神文明和和谐社会建设的“四位一体”。和谐社会的提出,表明了中国共产党更加关注社会建设,更加注重社会和谐、社会公平和社会正义。十六届六中全会指出,“社会和谐是中国特色社会主义的本质属性,是国家富强、民族振兴、人民幸福的重要保证。”这拓展了现代化建设的战略格局,体现了我们党对中国特色社会主义事业认识的新发展,深化了对社会主义建设规律的认识。

第三,深化了对共产党执政规律的认识,升华了党的执政理念。中国共产党是中国特色社会主义事业的领导核心。党只有认真研究和掌握执政规律,不断完善执政方略,提高执政能力,才能有效地领导中国人民大力推进中国特色社会主义事业的进步。构建社会主义和谐社会,进一步体现了我们党执政的本质要求。党的十六大提出了全面建设惠及十几亿人口的更高水平的小康社会,强调要使经济更加发展、民主更加健全、科教更加进步、文化更加繁荣、社会更加和谐、人民生活更加殷实;强调要努力形成全体人民各尽其能、各得其所而又和谐相处的局面。十六届三中全会提出科学发展观,强调坚持以人为本,树立全面、协调、可持续发展的发展观,促进经济社会和人的全面发展;强调统筹城乡发展、统筹区域发展、统筹经济社会发展、统筹人与自然和谐发展、统筹国内发展和对外开放,贯穿于其中的重要思想,就是要努力实现整个社会各个方面的和谐。在此基础上,十六届四中全会进一步概括形成"和谐社会"的概念,提出"要适应我国社会的深刻变化,把和谐社会建设摆在重要位置",不断提高构建社会主义和谐社会的能力,并将其作为党需要加强的五大执政能力之一。我们党提出构建社会主义和谐社会,是立党为公、执政为民这一本质的内在要求。只有通过构建社会主义和谐社会,广泛调动各方面的积极性,妥善协调各方面的利益关系,切实维护和实现社会公平和正义,全体人民才能够平等友爱、融洽相处,人与自然的关系才能够处于和谐状态,我们党执政为民的目的和要求才能够得到更加充分的体现。明确提出构建社会主义和谐社会,反映了我们党对执政规律、执政方略的新认识,标志着我们党对执政规律的探索达到了一个新的高度。

第二节　构建中国特色社会主义社会的总体思路

一、构建社会主义和谐社会的指导思想、基本原则和目标任务

1. 构建社会主义和谐社会的指导思想

党的十六届六中全会明确提出了构建社会主义和谐社会的指导思想。这就是:必须坚持以马克思列宁主义、毛泽东思想、邓小平理论和"三个代表"重要思想为指导,坚持党的基本路线、基本纲领、基本经验,坚持以科学发展观统领经济社会发展全局,按照民主法治、公平正义、诚信友爱、充满活力、安定有序、人与自然和谐相处的总要求,以解决人民群众最关心、最直接、最现实的利益问题为重点,着力发展社会事业、促进社会公平正义、建设和谐文化、完善社会管理、增强社会创

造活力，走共同富裕道路，推动社会建设与经济建设、政治建设、文化建设协调发展。

2. 构建社会主义和谐社会的基本原则

在明确构建社会主义和谐社会指导思想的同时，党中央还提出了推进和谐社会建设必须遵循的基本原则，为我们在实践中积极稳妥地推进和谐社会的建设指明了方向。

第一，必须把以人为本作为构建社会主义和谐社会的根本出发点和落脚点。构建社会主义和谐社会必须始终坚持以人为本，把实现最广大人民的根本利益作为党和国家一切工作的最高标准，做到靠人民发展，发展为人民，发展成果由人民共享，使每个人的人生都有出彩的机会。

第二，必须以科学发展为构建社会主义和谐社会的工作方针。构建社会主义和谐社会必须始终坚持科学发展，抓好发展是党执政兴国的第一要务，统筹城乡、区域、经济社会和人与自然和谐发展，统筹国内发展和对外开放，实现经济社会全面协调可持续发展。

第三，必须以改革开放为构建社会主义和谐社会的主要动力。构建社会主义和谐社会必须始终坚持社会主义市场经济的改革方向，适应社会发展要求，推进经济、政治、文化和社会体制的改革和创新，进一步扩大对外开放。

第四，必须以民主法治为构建社会主义和谐社会的重要保证。构建社会主义和谐社会必须加强社会主义民主政治建设，发展社会主义民主，实施依法治国基本方略，通过民主法治来促进社会公平正义。

第五，必须以正确处理改革发展稳定的关系为构建社会主义和谐社会的重要条件。构建社会主义和谐社会必须把改革的力度、发展的速度和社会可承受的程度统一起来，维护社会安定团结，以改革促进和谐、以发展巩固和谐、以稳定保障和谐，确保人民安居乐业、社会安定有序、国家长治久安。

第六，必须以坚持党的领导和全社会共同建设为构建社会主义和谐社会的领导核心和依靠力量。构建社会主义和谐社会只有在党的领导下才能实现。同时,要维护人民群众的主体地位,团结一切可以团结的力量,调动一切积极因素,形成促进和谐人人有责、和谐社会人人共享的生动局面。

构建社会主义和谐社会的基本原则是一个有机的整体。它们从不同的层面回答了社会主义和谐社会为谁建、靠谁建、怎样建的问题,为构建社会主义和谐社会指明了方向和提供了保证。

3. 构建社会主义和谐社会的目标任务

构建社会主义和谐社会是贯穿于中国特色社会主义事业全过程的长期历史任务,需要几代人、十几代人,甚至更长时间的探索和回答,而随着和谐社会建设进程的不断推进,党对构建社会主义和谐社会目标任务的认识也在不断深化。

继党的十六大确立全面建设小康社会的宏伟目标之后,党的十六届六中全会明确提出了到2020年构建社会主义和谐社会的目标和主要任务,即:(1)社会主义民主法制更加完善,依法治国基本方略得到全面落实,人民的权益得到切实尊重和保障;(2)城乡、区域发展差距扩大的趋势逐步扭转,合理有序的收入分配格局基本形成,家庭财产普遍增加,人民过上更加富足的生活;(3)社会就业比较充分,覆盖城乡居民的社会保障体系基本建立;(4)基本公共服务体系更加完备,政府管理和服务水平有较大提高;(5)全民族的思想道德素质、科学文化素质和健康素质明显提高,良好道德风尚、和谐人际关系进一步形成;(6)全社会创造活力显著增强,创新型国家基本建成;(7)社会管理体系更加完善,社会秩序良好;(8)资源利用效率显著提高,生态环境明显好转;(9)实现全面建设惠及十几亿人口的更高水平的小康社会的目标,努力形成全体人民各尽其能、各得其所而又和谐相处的局面。

党的十七大在提出夺取全面建设小康社会奋斗目标的新要求时,将上述几个方面的目标和任务进一步概括为:"现代国民教育体系更加完善,终身教育体系基本形成,全民受教育程度和创新人才培养水平明显提高。社会就业更加充分。覆盖城乡居民的社会保障体系基本建立,人人享有基本生活保障。合理有序的收入分配格局基本形成,中等收入者占多数,绝对贫困现象基本消除。人人享有基本医疗卫生服务。社会管理体系更加健全。”

党的十八大围绕全面建成小康社会,在已经取得的成绩的基础上,提出了社会建设的新目标:人民生活水平全面提高;总体实现基本公共服务均等化;全民受教育程度和创新人才培养水平明显提高,进入人才强国和人力资源强国行列,教育现代化基本实现;就业更加充分;收入差距缩小;社会保障全覆盖,人人享有基本医疗卫生服务,住房保障体系基本形成,社会和谐稳定。

党的十八届三中全会对深化社会体制改革提出了新要求:必须紧紧围绕更好地保障和改善民生、促进社会公平正义深化社会体制改革,改革收入分配制度,促进共同富裕,推进社会领域制度创新,推进基本公共服务均等化,加快形成科学有效的社会治理体制,确保社会既充满活力又和谐有序。

二、保障和改善民生

社会建设和人民幸福安康息息相关,当前,必须在经济发展的基础上,更加注重社会建设,着力保障和改善民生。提高人民群众的物质文化生活水平,努力使全体人民学有所教、劳有所得、病有所医、老有所养、住有所居,是改革开放和社会主义现代化建设的根本目的。建设社会主义和谐社会是一个复杂的社会系统工程,必须统筹兼顾、突出重点,坚持把群众利益放在首位,力求在解决突出矛盾和关键问题上不断取得实实在在的成效。

党的十八大指出:加强社会建设,必须以保障和改善民生为重点,积极解决好教育、就业、收入分配、社会保障、医疗卫生和社会管理等直接关系人民群众根本利益和现实利益的问题。十八届三中全会进一步提出:要深化教育领域综合改革,健全促进就业创业体制机制,形成合理有序的收入分配格局，建立更加公平可持续的社会保障制度，深化医药卫生体制改革，实现发展成果更多更公平惠及全体人民。

第一，深化教育领域综合改革。全面贯彻党的教育方针，坚持立德树人，加强社会主义核心价值体系教育，完善中华优秀传统文化教育，大力促进教育公平，统筹城乡义务教育资源均衡配置，加快现代职业教育体系建设，创新高校人才培养机制，加快推进职业院校分类招考或注册入学，拓宽终身学习通道，构建政府学校社会新型关系，鼓励社会力量兴办教育，健全充满生机活力的办学体制。

第二，健全促进就业创业体制机制。建立经济发展和扩大就业的联动机制，健全政府促进就业责任制度；规范招人用人制度，完善扶持创业的优惠政策和城乡均等的公共就业创业服务体系；增强失业保险制度功能，完善就业失业监测统计制度；创新劳动关系协调机制，畅通职工表达合理诉求渠道。

第三，形成合理有序的收入分配格局。着重保护劳动所得，努力实现劳动报酬增长和劳动生产率提高同步，提高劳动报酬在初次分配中的比重；健全工资决定和正常增长机制，完善最低工资和工资支付保障制度及企业工资集体协商制度；改革机关事业单位工资和津贴补贴制度，完善艰苦边远地区津贴增长机制；健全由要素市场决定报酬机制；多渠道增加居民财产性收入，完善以税收、社会保障、转移支付为主要手段的再分配调节机制，规范收入分配秩序，完善收入分配调控体制机制和政策体系，努力缩小城乡、区域、行业收入分配差距，逐步形成橄榄型分配格局。

第四，建立更加公平可持续的社会保障制度。坚持社会统筹和个人账户相结合的基本养老保险制度，推进机关事业单位养老保险制度改革，整合城乡居民基本养老保险制度、基本医疗保险制度；推进城乡最低生活保障制度统筹发展；完善社会保险关系转移接续政策，加快健全社会保障管理体制和经办服务体系；健全符合国情的住房保障和供应体系；健全社会保障财政投入制度，完善社会保障预算制度；加快建立社会养老服务体系和发展老年服务产业。

第五,深化医药卫生体制改革;统筹推进医疗保障、医疗服务、公共卫生、药品供应、监管体制综合改革。健全网络化城乡基层医疗卫生服务运行机制;完善合理分级诊疗模式,建立社区医生和居民契约服务关系;充分利用信息化手段,促进优质医疗资源纵向流动。鼓励社会办医,优先支持举办非营利性医疗机构;允许医师多点执业,允许民办医疗机构纳入医保定点范围。

第六,坚持计划生育的基本国策,启动实施一方是独生子女的夫妇可生育两个孩子的政策,逐步调整完善生育政策,促进人口长期均衡发展。

三、创新社会治理体制

社会治理是人类社会必不可少的一项管理活动。在现代社会中,社会治理的地位越来越得到彰显。当前,要有效解决我国在社会管理领域存在的问题,必须深入认识和准确把握新形势下社会治理规律,创新社会治理理念思路、体制机制、方法手段,提高社会管理能力。党的十八大提出,加强社会建设,必须加快形成科学有效的社会管理体制,完善社会保障体系,健全基层公共服务和社会管理网络,建立确保社会既充满活力又和谐有序的体制机制。十八届三中全会进一步提出:创新社会治理,必须着眼于维护最广大人民根本利益,最大限度增加和谐因素,增强社会发展活力,提高社会治理水平,全面推进平安中国建设,维护国家安全,确保人民安居乐业、社会安定有序。

第一,改进社会治理方式。坚持系统治理,加强党委领导,发挥政府主导作用,鼓励和支持社会各方面参与,实现政府治理和社会自我调节、居民自治良性互动。坚持依法治理、综合治理和源头治理,运用法治思维和法治方式化解社会矛盾,协调社会关系,解决社会问题。坚持源头治理,标本兼治、重在治本,以网格化管理、社会化服务为方向,健全基层综合服务管理平台,及时反映和协调人民群众各方面各层次利益诉求。

第二,激发社会组织活力。正确处理政府和社会关系,加快实施政社分开,推进社会组织明确权责、依法自治、发挥作用。适合由社会组织提供的公共服务和解决的事项,交由社会组织承担。加强对社会组织和在华境外非政府组织的管理,引导它们依法开展活动。

第三,创新有效预防和化解社会矛盾体制。健全重大决策社会稳定风险评估机制。建立畅通有序的诉求表达、心理干预、矛盾调处、权益保障机制,改革行政复议体制,完善人民调解、行政调解、司法调解联动工作体系,改革信访工作制度,建立涉法涉诉信访依法终结制度。

第四,健全公共安全体系。完善统一权威的食品药品安全监管机构,建立隐患排查治理体系和安全预防控制体系,深化安全生产管理体制改革,建立隐患排查治理体系和安全预防控制体系,健全防灾减灾救灾体制,加强社会治安综合治理。加大依法管理网络力度,加快完善互联网管理领导体制,确保国家网络和信息安全。

第五,设立国家安全委员会,完善国家安全体制和国家安全战略,确保国家安全。

建设社会主义和谐社会,是一项艰巨而复杂的系统工程,需要全党全社会长期坚持不懈的努力。党和政府应加强和改善对建设社会主义和谐社会各项工作的领导,把建设社会主义和谐社会摆在全局工作的重要位置,建立有效的领导机制和工作机制,把建设社会主义和谐社会的要求落到实处。广大人民群众应以积极的热情,自觉投身于社会主义和谐社会的建设之中,为使我们的社会更加和谐作出贡献。

第九章　中国特色社会主义生态文明建设

党的十七大报告第一次提出要建设社会主义生态文明，把生态文明建设与经济建设、政治建设、文化建设、社会建设一起纳入建设中国特色社会主义“五位一体”的总布局。那么，为什么要建设社会主义生态文明？怎样建设社会主义生态文明？成为当期必须搞清楚的问题。这是个直接关系到人民福祉、民族未来长远大计的问题。

第一节　建设社会主义生态文明的必要性

一、建设社会主义生态文明的提出

生态文明是指人们在改造客观物质世界的同时，不断克服改造过程中的负面效应，积极改善和优化人与自然、人与人的关系，建设有序的生态运行机制和良好的生态环境所取得的物质、精神、制度方面成果的总和。生态文明的崛起是一场涉及生产方式、生活方式和价值观念的世界性革命，是一次顺应世界潮流的新选择。作为一种基本的发展理念，生态文明建设也是对当代中国科学发展、共建和谐的实践性提升，它将通过多种渠道对发展方式和人们的生活方式进行重大的引导和调整，进而引导国家沿着科学发展的轨道前进。

提出建设生态文明是人类文明形态和文明发展上的重大进步，因为生态文明的前提是尊重和维护自然，维护人类自身赖以生存发展的生态平衡；其宗旨是人与人、人与自然、人与社会和谐共生；其内涵是建立可持续的生产方式和消费模式；其着眼点在于引导人们走上可持续发展的道路，以更加顺应自然规律和人类社会发展的规律。生态文明的提出与不断完善，与全球日趋严重的环境问题密切相关。资源是有限的，增长不等于发展；自然环境的可再生能力是人类生存的基础和文明演进的前提；倡导生态文明已经成为一种国际化潮流。1987年，联合国世界与环境发展委员会发表《我们共同的未来》，正式提出“可持续发展”的概念。许多国家和地区深刻反思工业文明以来的发展道路，并在保护生态环境、重构人与自然关系等方面，进行了大量有益的探索和实践。在中国，提出建设生态文明经历了一个认识发展的过程。早在改革开放初期，作为人口众多、资源短缺、与发达国家差距显著和人民生活水平相对低下的发展中大国，以经济建设为中心、摆脱贫困一直是党和国家的奋斗目标，也是百姓的迫切心愿，“发展才是硬道理”深入人心。随着经济的快速增长，生态的破坏和环境的代价开始逐步显露。20 世纪 90 年代，中国政府开始关注经济、社会与环境协调发展问题，1994 年中国率先制定并出台《中国 21 世纪议程——中国人口、资源、环境发展白皮书》，1996 年在“九五”建设计划中提出了转变经济增长方式、实施可持续发展战略的主张。进入 21 世纪，国家针对改革开放以来伴随经济快速发展带来的生态环境问题，及时提出了科学发展观，做出了实现又好又快发展的重大部署。2007 年党的十七大报告正式提出了“建设生态文明，基本形成节约能源资源和保护生态环境的产业结构、增长方式、消费模式”的新要求。

2012 年党的十八大报告提出大力推进生态文明建设，坚持节约资源和保护环境的基本国策，坚持节约优先、保护优先、自然恢复为主的方针，着力推进绿色发展、循环发展、低碳发展，形成节约资源和保护环境的空间格局、产业结构、生产方式、生活方式，从源头上扭转生态环境恶化趋势，为人民创造良好生产生活环境，为全球生态安全作出贡献。

2013 年党的十八届三中全会强调，建设生态文明，必须建立系统完整的生态文明制度体系，实行最严格的源头保护制度、损害赔偿制度、责任追究制度，完善环境治理和生态修复制度，用制度保护生态环境。

二、建设社会主义生态文明的必要性

第一,建设生态文明是发展中国特色社会主义的必然选择。在社会主义现代化的进程中,党和政府明确提出建设生态文明,是由我国的基本国情决定的。我国人口众多,资源相对不足,生态环境承载能力弱。特别是随着经济快速增长和人口不断增加,能源、水、土地、矿产等资源不足的矛盾越来越尖锐,生态环境的形势十分严峻。只有走生态文明的发展道路,才能推动中国特色社会主义的可持续发展。

建设生态文明,符合人类社会文明发展的大趋势。从人类发展史来看,人类文明已经经历了原始采集文明、农业文明和工业文明。在工业文明时代,人类取得了前所未有的辉煌成就,但也遇到了前所未有的生态危机。只有提倡和实行以生态产业或产业生态化为主要特征的生态文明形态,才能够逐步克服工业文明时代所出现的一系列弊端。人与自然的关系反映着人类文明与自然演化的相互作用及其结果,对于人类社会来说,违背规律的乱开发造成的"生态野蛮"和原始落后的"生态愚昧"都是与生态文明相矛盾的状态。正如 1972 年发布的《联合国人类环境宣言》所说:在现代,人类改造其环境的能力,如果明智地加以使用的话,就可以给各国人民带来开发的利益和提高生活质量的机会。如果使用不当,或轻率地使用,这种能力就会给人类和人类环境造成无法估量的损害。

建设生态文明是人类社会进步的必然要求,也是推进中国特色社会主义进程的必然要求。作为一个发展中国家的生态文明建设,既要充分吸取发达国家在生态环境方面的经验教训,特别注重生态保护和可持续发展,最大限度地降低发展的自然生态代价,也要牢记"发展是我们的第一要务",牢记加速发展生产力、发展经济、消除贫困、努力提高人民生活水平仍然应该是我们的首要任务。我们要把发展作为包括生态文明在内的整个文明建设的基本手段,通过进一步促进社会经济的发展,来推动生态文明建设。

第二,建设生态文明是全面建成小康社会的客观要求。"小康社会”是邓小平在20世纪80年代初规划中国经济社会发展蓝图时提出的战略构想。随着中国特色社会主义建设事业的深入，其内涵和意义不断地得到丰富和发展。在20世纪末基本实现小康的情况下，中共十六大报告明确提出了“全面建设小康社会”的奋斗目标。中共十七大报告把建设生态文明纳入到全面建设小康社会的总体目标之中，并对全面建设小康社会的目标提出了新的更高要求，强调大力加强生态文明建设，基本形成节约能源资源和保护生态环境的产业结构、增长方式、消费模式。循环经济形成较大规模，可再生能源比重显著上升。主要污染物排放得到有效控制，生态环境质量明显改善。生态文明观念在全社会牢固树立。2012年中共十八大又根据我国经济社会发展的新形势和广大人民的新期待，提出了全面建成小康社会的更高目标。

全面建成小康社会是全国人民的根本利益所在，将生态文明纳入其中，既充分体现了生态文明对中华民族生存发展的重要意义，又充分显示出中国共产党人对历史负责的态度，反映出我们党不只是想着创造当代的政绩，还要为中华民族的子孙后代着想。将建设生态文明纳入全面建成小康社会的进程，强调要建立人与自然的和谐相处关系，也是中国共产党领导中国人民实现中华民族伟大复兴重要思想的飞跃，是我们今后奋斗的目标。

在中国这样的人口大国，建成惠及十几亿人口的更高水平的小康社会，最紧迫的任务就是要改变传统发展思维和模式。倘若继续沿袭高投入、高能耗、高排放、低效率的粗放型增长方式，走先污染后治理、边污染边治理的发展道路，全面建设小康社会的奋斗目标就难以实现。当前，中国正处于工业化、城镇化加速发展时期，资源供应不足、能源严重紧缺、环境压力加大已经成为全面建成小康社会的关键性制约因素，建设生态文明已经成为全面建成小康社会，实现经济社会可持续发展的根本要求。

第三，建设生态文明是促进社会和谐的基础和保障。进入21世纪后，中共十六大和十六届三中、四中全会，从全面建设小康社会、开创中国特色社会主义事业新局面的全局出发，明确提出构建社会主义和谐社会的战略任务。中共十六大报告第一次将“社会更加和谐”作为重要目标提出。中共十六届四中全会，进一步提出构建社会主义和谐社会的任务。胡锦涛指出，实现社会和谐，建设美好社会，始终是人类孜孜以求的一个社会理想，也是包括中国共产党在内的马克思主义政党不懈追求的一个社会理想。根据马克思主义基本原理和我国社会主义建设的实践经验，根据新世纪新阶段我国经济社会发展的新要求和我国社会出现的新趋势新特点，我们所要建设的社会主义和谐社会，应该是民主法治、公平正义、诚信友爱、充满活力、安定有序、人与自然和谐相处的社会。人与自然和谐相处，就是生产发展、生活富裕、生态良好。

构建社会主义和谐社会，是中国共产党从全面建设小康社会、开创中国特色社会主义事业新局面的全局出发提出的一项重大任务，适应了我国改革发展进入关键时期的客观要求，体现了广大人民群众的根本利益和共同愿望。构建社会主义和谐社会，必须坚持社会主义的基本制度，坚持走中国特色社会主义道路；必须树立和落实科学发展观，坚持以经济建设为中心，坚持“五个统筹”，促进社会主义物质文明、政治文明、精神文明与生态文明建设全面发展。

生态文明是人类实现人与自然、人与人之间和谐相处的一种社会形态，它涵盖了全部人与人的社会关系和人与自然的关系，涵盖了社会和谐和人与自然和谐的全部内容。生态文明观的核心就是人与自然、人与社会和谐相处。良好的生态环境本身就是构建社会主义和谐社会的基本要素。构建社会主义和谐社会必须高度重视生态文明。没有生态安全，人类自身就会陷入最深刻的生存危机。如果人与自然的关系不和谐，就会影响人与人的关系、人与社会的关系。生态危机和环境恶化会直接威胁到人们的生存环境和身心健康，极易引发环境纠纷和群体性事件，激化公民和政府的对立与冲突，影响社会和谐。

今天,人们已经深深意识到,没有生态安全,和谐社会的构建就无从谈起。生态文明是和谐社会与文明建设的支撑点,关系到巩固党执政的社会基础和实现党执政的历史任务,关系到全面建设小康社会的全局,关系到党的事业兴旺发达和国家的长治久安。

加强生态文明建设是促进社会和谐的基础和前提,良好的生态环境本身就是人类幸福生活不可缺少的要素。在遵循科学发展观构建社会主义和谐社会的进程中,必须重视人与自然和谐相处,必须把建设生态文明放在突出位置。大力提倡绿色消费、文明消费,弘扬人与自然和谐相处的核心价值观,在全社会牢固树立与保护生态相适应的政绩观、消费观,形成尊重自然、热爱自然、善待自然的和谐氛围。只有加强生态文明建设,使公民在一个优美的自然生态环境中和谐相处,人们才能增强对党和政府的信任与支持,才能增强公民之间的团结和中华民族的凝聚力,才能推动建成社会主义和谐社会。

第四,建设生态文明是落实科学发展观的内在要求。科学发展观作为中国特色社会主义理论体系的重要组成部分,是对党的三代中央领导集体关于发展的重要思想的继承和发展,是马克思主义关于发展的世界观和方法论的集中体现,是同马列主义、毛泽东思想、邓小平理论和"三个代表"重要思想一脉相承而又与时俱进的科学理论,是我国经济社会发展的重要指导方针,是发展中国特色社会主义必须坚持和贯彻的重大战略思想。

科学发展观的形成,进一步指明了推动中国经济社会改革与发展的思路和战略,明确了中国经济社会发展的根本指导思想,标志着中国共产党对于社会主义建设规律、社会发展规律、共产党执政规律的认识达到了新的高度,标志着马克思主义和新的中国国情相结合达到了新的高度和阶段。建设生态文明,是践行科学发展观的内在要求。坚持科学发展观与生态文明建设在本质上是一致的。它们都是以尊重和维护生态环境为出发点,强调人与自然、人与人、经济与社会的协调可持续发展,以生产发展、生活富裕、生态良好为基本原则,以人的全面发展为最终目标。无数事实告诉我们，没有生态文明，生产力的发展就不可能持续，人的发展就不可能全面。只有坚持走资源节约型、环境保护型的发展道路，建设人与自然高度和谐的生态文明，才能够真正实现科学发展、人民富裕。从我国的基本国情和新世纪新阶段我国发展呈现的一系列阶段性特征来看。一方面，我国人均资源不足，人均耕地、淡水、森林仅占世界平均水平的32%、27.4%和12.8%，石油、天然气、铁矿石等资源的人均拥有储量也明显低于世界平均水平；另一方面，由于长期实行主要依赖增加投资和物质投入的粗放型经济增长方式，能源和其他资源的消耗增长很快，生态环境恶化的问题也日益突出。经济社会发展的实践证明，如果生态系统不能持续提供资源能源、清洁的空气和水等要素，经济社会的持续发展就会失去载体和基础，进而整个人类文明都会受到威胁。

科学发展观第一要义是发展，核心是以人为本，基本要求是全面协调可持续，根本方法是统筹兼顾。对生态文明与科学发展之间的关系，可以从两个方面来理解。一是生态文明的提出，正是体现了以人为本，体现了发展的可持续性。加强生态文明建设是坚持以人为本的具体体现。以人为本揭示了发展的根本价值追求，强调发展要满足人的需求、重视人的因素，将最终成效落实到提高人民生活水平上。加强生态文明建设，把建设资源节约型、环境友好型社会放在突出位置，让老百姓喝上干净的水、呼吸上清新的空气、吃上放心的食品、有一个良好的生产生活环境，正是坚持以人为本的具体体现。二是我们的发展必须走文明发展的道路，无论是从人与自然的和谐、环境的保护，还是从资源的节约利用上，无论是从发展的质量还是从发展的可持续性来讲，都必须走这条路。提高到“文明”的高度，是科学发展观在这方面的升华。没有生态文明，一切文明就没有享受的前提。生态文明体现的正是科学发展观的重要文化内涵。

建设生态文明是深入贯彻落实科学发展观的重要内容。科学发展观的重要内容之一，就是强调把发展、以人为本、全面协调可持续内在地统一起来，强调社会经济的发展必须与自然生态的保护相协调，在经济社会发展中努力实现人与自然之间的和谐。科学发展观把保护自然环境、维护生态安全、实现可持续发展这些要求视为发展的基本要素，其目标就是通过发展去真正实现人与自然的和谐以及社会环境与生态环境的平衡。简言之，科学发展观要求我们建设社会主义的生态文明，建设生态文明是落实科学发展观的一个重要起始点。只有正确处理快速发展和可持续发展的关系，坚持走资源节约型、环境保护型的发展道路，建设人与自然高度和谐的生态文明，才能在生机盎然的绿水青山中持续地追求并享有幸福，才能实现科学发展。

当前，我国贯彻落实科学发展观、切实加强生态文明建设的自觉性还有待提高。一些地方仍然将重点放在经济的快速增长及其所带来的物质和财富上的富裕之上，仍然采用毫无节制地消耗自然资源的生产方式，仍然追求高消耗、高消费的生活方式，忽视了生态环境的破坏、人与自然的和谐。这将严重地影响和阻碍科学发展观的有效落实，制约着发展的可持续性。要真正落实好落实科学发展观，必须从根本上认同和建设生态文明，并以此作为最基础的起点。

科学发展观为生态文明建设指明了方向。社会经济的发展绝不能以牺牲自然环境为代价，经济繁荣、社会和谐与生态优美完全可以兼得。建设社会主义生态文明，是深入贯彻落实科学发展观一个极其重要的环节；只有从建设生态文明的高度来协调经济发展与环境保护的相互关系，才能达到人与自然的和睦相处，才能实现经济社会的又好又快发展。

第五，建设生态文明是提高中国国际竞争力的重大举措，也是中国对世界发展所作的贡献。建设生态文明，是提高中国经济国际竞争力的重要措施。随着全球环境问题的日益突出，自然资源和生态环境的稀缺性成为人类社会面临的共同问题。出于全球环境保护的需要，生态化设计、循环利用资源、保护环境等已成为国家产品竞争力的重要标志。可以预见，谁在有利于环境保护的产品设计、技术创新方面占据优势，谁就会在新的国际竞争中占据制高点。当前，世界上还存在社会主义和资本主义两种制度，存在着两种制度的激烈竞争。社会主义与资本主义制度孰优孰劣，比的不是谁最能斗争，也不仅仅是比生产力谁最发达，还要比谁最公平正义，谁最共同富裕，谁最有道德文化，谁最能带来人的全面发展，谁最能使社会更加和谐。在当今全球生态环境危机空前严峻之时，更要比谁最能可持续发展。而社会主义只有超越资本主义工业文明模式，追求生态文明，才能有效应对全球化所带来的全新挑战，才能超越和战胜资本主义。中国明确提出建设生态文明，把建设资源节约型、环境友好型社会放在现代化发展战略的突出位置，必将深刻影响人们的思想观念，推进工农业生产、生活消费等向着有利于环境保护的方向发展；必将推动技术创新沿着节约资源、保护环境、循环经济的方向迈进，使中国真正走上社会主义现代化的道路。

在工业化的进程中，发达国家走过了一条先污染后治理的道路。20 世纪的 100 年中，美国累计消费了大约 350 亿吨石油、73 亿吨钢、2 亿吨铝、100 亿吨水泥，付出了沉重的环境代价。不足世界人口 15% 的发达国家，目前仍然消费了全球 50% 以上的矿产资源和 60% 以上的能源，排放了大量的污染物，对全球环境安全造成了巨大的威胁。建设生态文明，就是把建设资源节约型、环境友好型社会放在工业化、现代化发展战略的突出位置，从根本上摒弃发达国家大量消费、大量废弃的传统模式，为全球环境保护作出积极贡献。

从全球范围看，自工业革命以来，人类在物质生产取得巨大发展的同时，对地球资源的索取超出了合理的范围，对地球生态环境造成了破坏。其严重后果就是全球气候变化，以及过度开发土地、滥伐森林、过度捕捞、环境污染等所产生的其他负面效应。传统的工业文明单纯地把自然界看作是人类生存和发展的索取对象，一味地征服自然，忽视了自然资本的亏损以及对自然发展的维护，从而导致了环境危机。人类发展到今天，已经深深意识到没有生态安全，人类自身的生存就会受到最严重的威胁。生态文明将人类发展与整个生态系统的发展联系在一起。在经济全球化的今天,生态环境已无国界,生态问题已经是每个国家、每个地球人都应首要考虑的大前提。

随着人类可持续发展实践的展开,作为人类社会可持续发展必然要求的生态文明,已经在全球从宏观到微观的各个层面都有所体现,正在呈不断拓展、深化和增强之势。在全球宏观上,世界各国在保护大气层、海洋、生物多样性,稳定气候,防止毁灭性战争和环境污染等方面的协作已取得进展。在国家层面上,对自然生态系统如自然森林、重要天然湿地实行保护,实行生态补偿政策、开征环境税、资源税等,在不少国家都已取得成效。一个体现污染者付费、受害者获补偿、贡献者获奖励、多消费者多交税的社会公平、生态公平的观念和机制正在全球形成,并日益深刻地影响到所有社会组织和个人的行为方式。

建设生态文明,不同于传统意义上的污染控制和生态恢复,而是修正工业文明弊端,探索资源节约型、环境友好型的发展道路。要真正实现人与自然和谐的生产生活,需要大规模开发和使用清洁的可再生能源,实现对自然资源的高效、循环利用。这种根本性的转变不是一个国家可以完成的,需要与其他国家协同努力。对于尚处于工业化时期的中国,挑战固然是巨大的,但作为后发国家,积极借鉴和吸收他国经验,更是一次重大的机遇。因此,我们必须抓住历史机遇,采取积极措施,推进生态文明建设的进程,促成全世界可持续发展的新潮流,促成人的全面发展和人类社会的和谐。

第二节　建设社会主义生态文明的总体要求

建设生态文明,是关系人民福祉、关乎民族未来的长远大计。生态文明反映的是人与自然之间的和谐程度。生态文明与物质文明、政治文明、精神文明等一样,都是历史范畴,伴随人类文明的发展经历着由低级向高级不断演进的过程。

一、社会主义生态文明建设的总体要求

生态文明的核心是正确处理人与自然的关系。生态文明建设，是指人类在利用和改造自然的过程中，主动保护自然，积极改善和优化人与自然的关系，建设健康有序的生态运行机制和良好的生态环境。我国的生态文明建设必须立足于当前特殊的自然生态环境现状、经济发展水平、文化建设状况、社会政治条件以及人口素质等，走符合国情的社会主义生态文明建设道路。

中国特色社会主义生态文明体现了和谐发展、全面发展、可持续发展和循环发展的思想。党的十八大明确提出了大力推进生态文明建设的总体要求：树立尊重自然、顺应自然、保护自然的生态文明理念，把生态文明建设放在突出地位，融入经济建设、政治建设、文化建设、社会建设各方面和全过程，努力建设美丽中国，实现中华民族永续发展。这个总体要求的核心和实质，“就是要建设以资源环境承载力为基础、以自然规律为准则、以可持续发展为目标的资源节约型、环境友好型社会”①，努力走向社会主义生态文明新时代。

围绕上述总体要求，党的十八大作出决定：优化国土空间开发格局，要按照人口资源环境相均衡、经济社会生态效益相统一的原则，控制开发强度，调整空间结构，加快实施主体功能区战略，推动各地区严格按照主体功能定位发展，构建科学合理的城市化格局、农业发展格局、生态安全格局。提高海洋资源开发能力，发展海洋经济，保护海洋生态环境；全面促进资源节约，推动资源利用方式根本转变，加强全过程节约管理，推动能源生产和消费革命，控制能源消费总量，加强水源地保护和用水总量管理，严守耕地保护红线，严格土地用途管制，加强矿产资源勘查、保护、合理开发，发展循环经济；加大自然生态系统和

---

① 《十七大以来重要文献选编》(上)，中央文献出版社2009年版，第109页。

环境保护力度,实施重大生态修复工程,增强生态产品生产能力,加快水利建设,加强防灾减灾体系建设,坚持预防为主、综合治理,解决损害群众健康突出环境问题;加强生态文明制度建设,要把资源消耗、环境损害、生态效益纳入经济社会发展评价体系,建立体现生态文明要求的目标体系、考核办法、奖惩机制。

党的十八届三中全会进一步强调,紧紧围绕建设美丽中国深化生态文明体制改革,加快建立生态文明制度,健全自然资源资产产权制度和用途管制制度,完善自然资源监管体制,统一行使所有国土空间用途管制职责,健全国土空间开发、资源节约利用、生态环境保护的体制机制,建立资源环境承载能力监测预警机制,实行资源有偿使用制度和生态补偿制度,推动形成人与自然和谐发展现代化建设新格局。建设社会主义生态文明,必须把节约资源放在首位,加大环境保护力度,做好生态保育工作,建设循环经济。

根据生态文明建设的总体要求,到2020年实现全面建成小康社会时,我国生态文明建设的目标是:资源节约型、环境友好型社会建设取得重大进展;主体功能区布局基本形成,资源循环利用体系初步建立;单位国内生产总值能源消耗和二氧化碳排放大幅下降,主要污染物排放总量显著减少;森林覆盖率提高,生态系统稳定性增强,人居环境明显改善。

二、树立生态文明理念

建设生态文明,不仅需要实现生产方式和生活方式的转变,需要运用经济的和法律的手段,而且需要诉诸思想观念的转变,树立生态文明新理念。党的十八大报告提出,面对资源约束趋紧、环境污染严重、生态系统退化的严峻形势,必须树立尊重自然、顺应自然、保护自然的生态文明理念。

尊重自然,就是指人类在自然面前要树立平等的意识,要对自然常怀敬畏之心、感恩之情、报恩之意,尊重自然界的创造和存在,尊重自然的发展规律,绝不能凌驾于自然之上,这是人与自然相处时应秉持的首要态度。人类对于自然观的认识经历了一个较长的发展过程。历史上,在生产力相对低下时,人类一方面崇拜自然、畏惧自然,但为了生存又必须同自然相抗争。征服自然,做自然的“主宰者”和“统治者”的意念由此而生。近代以来,随着人类改造自然能力的大幅提高,人类开始轻视自然、藐视自然,甚至以征服者、占有者的姿态面对自然,为满足自身需要向大自然不断索取,使人类赖以生存的自然环境遭受严重破坏,生态危机日益严重。反思过去,正视现实,只有尊重自然才是人与自然相处的科学态度。尊重自然,就要深刻认识到人类与自然是平等的,人类不是自然的奴隶,也不是自然的上帝,人属于自然,而不是自然属于人;就要深刻认识到自然界是人类赖以生存发展的基本条件,人类生活所需要的一切均直接或间接来自自然;就要深刻认识到一切物种均有生命,均有其独特价值,均是自然大家族中不可或缺的部分。

顺应自然,就是要求人类顺应自然的客观规律,按自然规律办事,这是人与自然相处时应遵循的基本原则。因为包括人类在内的自然界是一个完整有机的生态系统,具有自身运动、变化和发展的内在规律,不以人的意志为转移。人利用和改造自然的实践活动只有适应自然规律,才能做到人与自然和谐相处。顺应自然,就是要使人类的活动符合而不是违背自然界的客观规律,以制度约束人的行为,防止出现因急功近利和个人贪欲而违背了自然规律的现象。

保护自然,就是要求人类发挥主观能动性,在向自然界索取生存发展之需的同时,呵护自然,回报自然,这是人与自然相处时应承担的重要责任。人类在利用和开发自然的时候,必须保护自然界的生态系统,把人类活动控制在自然能够承载的限度之内,给自然留下恢复元气、休养生息、资源再生的空间,实现人类对自然获取和给予的平衡,多还旧账,不欠新账,防止出现生态赤字和人为造成的不可逆的生态灾难。

三、坚持节约资源和保护环境的基本国策

为提高全党全社会对节约资源、保护环境重要性的认识，党的十六届五中全会从贯彻落实科学发展观、构建社会主义和谐社会的高度，提出了建设资源节约型、环境友好型社会的奋斗目标。党的十七大报告进一步指出，良好生态环境是人和社会持续发展的根本基础，节约资源和保护环境是我国的基本国策。

第一，坚持节约优先、保护优先、自然恢复为主。自然资源都是有限的，有些还具有不可再生性，即使是可再生的资源也常常需要较长时间的恢复过程。因此，在自然资源的开发和利用中，要把节约资源放在第一位，坚决查处浪费自然资源的现象；在环境保护工作中，要把预防为主、源头治理放在第一位，要做到未雨绸缪，抓紧通过立法，积极保护；在生态系统保护和修复中，要把利用自然力修复生态系统放在第一位，尽量减少人为干预。这三个方面形成一个统一的有机整体，是我国生态文明建设的方向和重点。

第二，着力推进绿色发展、循环发展、低碳发展。在我国社会主义初级阶段，"发展才是硬道理"，但是发展不仅仅是指经济量的增长，更重要的是质的提升。过去那种以牺牲环境、透支未来的经济增长模式不仅已经不能适应我国经济社会发展的需要，而且已经成为制约经济社会发展的瓶颈。因此，在经济发展中，必须牢固树立保护生态环境就是保护生产力、改善生态环境就是发展生产力的理念，坚持在保护中发展、在发展中保护，更加自觉地推动绿色发展、循环发展、低碳发展。积极发展节能产业，推广高效节能产品；加快发展资源循环利用产业，推动矿产资源和固体废弃物综合利用；大力发展环保产业，壮大可再生能源规模。建立循环经济体系，发展循环经济，促进生产、流通、消费过程的减量化、再利用和资源化。

第三，形成节约资源和保护环境的空间格局、产业结构、生产方

式、生活方式。我国是一个国土面积辽阔的国家,但是长期以来,基本上都是采取粗放式经营和管理的方式,对国土空间没有作很好的功能区分和规划,存在着使用不合理的现象。在现代化建设中,要整体谋划国土空间开发,尽可能集中集约利用国土空间,减少对自然生态空间的占用,促进生产空间集约高效、生活空间宜居适度、生态空间山清水秀,给自然留下更多修复空间,给农业留下更多良田,给子孙后代留下天蓝、地绿、水净的美好家园。

第四,建立系统完整的生态文明制度体系,用制度保护生态环境。建立系统完整的生态文明制度体系,最重要的是要把资源消耗、环境损害、生态效益等体现生态文明建设状况的指标纳入经济社会发展评价体系,使之成为推进生态文明建设的重要导向和约束。还要建立国土空间开发保护制度,健全自然资源资产产权制度和用途管制制度,划定生态保护红线,实行资源有偿使用制度和生态补偿制度,改革生态环境保护管理体制,逐渐形成生态文明宣传教育的长效机制等,推动形成人与自然和谐发展的现代化建设新格局。

建设生态文明是一个新的重大课题,也是人类发展史上空前壮丽而艰巨的战略任务。走向生态文明新时代,建设美丽中国,是实现民族复兴中国梦的重要内容。把祖国建设成经济繁荣、环境优美、生态良好的美丽家园,既是亿万人民的共同愿望,也是每一个公民义不容辞的责任。习近平强调:“要牢固树立生态红线的观念。在生态环境保护问题上,就是要不能越雷池一步,否则就应该受到惩罚。”①要以对国家和人民高度负责、对子孙后代高度负责、对中华民族高度负责的精神,以壮士断腕的气魄建设好生态文明。

---

① 《习近平在中共中央政治局第六次集体学习时强调:坚持节约资源和保护环境基本国策 努力走向社会主义生态文明新时代》,《人民日报》2013 年 5 月 25 日。

第十章　实现祖国完全统一的理论

中华民族有着维护国家统一的优良传统。实现祖国的完全统一是中华民族伟大复兴的历史任务，是包括台湾、香港和澳门同胞在内的所有海内外中华儿女的共同心愿和坚强意志。新中国成立以来，尤其是改革开放以来，中国共产党领导中国人民为了实现祖国完全统一作出了巨大努力，形成和发展了关于祖国统一的理论。

第一节　实现祖国完全统一是中华民族的根本利益

一、维护国家统一是中华民族的优良传统

中国是一个具有悠久历史的统一的多民族国家，中华民族有着维护国家统一的优良传统。从遥远的古代起，我国各族人民在繁衍生息、开发自然的过程中建立了紧密的政治、经济、文化联系，两千多年前就形成了幅员广阔的统一国家。尽管在长期的历史过程中，存在着分分合合的现象，但统一的时间远远长于分裂的时间，并且随着历史的发展，统一的时间越来越长，分裂的时间越来越短，民族团结和国家统一始终是中华民族历史发展的主流。民族团结和国家统一有利于经济社会的发展和进步，有利于各民族之间的亲密合作和交流，有利于人民生活水平的稳定和提高。因此，和平和统一是长期以来各族人民的热切渴望与孜孜追求，而一个国家的分裂常常伴随着连绵不断的战争和破坏，伴随着外部势力的入侵和压迫，给人民造成了极大的痛苦。

早在春秋战国时期，面对王室衰微、诸侯力征、天下混乱的局面，

诸子百家就提出过“定于一”、“一天下”、“尚同”和“兼天下”等主张国家统一、社会稳定、民族和谐等思想。秦王朝建立中央集权的封建专制制度后，构建了从中央到地方的各级政权，并实行统一文字、度量衡等政策，有力地推动了国家的统一。此后，虽然历代封建王朝更替变迁，但追求国家统一的思想和行动始终没有变。

在漫长的历史进程中，我国各族人民历来关心祖国的前途和民族的命运，并在捍卫民族尊严和国家统一的英勇斗争中形成了国家统一思想。该思想对推动我国多民族统一国家的形成和发展起到了巨大作用。强烈的国家统一观念逐渐成为中华民族的心理习惯，成为凝聚民族力量、维护国家统一的重要精神力量。在中国历史上，维护国家统一、捍卫民族利益的英雄，历来受人民敬仰。而出卖国家民族利益、制造分裂的败类，历来被人民唾弃。近代以来，由于帝国主义侵略和国内战争的影响，我国局部地区处于分离状态，中国陷入半殖民地半封建社会的深渊，但各族人民坚贞不屈、顽强拼搏，同各种侵略势力、分裂势力及其活动展开了坚决斗争，最终实现了民族独立和人民解放。新中国成立后，中国共产党和中国政府一直致力于推进祖国完全统一大业，顺利实现了香港、澳门的回归，有力地推动了海峡两岸关系的发展，目前正在为实现台湾回归而努力奋斗。

二、完成祖国统一是实现中华民族伟大复兴的题中之义

实现中华民族的伟大复兴是近代以来历代中国人民最大的梦想，也是当今全体中华儿女的共同愿望和强烈期盼。中国共产党成立后，义无反顾地担当起带领人民实现民族复兴的历史使命。新民主主义革命的胜利完成了民族独立和人民解放的历史任务，开启了实现国家富强、民族振兴、人民幸福的历史征程。新中国的成立和社会主义基本制度的建立为实现民族复兴奠定了重要的政治基础。改革开放的伟大实践使中华民族大踏步地赶上了时代潮流，迎来了民族复兴的光明前景。今天的中国比历史上任何时期都更接近民族复兴的目标，比

历史上任何时期都更有能力、更有条件实现民族复兴的目标。

当然，实现中华民族伟大复兴的“中国梦”仍需要全体中华儿女继续孜孜不倦地去追求，其中包括实现祖国的完全统一。因为国家统一是民族复兴的重要内容和显著标志，没有国家的完全统一，就没有完全意义上的民族复兴，也不可能有全民族的和谐幸福。只有实现祖国的完全统一，才能更好地凝聚整个民族的力量，加快国家建设的步伐，实现社会主义现代化，使中华民族真正屹立于世界民族之林。

三、实现祖国完全统一是中国人民不可动摇的坚强意志

由于国外资本帝国主义的侵略和本国封建军阀的割据，近代中国陷入了半殖民地半封建的不统一、经济社会发展不平衡的状态。实现民族团结和国家统一成为中华民族的伟大梦想和全体中华儿女的共同心愿，几代中国人为此展开了前赴后继、坚忍不拔的斗争。

中国共产党成立伊始就把建立真正的、统一的民主共和国作为自己的奋斗目标。经过 28 年艰苦斗争，党领导人民完成了反对帝国主义、封建主义和官僚资本主义的革命，逐步实现了中国大陆的解放和各民族的大团结。要实现国家的完全统一，还需要解决台湾、香港和澳门问题。

新中国成立以来，党和人民实现祖国完全统一的立场是坚定不移的，并为此作出了不懈的努力。新中国成立初期，党对解决香港、澳门问题进行了积极探索，采取暂时不动、等待时机成熟再收回的策略。对待台湾问题，坚决反对任何人以任何名义和方式把台湾从中国分割出去。毛泽东曾严正地指出，收复台、澎、金、马，完成祖国统一，这是中国人民的神圣任务，是中国内政。邓小平在回答国外记者时曾说，实现台湾同大陆的统一是个民族问题，民族的感情问题，凡是中华民族子孙，都希望中国能统一，分裂状况是违背民族意志的。江泽民和胡锦涛都强调，坚定不移地完成祖国的统一大业是中华儿女不可动摇的共同愿望和决心，符合包括台湾同胞在内的全中国人民的共同利

益。习近平指出,两岸长期存在的政治分歧问题终归要逐步解决,总不能将这些问题一代一代传下去。这些论述表明了党和人民实现祖国完全统一的坚定信念和坚强决心。

第二节 “和平统一、一国两制”的科学构想及其实践

一、“和平统一、一国两制”构想的形成和发展

1. 从武力解放台湾到和平解放台湾

“和平统一、一国两制”的构想最早是针对台湾问题提出来的。台湾问题是中国国内战争遗留下来的问题,属于中国的内政。我国党和政府解决台湾问题的方针经历了从武力解放台湾到和平解放台湾的演变。解放战争后期和新中国成立初期,中国共产党一再声明要解放台湾,彻底消灭国民党反动派的残余势力。朝鲜战争爆发后,由于美国海军第七舰队侵入台湾海峡,以武力阻止中国人民解放台湾,解放台湾的计划被搁置。朝鲜停战后,美国政府与蒋介石集团签订所谓“共同防御条约”,把台湾、澎湖列岛置于美国的“保护伞”下,继续阻挠中国统一。

20 世纪 50 年代中期,国际形势趋向缓和,反对战争、要求和平成为世界人民的共同呼声。同时,我国国内正在进行社会主义改造和第一个五年计划的经济建设,需要一个和平的国际环境。根据形势的发展变化,我们党及时调整了对台政策,提出了和平解放台湾的主张。1955 年 5 月,周恩来在第一届全国人大常委会第十五次会议上第一次公开提出:中国人民解放台湾有两种可能的方式,即战争的方式和和平的方式。中国人民愿意在可能的条件下,争取用和平的方式解放台湾。在此前后,毛泽东提出“和为贵”、“爱国一家”、“爱国不分先后”、通过国共两党第三次合作实现祖国统一等政策主张。1958 年 8 月,美国策划“两个中国”、“划峡而治”的图谋,既受到中国大陆人民的坚决

反对,也引起蒋介石的不满,大陆和台湾在维护国家统一问题上存在着某种“共同语言”。为此,中国人民解放军以猛烈炮火轰击金门,但又不去占领金门,还隔日炮轰,为国民党军队补偿金门物资提供便利,海峡两岸演奏了反对美国分裂中国的双簧。此后,为了维护国家和民族的根本利益,中国共产党适时提出了“联蒋抵美”的策略。两岸都调整了政策,海峡两岸由过去激烈的军事对抗,转为以政治对抗为主、军事对抗为辅的对峙状态。两岸之间还为解决台湾问题开展了多方面接触和商谈。党对解决台湾问题提出许多原则构想。1963 年,周恩来将党提出的一系列和平解决台湾问题的思想、政策和主张概括为“一纲四目”。“一纲”即台湾必须统一于中国。“四目”为:台湾回归祖国后,除外交必须统一于中央外,所有军政大权、人事安排等悉委于蒋介石,陈诚、蒋经国亦悉由蒋意重用;台湾所有军政及建设经费不足之数悉由中央拨付;台湾的社会改革可以从缓,俟条件成熟并征得蒋之同意后进行;互约不派特务,不做破坏对方团结之举。毛泽东一再表示,台湾当局只要一天守住台湾,不使台湾从中国分裂出去,大陆就不改变目前的对台政策。

2.“和平统一、一国两制”基本方针的形成和确立

20 世纪 70 年代,国际国内形势进一步发生深刻变化,和平与发展成为时代主题,为确立和平解决台湾问题的方针提供了新的有利条件。1971 年 10 月,第 26 届联合国大会以压倒性多数通过第 2758 号决议,恢复中华人民共和国在联合国合法席位。1979 年元旦,中美正式建立外交关系。美国承认中华人民共和国政府是中国的唯一合法政府,并承认只有一个中国,台湾是中国的一部分。这为解决台湾问题创造了有利条件。在此背景下,以邓小平为核心的党的第二代中央领导集体从国家和民族的根本利益出发,在毛泽东、周恩来关于争取和平解放台湾思想的基础上,在解决台湾、香港和澳门问题的过程中创造性地提出了“一国两制”的科学构想,确立了“和平统一、一国两制”的基本方针。

1979年元旦,中美建交的当天,全国人大常委会发表《告台湾同胞书》,郑重宣布了争取祖国和平统一台湾的大政方针,两岸关系发展由此揭开新的历史篇章。1981年9月,叶剑英向新华社记者发表了被称为“叶九条”的谈话,进一步阐明了和平解决台湾问题的方针政策。1982年1月,邓小平指出:“九条方针是以叶副主席的名义提出来的,实际上就是一个国家两种制度。”[①]这是邓小平首次提出“一个国家,两种制度”的概念。1982年12月,全国人大五届五次会议通过《中华人民共和国宪法》,其中第31条规定:“国家在必要时得设立特别行政区。在特别行政区内实行的制度按照具体情况由全国人民代表大会以法律规定。”“设立特别行政区”就是根据“一国两制”构想为解决台湾、香港和澳门问题而作的法制安排,为“一国两制”实行提供了宪法保证。

1983年6月,邓小平在会见美籍华人学者时,进一步阐述了大陆和平统一台湾的构想,后来被称为“邓六条”。其要点是:第一,台湾问题的核心是祖国统一,希望国共两党共同完成民族统一,大家都对中华民族作出贡献;第二,不赞成台湾“完全自治”的提法,自治不能没有限度,“完全自治”就是“两个中国”;第三,制度可以不同,但在国际上代表中国的,只能是中华人民共和国;第四,祖国统一后,台湾作为特别行政区,可以实行同大陆不同的制度,可以有其他省、市、自治区所没有而为自己所独有的某些权力,台湾还可以有自己的军队,只是不能构成对大陆的威胁;第五,和平统一不是大陆把台湾吃掉,当然也不能是台湾把大陆吃掉,所谓“三民主义统一中国”是不现实的;第六,建议举行国共两党平等会谈,实行第三次国共合作,不提中央与地方谈判,但台湾问题万万不可让外国插手,那样只能意味着中国还未独立,后患无穷。“邓六条”使“一国两制”的构想更加充实,更加具体,标志着“和平统一,一国两制”理论的形成。

---

① 中共中央文献研究室编:《邓小平年谱(1975-1997)》(下),中央文献出版社2004年版,第797页。

1984年6月,邓小平接见香港工商界访京团和香港知名人士时明确指出:“我们的政策是实行‘一个国家,两种制度’,具体说,就是在中华人民共和国内,十亿人口的大陆实行社会主义制度,香港、台湾实行资本主义制度。”[①]后来,他又说过,中国解决台湾、香港、澳门问题,只有两种方式,一种是和平方式,一种是非和平方式。要采用和平方式来解决,就要考虑到各方面的实际情况。就是说,我们解决问题的办法要使各方面都能接受。如果用社会主义来统一,就做不到各方面都接受,勉强接受了,也会造成混乱局面。因此,“一国两制”是根据中国的实际情况提出的构想。

在“和平统一、一国两制”基本方针的指引下,中英、中葡之间先后解决了香港和澳门问题,海峡两岸关系也从对峙走向缓和、从隔绝走向联通,经济、文化、体育等交流和合作等得到快速发展。同时,“一国两制”构想在实践中又不断得到丰富和发展。

二、“和平统一、一国两制”构想的基本内容和重要意义

1.“和平统一、一国两制”构想的基本内容

第一,一个中国。这是“和平统一、一国两制”的核心,是解决台湾、香港和澳门问题,实现国家和平统一的前提和基础。中国的主权不容侵犯,台湾、香港和澳门是中国领土不可分割的组成部分,世界上只有一个中国,在国际上代表中国的只有中华人民共和国。

第二,两制并存。在祖国统一的前提下,作为国家主体部分的大陆地区实行社会主义制度,台湾、香港、澳门保持原有的资本主义社会制度和生活方式长期不变。两种制度长期共存,和平共处,相互支援,共同发展。当然,两种制度在一个国家中的地位和作用是不同的,且不能只讲保持台港澳地区资本主义制度长期不变,还要确定整个国家的主体是社会主义,否则就不能说“两制”,就变成了“一制”。两制并

① 《邓小平文选》第3卷,人民出版社1993年版,第58页。

存是长期的,至少五十年不能变,五十年后仍不需要变。

第三,高度自治。祖国完全统一后,台湾、香港、澳门作为特别行政区,享有不同于中国其他省、市、自治区的高度自治权。除外交和国防等方面服从中央政府外,特别行政区拥有行政管理权、立法权、独立司法权和终审权。台湾、香港、澳门同胞各种合法权益将得到切实尊重和维护。台湾还可以保留自己的军队,中央政府不派军队驻台湾。

第四,尽最大努力争取和平统一,但不承诺放弃使用武力。以和平的方式实现国家统一,就需要通过谈判解决问题。不承诺放弃使用武力,是国家主权独立和完整的表现,它不是针对台湾同胞的,而是针对外国势力干涉中国统一和台湾分裂势力搞"台湾独立"图谋的。坚决反对任何"台湾独立"的言行。坚决反对外国势力插手和干涉台湾问题。

第五,解决台湾问题,实现祖国的完全统一,寄希望于台湾人民。台湾同胞具有光荣的爱国主义传统,是发展两岸关系的重要力量。

2."和平统一、一国两制"构想的重要意义

"和平统一、一国两制"构想是充分尊重历史和现实、照顾各方面利益、维护民族团结、实现祖国完全统一的科学构想,具有重大的理论价值和现实意义。

第一,"和平统一、一国两制"构想丰富发展了马克思主义的国家学说。马克思主义认为,国家是历史范畴,是阶级矛盾不可调和的产物,是阶级专政的工具。从这个意义上说,在一个国家内一般只能有代表统治阶级利益的一种社会制度存在。而"一国两制"的国家结构形式,既不是传统的单一制,又不是通常的复合制,它是一种新型的国家结构组织形式,不仅在单一制的国家结构下带有某些复合制的特点,而且容纳了两种性质不同的经济、政治和社会制度。

第二,"和平统一、一国两制"构想有利于创造社会主义现代化建设事业所需要的和平的国际国内环境。我国的改革开放和社会主义现代化建设需要一个和平的国际环境和稳定的国内环境。"一国两

制”既体现了实现祖国统一、维护国家主权的原则坚定性，又体现了照顾历史实际和现实可能的策略灵活性，努力通过和平谈判解决问题和争端，避免了因武力统一可能造成的不良后果。按照“和平统一、一国两制”构想实现祖国统一，在中国的主体坚定不移地实行社会主义的前提下，在小范围内的某些区域容许资本主义存在，局势可以长期稳定，符合我国社会主义现代化建设的实际需要，同时也充分照顾到港澳台地区的历史和现实情况，妥善照顾到相关国家在这里的投资和其他利益，也有利于香港、澳门、台湾的长期稳定、繁荣和发展。

第三，“和平统一、一国两制”构想创造性地将和平共处原则运用于解决一个国家内部事务。和平共处五项原则是中国外交的指导原则，也是国际上大多数国家公认的处理国与国之间相互关系的准则。中国是和平共处五项原则的创始国之一，当年提倡这一原则旨在反对搞意识形态的对立，妥善处理社会主义国家与资本主义国家的关系。“一国两制”构想创造性地将这一准则应用于解决一个国家内部社会主义制度地区与资本主义制度地区之间的关系。正如邓小平所说：“根据中国自己的实践，我们提出‘一个国家，两种制度’的办法来解决中国的统一问题，这也是一种和平共处。”①

第四，“和平统一、一国两制”构想为解决国际争端和历史遗留问题提供了新的思路。当今世界，许多国家和地区之间仍存在大量历史遗留的悬而未决的问题和争端，常常引发国家间、民族间、地区间的矛盾和冲突，对世界和平与发展造成严重影响。“一国两制”构想在香港和澳门的成功实践，证实了“一国两制”构想的科学性，不仅为中国的和平统一开创了光明的前景，而且为解决国际争端和世界遗留的类似问题提供了新的思路和途径。

① 《邓小平文选》第3卷，人民出版社1993年版，第96－97页。

三、“和平统一、一国两制”构想在香港、澳门的成功实践

香港、澳门问题是历史上殖民主义侵略中国遗留下来的问题。香港包括香港岛、九龙半岛和新界三部分。1840年鸦片战争后,英国殖民主义者通过向中国发动侵略战争,强迫清政府先后签订《南京条约》、《北京条约》和《展拓香港界址专条》等不平等条约强占了香港岛和九龙半岛,强租新界99年。澳门由澳门半岛和凼仔岛、路环岛构成。早在1553年,葡萄牙殖民主义者通过欺骗和贿赂明朝官员而进驻澳门,但直到鸦片战争前,中国明清政府仍对澳门实行管理,收取赋税,鸦片战争后葡萄牙殖民主义者胁迫清政府签订不平等的《中葡北京条约》,强占澳门。新中国成立后,中国共产党和中国政府根据当时的国际国内形势,一方面强调香港、澳门地区是中国的固有领土,不承认外国强加在中国人民头上的不平等条约,坚决捍卫国家的主权和领土完整;另一方面提出对于历史上遗留下来的港澳问题,将在适当时机通过谈判予以解决,未解决之前暂时维持现状。1960年,党中央进一步将上述立场归结为“长期打算、充分利用”的工作方针。

党的十一届三中全会以后,随着国际形势的变化和我国社会主义现代化建设新局面的开创,和平解决香港问题的条件基本成熟。根据“一国两制”的构想,从1982年9月到1984年9月,中英两国政府就解决香港问题进行了22轮艰苦的谈判。针对英国方面先后提出的所谓三个条约有效论、区别对待新界与港九地区、以主权换治权等,中国政府采取了有理、有利、有节的斗争,坚持主权问题不容讨论,到1997年要收回整个香港,同时要确保回归前的平稳过渡。1984年9月,中英双方终于达成协议,草签了《关于香港问题的联合声明》及3个附件。同年12月19日,中英两国政府领导人在北京正式签署了《中华人民共和国政府和大不列颠及北爱尔兰联合王国政府关于香港问题的联合声明》及3个附件,宣布中华人民共和国将于1997年7月1日对香港恢复行使主权,在香港设立直辖于中央政府的特别行政区。

1990年4月,七届全国人大三次会议正式批准《中华人民共和国

香港特别行政区基本法》。基本法既坚持了国家统一、主权和领土完整,又明确规定香港作为特别行政区保持原有的资本主义制度不变。1997年7月1日,中英两国政府举行了香港政权交接仪式,中国政府恢复对香港行使主权,香港回到了祖国的怀抱。

中英两国就解决香港问题的谈判开启后,澳门回归祖国的各项准备工作也积极有序地展开。1985年5月,中国政府和葡萄牙政府就举行谈判解决澳门问题达成协议。从1986年6月到1987年3月,中葡两国先后举行了四轮会谈。谈判的重点是“何时移交管治权”、“用什么方式移交管治权”等问题。1987年4月13日,《中华人民共和国政府和葡萄牙共和国政府关于澳门问题的联合声明》在北京正式签署,宣布中国政府将于1999年12月20日对澳门恢复行使主权并设立澳门特别行政区。1999年12月20日,中葡两国政府举行澳门政权交接仪式,历经400多年沧桑的澳门重新回到了祖国的怀抱。

香港、澳门的顺利回归是中国人民实现祖国完全统一大业进程中的重要里程碑,标志着中国人民洗雪了百年国耻,是永载史册的民族盛事,是中国共产党对中华民族的重大历史性贡献,对解决台湾问题具有重要的示范和推动作用。香港、澳门的回归使“一国两制”由科学构想变为现实,充分说明了“一国两制”构想的科学性和可行性。

香港、澳门回归以来,“一国两制”、“港人治港”、“澳人治澳”、高度自治的方针得到全面准确地贯彻和落实,香港和澳门继续保持繁荣稳定,并走上了同祖国内地优势互补、共同发展的宽广道路。香港同胞、澳门同胞在管理好、建设好特别行政区的同时,也在国家事务中发挥着积极作用,同全国各族人民一道共享做中国人的尊严和荣耀。

四、新形势下对台湾工作方针

从20世纪70年代末开始,在中国共产党和中央政府的推动下,海峡两岸关系有所松动。全国人大常委会《告台湾同胞书》发表后,台湾当局一方面将大陆和平统一的方针污蔑为“统战阴谋”,严禁台湾同胞讨论和平统一问题，并以“绝不接触、绝不谈判、绝不妥协”的“三不政策”作为回应；另一方面，也相应采取了诸如停止炮击大陆、允许通邮、开放台湾居民赴大陆探亲等缓和台海紧张局势的措施。

20 世纪 80 年代末和 90 年代初，两岸人员往来和经贸文化交流的呼声不断高涨。为了适应这一需要，两岸分别成立了海峡两岸关系协会和台湾海峡交流基金会，就两岸事务进行磋商和协调。1992 年，两会达成共识，同意各自以口头方式表述“海峡两岸均坚持一个中国原则”，即“九二共识”，在此基础上两岸关系发展迈出历史性的重要一步。但其后“台独”分裂势力在台湾逐步增强，国民党和台湾当局领导人李登辉公然纵容和支持“台独”，抛售出大陆和台湾“两国论”。面对内外环境的巨大变化，江泽民于 1995 年 1 月发表了题为《为促进祖国统一大业的完成而继续奋斗》的重要讲话，着重就解决台湾问题进一步阐述了“和平统一、一国两制”的方针，提出了发展两岸关系、推进祖国和平统一进程的八项主张。

新世纪以来，国际国内局势继续发生深刻变化，台湾岛内的政党政治也发生着剧烈的嬗变。2000 年 5 月，主张“台独”的民进党在台湾上台后，顽固坚持“台独”立场，拒不接受一个中国原则，否认“九二共识”，并在 2002 年 8 月悍然抛出“一边一国”论。反对和遏制“台独”日益成为两岸同胞最重要、最紧迫的任务。2002 年 11 月，党的十六大提出了今后一个时期对台工作的指导思想和总体要求。此后，我们党陆续发表了对两岸关系重大问题的看法和主张。2005 年 3 月，胡锦涛提出了新形势下发展两岸关系的四点意见：坚持一个中国原则决不动摇，争取和平统一的努力决不放弃，贯彻寄希望于台湾人民的方针决不改变，反对“台独”分裂活动决不妥协。3 月 14 日，十届全国人大三次会议审议通过了《反分裂国家法》，首次以国家大法形式宣示了中国人民维护国家统一、捍卫领土完整的坚强意志，巩固和凸显了“大陆和台湾同属一个中国”的事实，有力地遏制和打击了“台独”分裂势力。同年四五月间，应中共中央和胡锦涛的邀请，中国国民党主席连战、亲民党主席宋楚瑜冲破民进党和“台独”势力的阻挠，先后率团访问大陆，开启了两岸政党交流与对话，并分别发表公报，就发展两岸关系达成多项共识。

2008 年，台湾局势发生重大的积极变化。“台独”分裂势力在台湾地区选举中遭受重挫下台，重新执政的国民党反对“台独”、承认“九二共识”，使两岸关系迎来难得的历史机遇。同年 6 月，本着建立互信、搁置争议、求同存异、共创双赢的精神，中断近 9 年的两岸两会协商在“九二共识”基础上得到恢复，全面直接双向“三通”完全实现，两岸同胞往来更频繁、经济联系更密切、文化交流更活跃、共同利益更广泛，两岸关系开始步入和平发展轨道。同年 12 月，胡锦涛在纪念全国人大常委会《告台湾同胞书》发表 30 周年座谈会上发表重要讲话，全面系统地阐述了两岸关系和平发展的思想，指出应该把坚持大陆和台湾同属一个中国作为推动两岸关系和平发展的政治基础；把深化交流合作、推进协商谈判作为推动两岸关系和平发展的重要途径；把促进两岸同胞团结奋斗作为推动两岸关系和平发展的强大动力，携手共进，戮力同心，努力开创两岸关系和平发展新局面。

党的十八大后，面对两岸同胞往来更频繁、经济联系更密切、文化交流更活跃、共同利益更广泛的新形势，我们党多次表示，要珍惜历史机遇，保持两岸关系和平发展良好势头。2013 年 6 月，习近平就坚定不移走两岸关系和平发展道路提出了四点意见。

第一，坚持从中华民族整体利益的高度把握两岸关系大局。我们坚持维护中华民族根本利益，维护包括台湾同胞在内的全体中华儿女的共同利益。从中华民族整体利益把握两岸关系大局，最根本的、最核心的是维护国家领土和主权完整。大陆和台湾虽然尚未统一，但两岸同属一个中国的事实从未改变，国家领土和主权从未分割，也不容分割。对台湾任何政党，只要不主张“台独”、认同一个中国，我们都愿意同他们交往、对话、合作。

第二，坚持在认清历史发展趋势中把握两岸关系前途。经过中华儿女不懈奋斗，中华民族伟大复兴展现出前所未有的光明前景。应该登高望远，看到时代发展、民族振兴大趋势，看到两岸关系和平发展已经成为中华民族伟大复兴的重要组成部分，摆脱不合时宜的旧观念束缚，明确振兴中华的共同奋斗目标。两岸关系发展是大势所趋，我们应该据此确定自己的路线图，继续往前走。两岸应该以实现民族振兴、人民幸福为己任，促进两岸同胞团结合作，积极宣导"两岸一家人"的理念，汇集两岸中国人的智慧和力量，在共同实现中华民族伟大复兴的进程中抚平历史创伤，谱写中华民族繁荣昌盛的崭新篇章。

第三，坚持增进互信、良性互动、求同存异、务实进取。增进互信，核心就是要在巩固和维护一个中国框架这一原则问题上形成更为清晰的共同认知和一致立场。良性互动，就是要加强沟通、平等协商、相向而行，相互释放善意，维护两岸关系来之不易的和平发展局面，合情合理解决彼此间的问题。求同存异，就是要本着同舟共济的精神，发挥政治智慧，聚集和扩大推动两岸关系发展的共识，妥善处理和管控分歧。务实进取，就是要本着实事求是的态度，坚持从实际出发，循序渐进，稳步向前，不因遇到困难而停滞，不被任何干扰所困惑，防止和避免出现倒退。两岸关系进入巩固和深化的新阶段，更需要两岸保持积极进取精神，以更大勇气和决心面对和克服前进道路上的困难。

第四，坚持稳步推进两岸关系全面发展。要继续保持两岸关系大局稳定。"台独"分裂势力及其分裂活动仍然是对台海和平的现实威胁，必须继续反对和遏制任何形式的"台独"分裂主张和活动，不能有任何妥协。要努力增进两岸民众福祉，让更多民众共享两岸关系和平发展成果，坚定振兴中华的共同信念。深化经济合作，厚植共同利益；扩大文化交流，增强民族认同；密切人民往来，融洽同胞感情；促进平等协商，加强制度建设。两岸要共同努力，探讨在国家尚未统一特殊情况下的两岸政治关系，作出合情合理安排；商谈建立两岸军事安全互信机制，稳定台海局势；协商达成两岸和平协议，开创两岸关系和平发展新前景。

当今时代,两岸中国人面临着共同繁荣发展、共谋中华民族伟大复兴的历史机遇,两岸关系和平发展已成为中华民族伟大复兴的重要组成部分,要牢牢把握两岸关系和平发展主题,不断解决前进道路上的各种问题,共同为实现中华民族伟大复兴而努力。

第十一章　中国特色社会主义外交和国际战略

建设中国特色社会主义需要一个稳定的国内环境，也需要一个和平的国际环境。制定和实施正确的外交政策和国际战略，对于争取和平的国际环境极为重要。通过本章的学习，了解在和平与发展的当今时代主题下我国的外交和国际战略，有助于全面认识国际形势的发展变化，并准确认识我国走和平发展道路的必然性和必要性。

第一节　外交和国际战略理论的形成依据

一、和平与发展是当今时代的主题

所谓时代主题，就是在一定历史时期内反映世界基本特征并对世界形势的发展具有全局性影响和战略性意义的问题，就是在一定历史条件下世界历史发展进程中需要解决的主要问题。随着世界矛盾和国际形势的发展变化，时代主题也会发生转换。科学认识和准确把握时代主题，是制定正确发展战略和内外政策的一个重要前提。毛泽东、邓小平、江泽民等党的几代领导人都对自己所处时代的主题进行过科学地分析和判断。

如何判断世界范围的战争与和平局势，历来是观察和估量国际形势、制定和执行内外政策必须关注和解决的首要问题。第二次世界大战后，战争与和平问题成为国际社会所面临的突出问题。毛泽东分析战后国际形势，指出世界反动力量的确在准备第三次世界大战，战争危险是存在着的。但是，世界人民的民主力量超过世界反动力量，并且正在向前发展，必须和必能克服战争危险。正是基于这种判断，中国共产党领导人民勇敢地将新民主主义革命进行到底,建立了全国政权。新中国成立后,我们党密切关注世界上各种力量的消长和各种矛盾的变化,在战争与和平问题上,继续坚持新的世界大战既有可能发生也有可能防止的两点论。

在科学分析战争与和平问题的基础上,毛泽东逐步提出了两个中间地带和三个世界划分的战略。1946 年 8 月,毛泽东在同美国记者安娜·路易斯·斯特朗的谈话中指出,在美国和苏联中间隔着极其辽阔的地带。进入 20 世纪 60 年代,随着世界各种政治力量的进一步分化和改组,毛泽东进一步指出:“我们现在提出这么一个看法,就是有两个中间地带:亚洲、非洲、拉丁美洲是第一个中间地带;欧洲、北美加拿大、大洋洲是第二个中间地带,日本也属于第二个中间地带。”[①]根据这样的判断,在当时的国际关系格局下,中国不仅对发展与亚、非、拉国家的关系继续采取积极的态度,而且对建立和改善同西方国家的关系也给予了一定程度的重视。1974 年,毛泽东又提出了三个世界划分的战略。他对来访的赞比亚总统卡翁达说:“美国、苏联是第一世界。中间派,日本、欧洲、澳大利亚、加拿大,是第二世界。咱们是第三世界”,第三世界人口很多,“亚洲除了日本,都是第三世界。整个非洲都是第三世界,拉丁美洲也是第三世界”[②]。毛泽东关于划分三个世界的战略,关于中国站在第三世界一边,加强同第三世界国家的团结,争取第二世界国家共同反霸,并且推动同美国、日本建立正常关系的决策,对于我国团结世界人民反对霸权主义,改变世界政治力量对比,改善我国的国际环境,提高我国的国际威望,起了重要的作用。

毛泽东还根据战后国际形势的发展,先后提出了各国的事情应由各国人民自己来管,反对帝国主义的干涉和称霸;国家不分大小强弱都是平等的,反对以大压小、以强凌弱;支持世界被压迫民族的解放运动和各国人民的革命斗争;结成广泛的反帝反霸斗争的国际统一战线

---

① 《毛泽东文集》第 8 卷,人民出版社 1999 年版,第 345 页。

② 《毛泽东文集》第 8 卷,人民出版社 1999 年版,第 441、442 页。

等著名论断。

20世纪60年代后期和70年代初期,面对日益复杂的周边环境和不断加剧的国际紧张局势,我国政府一方面坚定不移地反对霸权主义的侵略扩张活动,为维护世界和平而斗争,另一方面也在做应对大规模侵略战争的准备,提出备战备荒,立足于早打、大打、打核战争。

20世纪70年代末以后,邓小平对世界形势的发展变化进行了深入的研究和分析,在战争与和平问题上逐渐形成了新的判断。他先是提出,国际形势是好的,我们有可能争取多一点时间不打仗。同时,我们也要防备别人早打、大打。后来,随着国际形势的进一步发展,他又指出,世界政治力量对比出现重要变化,和平因素增长超出战争因素增长,世界大战打不起来,争取一个较长时期的和平环境是可能的。1985年,邓小平进一步指出:"现在世界上真正大的问题,带全球性的战略问题,一个是和平问题,一个是经济问题或者说发展问题。和平问题是东西问题,发展问题是南北问题。概括起来,就是东西南北四个字。南北问题是核心问题。"①1987年党的十三大确认了和平与发展是当今世界的两大主题这一深刻论断。

邓小平对时代主题判断的基本点是:第一,世界大战在一个相当长的时期内可以避免,我们有可能争取较长时期的和平环境;第二,和平与发展是当今世界两大带有全球性的战略问题,是东西方之间、发达国家与发展中国家之间矛盾全局的集中体现;第三,和平与发展是相辅相成的,世界和平是促进各国共同发展的前提条件,各国的共同发展则是保持世界和平的重要基础;第四,和平与发展成为时代主题,并不意味着这两个问题已经解决。要清醒地看到,当今世界和平与发展这两大问题一个都没有得到解决,还需要各国人民长期不懈的共同努力。

和平与发展成为当今时代的主题,这是世界各种矛盾发展变化和

---

① 《邓小平文选》第3卷,人民出版社1993年版,第105页。

世界抑制战争因素不断增长的合力作用的结果。从和平趋势的内在需求看，两次世界大战的浩劫给人类留下深重灾难和沉痛教训，世界各国人民对和平的追求十分强烈；和平发展成为世界的潮流，民心所向；世界经济的发展加深了各国利益的相互交织和相互依赖，冷战结束后多极化进程使世界各种主要力量彼此制衡，对霸权主义战争政策的牵制力量在增强，成为制约战争的一个重要因素；核武器等毁灭世界的战争工具形成的"恐怖平衡"，也成为制约战争的一个重要因素；广大发展中国家力量的发展，尤其是中国的发展壮大，对世界和平与发展起着不可低估的作用，通过和平方式解决国际争端越来越受到国际社会的重视。生存与发展是广大发展中国家的首要任务，继续发展和保持优势则是发达国家面临的问题，对内图稳，对外思和，是多数国家的政策取向，对抑制战争起到积极作用。

当今世界正处在大变革大调整之中。和平与发展仍是时代主题，世界多极化、经济全球化深入发展，文化多样化、社会信息化持续推进，科技革命孕育新突破，全球合作向多层次全方位拓展，新兴市场国家和发展中国家整体实力增强，国际力量对比朝着有利于维护世界和平的方向发展，保持国际形势总体稳定具备更多有利条件。但同时，世界仍然很不安宁。国际金融危机影响深远，世界经济增长不稳定不确定因素增多，全球发展不平衡加剧，霸权主义、强权政治和新干涉主义有所上升，安全威胁的综合性、复杂性、多变性日益明显，领土和海洋争端时有升温，恐怖主义、分裂主义、极端主义活动猖獗，局部动荡频繁发生，粮食安全、能源资源安全、网络安全等全球性问题更加突出。总体和平、局部战争，总体缓和、局部紧张，总体稳定、局部动荡，是当前和今后一个时期国际局势发展的基本态势。

时代主题的变换，为我国社会主义事业发展提供了新的机遇。和平的国际环境，是我国顺利进行现代化建设的必要条件和有利时机。因此，我们要把握机遇，促进发展，尽快改变中国贫穷落后的面貌，实现中华民族的伟大复兴。

二、世界多极化和经济全球化趋势在曲折中发展

世界多极化是指在一定时期内对国际关系有突出影响的国家和国家集团相互作用而趋向于形成多极格局的一种发展趋势，是对主要政治力量在全球实力分布状态的一种反映。

世界格局多极化是国际关系发展的必然结果，是不以人的意志为转移的客观趋势。第二次世界大战后世界格局的演变，经历了从两大阵营对立到美苏两个超级大国争霸全球，再到两极格局终结、走向多极化的曲折发展过程。20 世纪 50 年代，以美国为首的资本主义阵营和以苏联为首的社会主义阵营，在政治上尖锐对立、军事上全面对峙、经济上封锁与反封锁、意识形态上演变与反演变。20 世纪 60 年代后，苏联对外政策中的大国主义朝着霸权主义的方向加速蜕变，中苏关系破裂，社会主义阵营逐渐瓦解。随后，美苏两个超级大国全球争霸取代了两个阵营的对立。随着一些国家经济政治力量的兴起并迅速上升为对全球具有重大影响的新的战略力量，两极格局受到了冲击和削弱。国际舞台出现了大动荡、大分化和大改组的局面，世界格局逐步向多极化方向发展。20 世纪 80 年代末 90 年代初，东欧剧变、苏联解体，标志着存在 40 多年的两极格局的终结。冷战结束以来，世界各种力量此消彼长。当今一大批新兴市场国家和发展中国家走上发展的快车道，多个发展中心在世界各地逐渐形成，但各种力量的对比并不平衡，一超多强将是未来较长时期内的基本态势。

多极化格局有利于避免新的世界大战的爆发，有利于遏制霸权主义和强权政治，有利于推动建立公正合理的国际政治经济新秩序，有利于实现各国人民对和平、稳定、繁荣的新世界的美好追求，也有利于发展中国家抓住机遇，发展自己。但同时也要意识到，多极化进程是长期的、复杂的，各种力量的较量也是激烈的。在这一进程中，如何维护国际公平正义，是一个时代性课题。近年来，我国的国际地位不断提高，作用和影响都备受各方关注。我国有效应对国际金融危机，积极参与国际合作，各国特别是发展中国家更加重视中国的发展经验。

我国在国际事务中要发挥积极独特的作用，积极承担与我国国力和地位相适应的国际责任和义务，但不做超出国力和发展阶段的事情。

世界格局演变的一个重要背景是经济全球化。马克思、恩格斯在《共产党宣言》中指出：资产阶级由于开拓了世界市场使一切国家的生产和消费都成为世界性的。20 世纪 80 年代中期，邓小平也指出，现在的世界是开放的世界，任何国家的发展都离不开世界。由于全球商品经济的发展，经济活动把世界连成一体。20 世纪 90 年代以来，随着冷战的结束，世贸组织的建立，信息技术的发展，加快了经济全球化发展的趋势。

经济全球化在本质上是资本的跨国流动，是资本国际循环与周转的形成。它以科技革命和生产力的发展为根本动力，使各种生产要素在全球范围内优化组合和资源优化配置，从而促进全球经济的迅速发展。但经济全球化是一把“双刃剑”，它在推动全球生产力大发展、加速世界经济增长的同时，也带来一些负面影响，增多了各国和全球共同面临的社会经济问题，加剧了国际竞争，增加了国际风险，并对国家主权和发展中国家的民族工业造成了严重冲击。经济全球化是由西方发达国家主导的，在国际经济秩序仍存在不公正不合理因素的情况下发生和发展的。对发展中国家来说，经济全球化既是一个难得的机遇，又是一个巨大的挑战。西方发达国家虽是经济全球化的主要受益者，但也面临着其带来的一系列新的社会经济问题的挑战。

面对经济全球化带来的机遇和挑战，发展中国家在扩大开放时应根据本国的具体条件，循序渐进，注意提高防范和抵御风险的能力。经济全球化趋势使各国经济相互依存、相互影响日益加深。一旦某些国家和地区发生经济危机，不仅发展中国家会受害，发达国家也难以置身其外。因此，应对全球性危机，需要增进合作。各国应本着责任和风险共担的精神，加强国际合作，推动国际经济秩序向公正合理的方向发展，构建互惠共赢的多边经济体制。我们需要的是世界各国平等、互惠、共赢、共存的经济全球化。

三、抓住和用好重要战略机遇期

战略机遇期是指一个国家或民族在生存、发展或实现某些方面重大突破时所面临的有利时期,它是各种因素和各种关系交互作用的结果。战略机遇期的内涵与条件会随着形势的发展而变化,只要路线方针政策和战略策略正确,它也是可以延续和拓展的。我们要高度重视和充分利用,以获得新的发展与突破。

党的十六大提出,本世纪头 20 年是一个必须紧紧抓住并且可以大有作为的重要战略期。党的十八大再次强调,我国发展仍处于可以大有作为的重要战略期。新形势下,重要战略期的内涵和条件发生了很大的变化。

从国际来看,一是国际力量对比朝着有利于维护世界和平的方向发展,国际形势总体稳定;二是国际金融危机下保护主义盛行,使多边贸易投资自由化面临困难,但经济全球化深入发展的趋势不会中断,促进共同发展的有利因素增加;三是科技革命方兴未艾,我国发挥后发优势、实现加快发展的条件更多;四是国际金融危机引发世界政治经济格局深刻变化,我国提升国际话语权面临新的机遇。目前,国际货币基金组织、世界银行等国际经济组织的治理结构改革已经迈出重要步伐,二十国集团峰会取代八国集团峰会上升为世界经济治理核心机制,初步打破了西方发达国家对世界经济事务的长期垄断,增加了发展中国家在世界经济治理中的发言权和规则制定权。但同时也要看到,我国发展面临挑战和不利影响:一是国际经济环境短期内难以明显好转,将会影响到我国的出口稳定。二是全球竞争日趋激烈,发达国家和发展中国家都面临着调整经济结构的巨大压力。三是国际金融商品市场可能持续动荡。由于世界经济复苏艰难,脆弱的市场信心不易恢复,因此跨国资本流动明显加剧,导致国际外汇、证券等市场有可能持续大幅波动。在国际流动性总体过剩的形势下,全球大宗商品价格有可能持续高位波动,不仅将增加我国进口能源资源的成本,还将使我国面临相当大的输入性通胀压力。四是我国周边环境中的战略压力和地缘政治风险有所突出,使我国发展的良好周边环境受到影响。

从国内来看,一是经济发展的物质技术基础更加强固。目前,我国的经济实力和综合国力都大为提升,保障可持续发展的物质技术基础和内生动力不断增强。二是市场需求潜力巨大。当前和今后一个时期,由于我国仍处于产业结构不断优化升级和城镇化深入发展阶段,因此,将会继续拉动巨大的城镇基础设施和住房的投资以及居民的生活消费。三是宏观调控体系不断完善,政府应对复杂局面的能力明显增强。四是制度优势日益显现,随着我国经济体制、政治体制、文化体制、社会体制、生态文明体制等方面改革的全面深化,新的更大的制度红利和发展潜力将会不断地创造和释放出来。当然,我国的发展也存在着困难和挑战:一是经济增长下行压力增大。当前我国经济增速回落既是宏观调控的结果,也是市场需求变化的反映,尤其受外需不振甚至下滑的冲击影响较大。二是经济结构调整进展缓慢。尽管近年来结构调整不断推进,但我国第一产业基础不稳、第二产业核心竞争力不强、第三产业发展不快的问题仍然突出。三是科技创新能力不强。产业技术水平整体偏低,以企业为主体、市场为导向、产学研相结合的技术创新体系尚不健全,缺少自主知识产权和名牌产品,新兴产业带动作用还不强。

战略机遇期稍纵即逝,我们要善于抓住机遇。抓住和用好重要战略期,关键在于能够充分发掘和利用一切有利于发展的资源和关系,对内坚持科学发展、对外坚持和平发展,统筹国内国外两个大局,从国际形势发展变化中紧紧把握发展机遇,应对风险挑战,营造良好国际环境。

第二节 坚持走和平发展的道路

一、坚持走和平发展道路的根据和意义

和平发展道路就是既通过维护世界和平发展自己，又通过自身发展维护世界和平；在强调依靠自身力量和改革创新实现发展的同时，坚持对外开放，学习借鉴别国长处；顺应经济全球化发展潮流，寻求与各国互利共赢和共同发展；同国际社会一道努力，推动建设持久和平、共同繁荣的和谐世界。这条道路最鲜明的特征就是科学发展、自主发展、开放发展、和平发展、合作发展、共同发展。

和平发展道路是统筹国内发展和对外开放的发展道路，也是勇于参与经济全球化而又坚持广泛合作、互利共赢的发展道路。中国的发展需要稳定的国内环境，也需要和平的国际环境，因此必须高举和平、发展、合作、共赢的旗帜，积极争取和平稳定的国际环境、睦邻友好的周边环境、平等互利的合作环境、互信协作的安全环境、客观友善的舆论环境，坚定不移地走和平发展道路。中国的改革从一开始就与对外开放联系在一起，通过积极参与国际经济技术合作和竞争，获得了在闭关锁国条件下不可能获得的资金、先进技术、管理经验和各种人才，极大增强了自身发展的优势。在致力于自身发展的同时，中国也强调对世界的责任和贡献。中国始终不渝奉行互利共赢的开放战略，以自己的发展促进地区和世界共同发展，扩大同各方利益的汇合点，在实现本国发展的同时兼顾对方特别是发展中国家的正当关切。

实现和平发展，是中国人民的真诚愿望和不懈追求。新中国成立60多年特别是改革开放30多年来，中国成功地走上了一条与本国国情和时代特征相适应的和平发展道路。这条道路的选择，有着充分的历史和现实根据。

首先，走和平发展道路，是中华民族优秀文化传统的传承和发展，也是中国人民从近代以来的苦难遭遇中得到的必然结论。中华民族

是热爱和平的民族,中华文化是一种和平的文化,渴望和平始终是中国人民的精神特征。在近代历史上,中国屡遭外来势力的入侵和奴役,中国人民深知和平弥足珍贵,消除战争、实现和平,也就成为近代以来中国人民最迫切、最深厚的愿望。新中国坚持在和平共处五项原则的基础上发展同世界各国的友好合作,始终同世界各国和睦相处,始终是维护世界和平的坚定力量。

其次,走和平发展道路,是基于中国特色社会主义的必然选择。新中国成立特别是改革开放以来,我们党经过艰辛探索和不断实践,逐步形成了中国特色社会主义的和平发展道路。在长期的实践中,我国始终坚持和平共处五项原则,确立和奉行独立自主的和平外交政策,向世界庄严承诺永远不称霸、永远不搞扩张。党的十八大之后,党领导人民又在"两个一百年"目标的基础上,提出了实现中华民族伟大复兴的中国梦的奋斗目标。实现这一目标,必须要有和平的国际环境。因此,我们要集中精力把自己的事情办好,使国家更加富强,使人民更加富裕,依靠不断发展起来的力量更好地走和平发展道路。

最后,走和平发展道路,是基于当今世界发展潮流的必然选择。纵观世界历史,但凡依靠武力对外侵略扩张,最终都是失败。求和平、促发展、谋合作,已是世界各国人民的共同心愿,也是不可阻挡的历史潮流。世界繁荣稳定是中国的机遇,中国发展也是世界的机遇。我们要坚持从自身实际出发,坚定不移地走中国特色社会主义道路,同时也要树立世界眼光,更好地把国内发展与对外开放统一起来,把中国发展与世界发展联系起来,把中国人民利益同各国人民共同利益结合起来,不断扩大同各国的互利合作,以更加积极的姿态参与国际事务,共同应对全球性挑战,努力为建设一个持久和平、共同繁荣的和谐世界作出贡献。

和平发展道路是中国立足本国国情探索出的一条新型发展道路,它已经并将进一步显现出其世界意义。首先,它打破了"国强必霸"的大国崛起模式,避免了建立殖民体系、争夺势力范围、对外武力扩张的资本主义发展的老路。其次，它带给世界更多是机遇，中国坚持将本国人民的利益同各国人民共同利益结合起来，以更加积极的姿态参与国际事务，发挥负责任大国的作用，这不仅造福中国人民，而且造福各国人民。最后，中国走和平发展道路，将推动国际力量对比朝着相对均衡的方向发展，引导国际格局演变和国际体系变革。

当然，中国坚持走和平发展道路，绝不意味着放弃我国的正当权益、牺牲国家的核心利益。任何外国不要指望我们会拿自己的核心利益做交易，不要指望我们会吞下损害我国主权、安全、发展利益的苦果。同时，中国的发展也绝不以牺牲别国利益为代价，我们绝不做损人利己、以邻为壑的事情。中国将坚定不移地做和平发展的实践者，共同发展的推动者，多边贸易体制的维护者，全球经济治理的参与者。

二、独立自主和平外交政策的形成和发展

中华人民共和国成立以来，一贯坚持独立自主的和平外交政策。我们党在新中国成立时就制定了独立自主的和平外交政策。根据这一基本方针，在不同的历史时期还针对国际形势发展的趋势和特点，确定并实施了不同的具体外交战略和外交政策。独立自主的和平外交政策在我国外交工作的实践中不断得到丰富和发展。

中华人民共和国成立前夕，毛泽东就强调，中国必须独立自主，不容许任何帝国主义国家再有一丝一毫的干涉；中国真正的独立和在国际上的平等地位，决不能靠外国恩赐，主要靠中国人民自己努力争取。周恩来也明确指出，新中国外交的基本立场是中华民族的独立自主，任何国家都不能干涉中国内政；我们愿意和一切平等待我之国家合作，不排外，不挑衅，但必须站稳立场，否则就只能倒在外国人的怀里。从新中国成立到20世纪50年代中期，中国外交的中心任务是：巩固新生的人民政权，为社会主义改造和建设争取一个有利的国际环境。因此，毛泽东提出："我们的总任务是：团结全国人民，争取一切国际朋友的支援，为了建设一个伟大的社会主义国家而奋斗，为了保卫国际和

平和发展人类进步事业而奋斗。”①

新中国成立前后，为了从根本上与旧中国半殖民地的屈辱外交划清界线，毛泽东提出了“另起炉灶”、“打扫干净屋子再请客”和“一边倒”的三大外交方针。“另起炉灶”就是新中国的人民政府不承认国民党政府同各国建立的一切旧的外交关系，而要在新的基础上同各国另行建立新的外交关系。“打扫干净屋子再请客”就是指新中国的建立必须清理旧中国残留的对外关系遗迹，建立国内的良好环境，以全新的面貌建立、发展同其他友好国家的关系。“一边倒”就是在帝国主义对新生的人民政权实行敌视政策的情况下，中国只能倒向社会主义阵营一边。这三大方针为独立自主的新中国外交关系奠定了基础。中国执行“一边倒”的方针，也并不意味着放弃独立自主的原则。

同时，我们党还坚持在和平共处五项原则基础上发展同所有国家的友好合作关系。1953 年 12 月，周恩来在会见印度政府代表团时，首次系统地提出了和平共处五项原则，经过 1955 年的万隆会议为许多亚洲国家所接受。这五项原则后来被进一步完整地表述为：互相尊重主权和领土完整、互不侵犯、互不干涉内政、平等互利、和平共处。和平共处五项原则成为我国处理对外关系的基本准则。

20 世纪 60 年代，世界形势仍然处于“冷战共处”状态。根据当时美国对我国实行孤立、封锁和禁运，以及社会主义阵营中发生重大变化的情况，我国外交政策的重心由“一边倒”的政策调整为同时反对美苏两个超级大国，并积极支持民族解放运动，加强同亚、非、拉各国的团结，坚持睦邻友好，维护中国的主权和领土完整，维护世界的进步与和平。

20 世纪 70 年代，美苏争霸出现了苏攻美守的态势。苏联加强在中苏边界的军事部署，企图从北、南、西三面包围中国。美国实行战略收缩，急于从越南脱身，谋求打开对华关系。毛泽东审时度势，果断地

---

① 《毛泽东文集》第 6 卷，人民出版社 1999 年版，第 350 页。

决定打开中美关系的大门，提出了“一条线”的外交战略。即从东边起，日本、中国、欧洲国家、美国，加上同一条线上的第三世界各国，联合努力，共同对付苏联霸权主义。这是我国外交战略的一次重大战略调整。

十一届三中全会后，我国进入社会主义现代化建设的新时期，邓小平在对国际形势做出新的分析和判断的基础上，又对我国的外交战略和政策进行了重大调整。20 世纪 80 年代，国际形势发生了变化。美苏争霸转入均衡、僵持阶段，而我国通过改革开放已成为一个发展中大国，是世界上一支重要的力量。邓小平据此果断、及时地指导我党改变外交战略，确定了“真正的不结盟”战略，向全世界表明中国坚持独立自主的和平外交政策。从“一条线”到“真正的不结盟”是一个重大的转变，是顺应国内外形势反战的重大决策。邓小平强调要反对霸权主义，维护世界和平，为我国社会主义现代化建设争取一个较长时期的国际和平环境；坚持在和平共处五项原则基础上发展同所有国家的友好合作关系；高度重视第三世界国家的战略地位和作用，强调加强同它们的团结与合作；主动积极推动建立和平稳定、公正合理的国际政治经济新秩序；确定了冷静观察、稳住阵脚、沉着应付、韬光养晦、有所作为、善于守拙、决不当头的方针；确立了独立自主、完全平等、互相尊重、互不干涉内部事务的党际关系“四项原则”；强调中国是维护世界和平与稳定的力量，要对人类进步事业作出更大的贡献。

冷战结束后，面对复杂多变的国际局势，江泽民继承和发展了邓小平的外交思想，开创了我国外交工作的新局面。他指出，和平与发展仍是当今时代的主题，要紧紧抓住重要战略机遇期；要正确把握世界多极化和经济全球化的发展趋势，始终不渝地奉行独立自主的和平外交政策；反对霸权主义和强权政治，维护国家的独立、主权和尊严；在和平共处五项原则的基础上建立国际政治经济新秩序；进一步加强同发展中国家的团结与合作；努力发展大国间长期稳定的友好合作关系。

根据新世纪国际形势的发展变化,胡锦涛继续坚持独立自主的和平外交政策,强调中国的发展是和平的发展、开放的发展、合作的发展;既通过争取和平的国际环境来发展自己,又通过自己的发展来促进世界和平,永远做维护世界和平、促进共同发展的坚定力量。中国主张国际关系民主化和发展模式多样化,推动国际秩序向公正合理的方向发展,为推动建设持久和平、共同繁荣的和谐世界作出贡献。

党的十八大以来,以习近平为总书记的党中央继续高举和平、发展、合作、共赢的旗帜,坚定不移地致力于维护世界和平、促进共同发展。习近平指出,中国将通过争取和平国际环境发展自己,又以自身发展维护和促进世界和平。中国将在国际和地区热点问题上继续发挥建设性作用,坚持劝和促谈,为通过对话谈判妥善处理有关问题作出不懈努力。[①] 他还强调,中国坚持和平发展,决心不会动摇。任何动荡和战争都不符合中国人民根本利益。中国虽然是个大块头,但两千多年前中国的先人就认识到"国虽大、好战必亡"的道理。中国人民坚持走和平发展道路,也真诚希望世界各国都走和平发展这条道路。中国坚持共同发展,理念不会动摇。中国将坚定不移奉行互利共赢的开放战略,坚持正确义利观,发展开放型经济体系,全方位加强和拓展同世界各国的互利合作。中国发展对世界各国是重要机遇。中国正在加快推进新型工业化、信息化、城镇化、农业现代化,新的经济增长点将不断涌现,为国际和地区伙伴提供更广阔的市场、更充足的资本、更丰富的产品、更宝贵的合作契机。[②]

中国坚定不移地奉行独立自主的和平外交政策,就是把国家主权和安全放在首位,坚定维护我国的国家利益,反对任何国家损害我国的独立、主权、安全和尊严;就是从我国人民和世界人民的根本利益出

① 参加习近平:《共同创造亚洲和世界的美好未来——在博鳌亚洲论坛2013年年会上的主旨演讲》,《人民日报》2013年4月8日。

② 参见习近平:《携手追寻中澳发展梦想? 并肩实现地区繁荣稳定——在澳大利亚联邦议会的演讲》,《人民日报》2014年11月18日。

发，对于一切国际事务，都要根据事情本身的是非曲直决定自己的立场和政策，不屈服于任何外来压力；就是坚持各国的事务应由本国政府和人民决定，世界上的事情应由各国政府和人民平等协商，反对一切形式的霸权主义和强权政治；就是主张和平解决国际争端和热点问题，反对动辄付诸武力或以武力相威胁，反对颠覆别国合法政权，反对一切形式的恐怖主义；就是不以社会制度和意识形态的异同决定国家关系的亲疏，坚持在和平共处五项原则的基础上同所有国家建立和发展友好关系；就是坚持不同任何大国或大国集团结盟，不搞军事集团，不参加军备竞赛，不进行军事扩张，永远不谋求霸权。

独立自主和平外交政策的形成与发展，体现了中国人民热爱和平的真诚愿望和高尚品质，展现了中国共产党人的世界眼光、宽广胸怀和外交能力，提高了中国在国际上的地位，不断开创我国外交工作的新局面，不仅为我国社会主义现代化建设赢得有利的国际环境，也为世界和平和人类社会文明进步作出了重要贡献。

三、独立自主和平外交政策的基本原则

独立自主和平外交政策的基本原则，是我国对外交往活动的根本准则，是在外交工作实践中探索出来的处理对外关系的根本依据。

第一，坚持独立自主地处理一切国际事务的原则。独立自主是马克思主义的重要原则，是我国革命和建设事业取得胜利的宝贵经验之一。中国共产党人将这一基本原则运用于国际外交领域，坚持从我国的实际情况出发，依靠自己的力量，同任何国家友好相处，不容许任何国家损害我国的尊严和主权。

第二，坚持以和平共处五项原则为指导国家间关系的基本准则。和平共处五项原则是一个相互联系、相辅相成、不可分割的统一体，其精髓是国家主权平等。这一原则既适用于社会制度相同的国家，也适用于社会制度不同的国家；既适用于发展中国家，也适用于发达国家；既适用于国家间的政治关系，也适用于国家间的经济关系。这五项原

则有利于维护亚洲和世界的和平稳定,并促进了国际关系的健康发展。

第三,坚持同发展中国家加强团结合作的原则。中国是发展中国家,加强同发展中国家的团结与合作是我国对外政策的基本立足点。在新形势下,中国同广大发展中国家的共同关切增多,在推动国际秩序向公正合理的方向发展方面有着共同的利益和目标。

第四,坚持爱国主义与履行国际义务相统一的原则。中国在处理国际事务和对外关系时,既要坚决维护本国人民的根本利益,在涉及我国主权和领土完整、国家利益、国家安全的问题上决不妥协退让,同时又要注意维护世界和平和世界人民的根本利益,把本国人民的根本利益和前途与世界人民的根本利益和前途紧密结合起来。

四、实施互利共赢的开放战略

当代中国同世界的关系发生了历史性变化,中国的前途命运日益紧密地同世界的前途命运联系在一起。实施互利共赢的开放战略,是由我国实行独立自主和平外交政策以及坚持走和平发展道路所决定的。我国和平外交的性质决定了外交工作要为现代化建设争取有利的和平国际环境,在谋求自身发展的同时,也要积极促进其他国家共同发展。互利共赢是中国走和平发展道路的鲜明特征。

实施互利共赢的开放战略符合世界各国共同发展的客观要求。当今世界,各国相互联系、相互依存的程度空前加深,人类社会日益成为你中有我、我中有你的命运共同体,因此同担责任、共享权利,建立起更加平等均衡的新型全球发展伙伴关系,符合人类共同利益。只有各国共同发展了,世界才能更好地发展。

奉行互利共赢的开放战略,必须推动建立更加公正的国际政治经济新秩序,通过深化合作促进世界经济强劲、可持续、平衡增长。当前的国际政治经济秩序总体上有利于维护西方国家的优势地位,但是在世界多极化和经济全球化深入发展的趋势下,这一体系已经难以满足各国发展的要求。因此，要提高广大发展中国家在全球经济治理中的地位，坚持权利和义务相平衡，推动贸易和投资自由化、便利化，反对各种形式的保护主义。

奉行互利共赢的开发战略，重在推进各国和各国人民共同享受发展成果。由于自然资源、科技水平、人才资源等方面的竞争日益激烈，国际市场供求关系重组加速，这在相当大的程度上使南北差距进一步扩大。中国作为发展中国家，将继续积极推动南南合作和南北对话，致力于推动发展中国家和发达国家平衡发展，夯实世界经济长期稳定发展的基础。

共同分享发展机遇，共同应对各种挑战，推进人类和平发展的崇高事业，事关各国人民的根本利益，也是各国人民的共同心愿。不管国际风云变幻如何，中国政府和人民都将高举和平、发展、合作、共赢的旗帜，奉行独立自主的和平外交政策，维护国家主权、安全、发展利益，恪守维护世界和平、促进共同发展的外交政策宗旨。

五、推动建设持久和平、共同繁荣的和谐世界

维护世界和平、促进共同发展是中国外交政策的宗旨，而推动建设持久和平与共同繁荣的和谐世界，是我们党对新时期我国外交政策目标的新概括，是指导我国对外工作和处理国际关系的新方针。它继承了新中国外交的传统，体现并结合了国际形势与我国国际地位和国际影响的变化。倡导并致力于同世界各国一起推动这一目标的实现，既是一个长期的过程，又是一项现实的任务。

和谐世界应该是民主的世界、和睦的世界、公正的世界、包容的世界。推动建设持久和平、共同繁荣的和谐世界，就要求中国在国际关系中要坚持弘扬平等互信、包容互鉴、合作共赢的精神，共同维护国际公平正义。平等互信，就是要遵循联合国宪章的宗旨和原则，坚持国家不分大小、强弱、贫富，一律平等，推动国际关系民主化，尊重主权，共享安全，维护世界和平稳定。包容互鉴，就是要尊重世界文明多样

性、发展道路多样化，尊重和维护各国人民自主选择社会制度和发展道路的权利，相互借鉴，取长补短，推动人类文明进步。合作共赢，就是要倡导人类命运共同体意识，在追求本国利益时兼顾他国合理关切，在谋求本国发展中促进各国共同发展，建立更加平等均衡的新型全球发展伙伴关系，权责共担，增进人类共同利益。

推动建设持久和平、共同繁荣的和谐世界，各国都应努力做到：政治上，相互尊重、平等协商，共同推进国际关系民主化；经济上，相互合作，优势互补，共同推动经济全球化向均衡、普惠、共赢方向发展；文化上，相互借鉴、求同存异，尊重世界多样性，共同促进人类文明繁荣进步；安全上，相互信任、加强合作，坚持用和平方式而不是战争手段解决国际争端，共同维护世界和平稳定；环保上，相互帮助、协力推进，共同呵护地球家园。

为了建设和谐世界，中国在处理国际关系和外交关系方面，坚持大国是关键、周边是首要、发展中国家是基础、多边是舞台的外交工作布局。我们将继续改善和发展同发达国家的关系，拓宽合作领域，妥善处理分歧，推动建立长期稳定健康发展的新型大国关系。我们将坚持与邻为善、以邻为伴，坚持睦邻、安邻、富邻，突出体现亲、诚、惠、容的理念，深化互利合作，使自身发展更好地惠及周边国家。我们将加强同广大发展中国家的团结合作，共同维护发展中国家的正当权益，支持扩大发展中国家在国际事务中的代表性和发言权，永远做发展中国家的可靠朋友和真诚伙伴。我们将积极参与多边事务，支持联合国、二十国集团、上海合作组织、金砖国家等多边组织发挥积极作用，推动国际秩序和国际体系朝着公正合理的方向发展。我们将扎实推进公共外交和人文交流，维护我国的海外合法权益。我们将开展同各国政党和政治组织的友好往来，加强人大、政协、地方、民间团体的对外交流，夯实国家关系发展的社会基础。

第十二章　中国特色社会主义事业的依靠力量和领导核心

中国特色社会主义是中国各族人民的共同事业,建设中国特色社会主义必须在中国共产党的领导下,最广泛最充分地调动一切积极因素,依靠最广泛的爱国统一战线,巩固和加强各族人民的团结合作。全面建成小康社会,加快推进社会主义现代化建设必须加强和改善党的领导,以改革创新精神全面推进党的建设新的伟大工程,全面提高党的建设科学化水平。

第一节　中国特色社会主义建设的依靠力量

一、工人、农民和知识分子是建设中国特色社会主义事业的根本力量

中国特色社会主义只有得到人民群众的真心支持和拥护才能取得成功。在当代中国,一切赞成、支持和参加中国特色社会主义建设的阶级、阶层和社会力量,都属于人民的范畴,都是建设中国特色社会主义事业的依靠力量。包括知识分子在内的工人阶级、农民阶级,始终是推动我国先进生产力、先进文化发展和社会全面进步的根本力量。

1. 工人阶级是国家的领导阶级

建设中国特色社会主义必须坚持全心全意依靠工人阶级的方针,这是由我们党和国家的性质、工人阶级的特点及其历史地位决定的。首先,我国是一个社会主义国家,中国共产党的工人阶级先锋队性质决定了工人阶级在国家的领导地位。党在领导革命、建设和改革的全

部实践和整个进程中都必须紧紧依靠工人阶级，巩固自己的阶级基础，这是我们事业胜利的根本保证。其次，中国工人阶级是近代以来我国社会发展特别是社会化大生产发展的产物，是中国先进生产力和先进生产关系的代表。它不仅推动着先进生产力和先进生产关系的发展，并善于顺应社会前进的潮流不断发展自身的先进性。另外，工人阶级是改革开放和现代化建设的基本动力。在当代中国，实行改革开放，进行现代化建设，解放和发展生产力，建设中国特色社会主义，符合工人阶级的根本利益。

改革开放以来，我国工人阶级队伍发生了明显变化，呈现出许多新的特点：一是队伍迅速壮大。二是内部结构发生重大变化。工人阶级中知识分子的比重大大增长，进城就业的农民已成为我国产业工人的重要组成部分，在各类非公有制经济组织中就业的职工已占全部职工的一半左右。三是岗位流动加快。工人阶级队伍发生的这些变化，没有改变中国工人阶级作为国家主人的地位。工人阶级仍然是社会主义现代化的主要建设者、社会财富的主要创造者、先进生产力的代表者，仍然是人民民主专政国家的领导阶级。工人阶级作为我国的领导阶级，其领导地位和主人翁地位，是由宪法规定的，工人阶级始终是推动中国社会发展的基本力量。

全心全意依靠工人阶级，发挥工人阶级的领导作用，必须保障包括农民工在内的全体职工的合法权益，巩固工人阶级的主人翁地位。在深化改革、建立现代企业制度和推进城镇化的过程中，党和政府要通过政治、经济、法律、舆论、行政等手段，切实保障职工的民主权利，落实职工的知情权、参与权、表达权和监督权，维护工人、群众的权益，支持工人群众当家作主，充分调动他们的积极性和创造性；要不断满足广大职工日益增长的精神文化需求，积极组织职工参与社会事务管理。各级工会组织要进一步树立中国特色社会主义工会维权观，抓住职工最关心、最直接、最现实的利益问题，突出维护劳动就业、收入分配、社会保障、劳动安全卫生等经济权益。同时，广大职工群众也要进一步认清自己的光荣使命，增强责任意识，发扬识大体、顾大局的优良传统，正确认识和对待改革发展过程中利益关系和利益格局的调整，继续发挥主力军作用。

2. 农民阶级是基本依靠力量

我国是个农业大国，农民占全国人口的绝大多数。这一基本国情，决定了广大农民不但是我国新民主主义革命的主力军，而且是我国社会主义现代化建设和改革开放中人数最多、最基本的依靠力量。在新民主主义革命时期，工人阶级正是与农民阶级结成了巩固的联盟，才掌握了中国民主革命的领导权，完成了中国革命的任务，并进而走向社会主义。建设中国特色社会主义必须坚定不移地依靠广大农民群众，这是由农业、农村、农民问题的重要地位和作用决定的。党的十一届三中全会以来，我国农村发生了历史性的变化。在党的领导下，广大农民表现了可贵的创业革新精神，实行了以家庭联产承包为主要形式的责任制，农村改革和建设取得巨大成就，带动了整个改革和建设事业。改革开放和现代化建设符合广大农民的根本利益，他们衷心拥护建设中国特色社会主义的路线、方针和政策，成为改革开放和现代化建设的一支重要依靠力量。

"没有农业的牢固基础，就不可能有我国的自立；没有农业的积累和支持，就不可能有我国工业的发展；没有农村的全面进步，就不可能有我国社会的全面进步；没有农村的稳定，就不可能有我国整个社会的稳定；没有农民的小康，就不可能有全国人民的小康；没有农业的现代化，就不可能有整个国民经济的现代化。"①依靠广大农民，调动农民的积极性和创造性，关系着改革开放和社会主义现代化事业的大局。在全面建设小康社会和实现中华民族伟大复兴的过程中，要不断提高对农业、农村、农民问题极端重要性的认识，切实保障农民的合法权益和民主权利，切实减轻农民负担，提高农民的生活水平；同时，又要教

---

① 《江泽民文选》第1卷，人民出版社2006年版，第259页。

育、引导、支持农民，提高广大农民的科学文化素质和思想道德水平，增强国家主人翁观念，培养造就一代新型农民，推动农村实现现代化，建设社会主义新农村。

3. 知识分子是中国工人阶级的一部分

在民主革命中，先进的知识分子是首先觉悟的群体，他们为民主革命的成功发挥了重要作用。同样，我国的社会主义建设事业，需要尽可能多的知识分子为它服务。十一届三中全会后，党总结新中国成立后对待知识分子问题的经验教训，确立了知识分子作为工人阶级一部分的重要地位。邓小平指出："我国广大的知识分子，包括从旧社会过来的老知识分子的绝大多数，已经成为工人阶级的一部分，正在努力自觉地为社会主义事业服务。"①在当代中国，知识分子作为工人阶级中掌握科学文化知识较多的主要从事脑力劳动的一部分，是先进生产力的开拓者和发展教育科学文化事业的基本力量，在社会主义现代化建设中具有不可替代的作用，承担着重大的社会责任。

科学技术作为第一生产力，是先进生产力的集中体现和主要标志，科学技术的这一重要地位，决定了知识分子在经济发展和社会进步中的特殊作用。知识分子作为人类科学文化知识的重要创造者、继承者和传播者，是推动我国科技进步和文化发展的生力军，是先进生产力的开拓者，也是社会主义精神文明建设的骨干和核心力量。科技进步和知识创新、文化教育的发展、思想道德水平的提高、"四有"公民的培育，都不开知识分子的推动和参与。同时，知识分子在推动社会主义民主和法制建设方面也起着重要的作用。

依靠知识分子推动科技、经济发展和社会进步，已成为我国改革开放和社会主义现代化建设事业发展的关键因素。依靠知识分子，发挥知识分子的作用，必须努力营造更加有利于知识分子施展聪明才智的良好环境，在全社会进一步形成"尊重知识，尊重人才"的良好风尚；

---

① 《邓小平文选》第2卷，人民出版社1994年版，第186页。

必须制定相关的政策和措施，积极改善知识分子的工作、学习和生活条件，对有突出贡献的知识分子要给予重奖，并形成规范化的奖励制度；必须在政治上对知识分子予以充分的信任，同时积极引导，严格要求，使其发扬“热爱祖国、求实创新、拼搏奉献、团结协作”的精神，更好地承担起工人阶级的历史使命，在建设中国特色社会主义的伟大事业中发挥更大的作用。

二、新的社会阶层是中国特色社会主义事业的建设者

改革开放以来，我国出现了一些新的社会阶层，归纳起来主要有：民营科技企业的创业人员和技术人员、受聘于外资企业的管理技术人员、个体户、私营企业主、中介组织从业人员、自由职业者等。新的社会阶层是在党和国家改革开放政策的允许下出现的，是在社会主义公有制和社会主义上层建筑主导国家政治经济生活的总的条件下存在和发展的，其经营活动要遵守国家的法律、法规和政策。他们中的大多数人都是劳动者，是从工人、农民、知识分子和干部队伍中分化出来的。

新的社会阶层是在改革开放以来社会变革中出现的，符合社会主义初级阶段社会生产力发展的要求。从总体上看，新的社会阶层中的广大人员，拥护共产党的领导和社会主义制度，拥护党的路线、方针和政策，遵守国家法律，热爱祖国。他们为我国的经济发展和社会进步做出了自己的贡献，都是中国特色社会主义事业的建设者。中国特色社会主义建设事业需要社会各方面忠诚于祖国和社会主义的优秀分子，把新的社会阶层中的广大人员作为中国特色社会主义事业的建设者，是从实际出发、尊重实践、尊重群众得出的科学结论。坚持全心全意依靠工人阶级，发挥我国工人阶级、农民阶级和其他劳动群众推动生产力发展基本力量的作用，又支持新的社会阶层发挥中国特色社会主义事业建设者的作用，使全体人民都投身于改革开放的伟大实践，这就必将使中国特色社会主义建设获得强大的力量源泉。

人才是第一资源，是国家发展的战略资源。全党和全社会都要坚持尊重劳动、尊重知识、尊重人才、尊重创造的重大方针。劳动、知识、人才、创造，四者是一个具有内在联系的统一整体，劳动在其中居于核心和基础的地位；知识是创造财富的重要资源，但它只有通过劳动者、劳动资料，才能形成实际的财富；人才是知识资源的载体，人才的本质在于创造性。人才只有通过劳动，为社会创造出巨大的物质和精神财富，才能体现出自身的价值；创造本身就是一种劳动，创造过程即是劳动者最大限度地发挥聪明才干的过程。把"四个尊重"作为一项重大方针，其着眼点在于坚持群众路线，形成人才辈出、人尽其才、人尽其用的生动局面，最广泛最充分地调动一切积极因素，不断推进中国特色社会主义事业向前发展。

三、团结一切可以团结的力量

1. 巩固和发展爱国统一战线

(1)新时期爱国统一战线的内容和基本任务

统一战线是中国共产党不断夺取革命、建设和改革事业胜利的重要法宝之一，也是实现祖国统一和中华民族伟大复兴的重要法宝之一。全面建成小康社会，实现中华民族的伟大复兴，在很大程度上取决于我们党能否动员千千万万的人民群众，同心同德、群策群力地为之奋斗。

在不同的历史时期，统一战线随着阶级关系、阶层关系和中心任务的变化而有不同的性质和内容。在新的历史时期，党领导的爱国统一战线，其实质就是要在一个共同的目标之下，实现全国各民族、各党派、各阶层、各方面人民最广泛的团结，促进政党关系、民族关系、宗教关系、阶层关系、海内外同胞关系的和谐。

新时期爱国统一战线与以往的统一战线相比，其阶级结构和内部关系发生了重大变化。新时期的统一战线已经成为工人阶级领导的，以工农联盟为基础的，全体社会主义劳动者、社会主义事业的建设者、拥护社会主义的爱国者、拥护祖国统一的爱国者的最广泛联盟。新时期的统一战线包括两个范围的联盟:一个是大陆范围内,以爱国主义和社会主义为政治基础的团结全体劳动者、建设者和爱国者的联盟,这是统一战线的主体和基础;一个是大陆范围以外的,以爱国和拥护祖国统一为政治基础的团结台湾同胞、港澳同胞和海外侨胞的联盟,这是统一战线的重要组成部分。这两个方面互相结合、互相促进,共同构成了一个整体,体现了新时期统一战线空前的广泛性。

新时期爱国统一战线的基本任务是:高举爱国主义、社会主义旗帜,团结一切可以团结的力量,调动一切积极因素,化消极因素为积极因素,为促进社会主义经济建设、政治建设、文化建设、社会建设和生态文明建设服务,为促进香港、澳门长期繁荣稳定和祖国和平统一服务,为维护世界和平、促进共同发展服务。

(2)加强党对统一战线的领导

在新的历史时期,虽然统一战线的性质、任务和内部结构都发生了变化,但是中国共产党对统一战线的领导决不能动摇。党的领导问题是统一战线中的核心问题,只有坚持中国共产党的领导,才能结成牢不可破的统一战线,统一战线才能有正确的方向、蓬勃的生机和光明的前途,才能发挥它应有的作用。这不仅取决于我国社会主义制度的性质,也是统一战线内部各方面人士的共同愿望和共同利益所在。

加强中国共产党对统一战线的领导,必须高举爱国主义和社会主义的旗帜,巩固统一战线的思想政治基础,正确处理一致性和多样性的关系;必须坚持长期共存、互相监督、肝胆相照、荣辱与共的方针,加强同民主党派和无党派人士团结合作,促进思想上同心同德、目标上同心同向、行动上同心同行;必须全面正确贯彻落实党的统一战线政策,努力使海内外中华儿女为实现中华民族伟大复兴的中国梦而达到新的团结和联合。

2. 巩固和发展全国各族人民的大团结

(1)全面贯彻党的民族政策,正确处理民族问题我国是一个统一的多民族国家,各民族人口分布呈现“大散居、小聚居,交错杂居”的特点,民族自治地方占国土面积的64%,西南和西北是少数民族分布最集中的两个区域。这一基本国情,决定了民族问题始终是建设中国特色社会主义必须处理好的一个重大问题,也决定了民族工作始终是关系党和人民事业发展全局的一项重大工作。

新中国成立和社会主义制度确立以后,我国民族压迫和民族剥削已被消灭,但这并不意味着我国就没有了民族问题。由于历史上形成和遗留下来的各民族在经济、文化等方面的差距不可能在短期内消除,国内外敌对势力利用民族问题对我国进行颠覆、破坏的活动也依然存在,正确处理民族问题仍然是一项长期、复杂、艰巨的重要工作。社会主义制度下的民族问题与剥削制度下的民族问题在性质上是根本不同的,因此解决民族问题的方法也必然不同。社会主义时期民族问题的实质,已经不是阶级矛盾和阶级斗争问题,而是各民族人民的内部矛盾,是各民族人民在根本利益一致基础上的矛盾,应该用正确处理人民内部矛盾的方法来加以解决。

处理民族问题的基本原则是:维护祖国统一,反对民族分裂,坚持民族平等、民族团结、各民族共同繁荣。

民族平等是民族团结、各民族共同繁荣的政治前提和基础,是中国民族政策的基石。所谓民族平等是指各民族在政治权利、社会地位等方面一律平等。各民族不分人口多少、不分历史长短、不分经济社会发展水平高低,在政治地位上都是平等的,不容许有任何民族歧视存在。民族平等还包括尊重各民族的风俗习惯、语言文化和宗教信仰等。

民族团结是维护国家统一、实现各民族共同发展的根本保证,是中国处理民族问题的根本原则,也是我国民族政策的核心内容。在中国,民族团结包括汉族和少数民族之间的团结,各少数民族之间的团结,以及同一少数民族内部成员之间的团结。维护民族团结,就是要求在统一的民族大家庭里,在一律平等的基础上,各民族互相尊重、互相信任、互相学习、互相合作。

各民族共同繁荣是解决民族问题的根本出发点和归宿。在新时期搞好民族工作，最重要的是要积极创造条件，加快发展少数民族地区的经济和科学文化事业。国家帮助少数民族地区发展的政策是坚定不移的，实行民族区域自治，不把经济搞好，民族区域自治就是空的。民族地区只有发展才能稳定，才能安定团结。必须以经济建设为中心，千方百计地加快民族地区的经济和社会发展，逐步缩小民族地区与发达地区的发展差距，促进各民族共同繁荣。同时，国家尊重少数民族的风俗习惯，保护和发展少数民族文化。

坚持民族平等、民族团结和各民族共同繁荣，必须全面贯彻党的民族政策，大力加强马克思主义民族观、党的民族政策和国家民族法律法规的教育，牢固树立汉族离不开少数民族，少数民族离不开汉族，少数民族之间也相互离不开的思想，紧紧把握各民族共同团结奋斗、共同繁荣发展这个主题，巩固和发展平等、团结、互助、和谐的社会主义民族关系，坚决反对大民族主义、地方民族主义和民族分裂主义，坚决揭露和打击国内外敌对势力的一切分裂活动，不断巩固和发展中华民族的大团结，使各族人民和睦相处、和衷共济、和谐发展。

(2)全面贯彻党的民族宗教政策

宗教是对相当一部分群众有较大影响的社会现象，在社会主义社会中也将长期存在。正确认识我国社会存在的宗教问题，关键是要立足于我国的基本国情，充分认识宗教存在的长期性、宗教问题的群众性和特殊的复杂性。必须尊重宗教产生、存在和发展的客观规律，既不能用行政的力量去消灭宗教，也不能用行政的力量去发展宗教。努力做好宗教工作，是维护改革发展稳定大局的需要。要全面贯彻党的宗教信仰自由的政策，依法管理宗教事务，坚持独立自主自办的原则，积极引导宗教与社会主义社会相适应。

全面贯彻党的宗教信仰自由政策，尊重和保护公民的宗教信仰自由权利，是我们党维护人民利益、尊重和保护人权的重要体现，也是最大限度团结人民群众的需要。宗教信仰自由是指每个公民既有信仰宗教、也有不信仰宗教的自由;既有信仰这种宗教,也有信仰那种宗教的自由;既有现在信教将来不信教,也有现在不信教将来信教的自由。我们一方面要尊重每个公民信仰宗教的自由和不信仰宗教的自由,另一方面又要求宗教必须在宪法和法律规定的范围内活动。依法管理宗教事务,要求在宗教方面涉及国家利益和社会公共利益的事项和活动,必须纳入依法管理的范围。

我国实行政教分离的原则,任何宗教都没有超越宪法和法律的特权,都不能干预国家行政、司法和教育等国家职能的实施。积极引导宗教与社会主义社会相适应,不是要求宗教界人士和信教群众放弃宗教信仰,而是要求他们热爱祖国,拥护社会主义制度,拥护中国共产党的领导,遵守国家的法律、法规和方针政策;要求他们从事的宗教活动服从和服务于国家的最高利益与民族的整体利益;支持他们努力对宗教作出符合社会进步要求的阐释;支持他们与各族人民一道反对一切利用宗教进行危害社会主义祖国和人民利益的非法活动,为民族团结、社会发展和祖国统一多作贡献。发挥宗教在促进社会和谐方面的积极作用。同时,在我国,宗教还坚持独立自主自办的原则,坚决抵制境外势力利用宗教进行渗透,坚决打击宗教极端势力,反对和取缔邪教,打击各种形式的恐怖主义。

四、国防和军队现代化建设

人民解放军是保卫祖国和建设中国特色社会主义的重要力量。中国人民解放军是中国共产党领导的人民军队。经过土地革命战争、抗日战争和解放战争,人民军队在中国共产党的领导下,走过了光辉的道路,为新民主主义革命的胜利和新中国的建立、为保卫社会主义革命和社会主义建设作出了不朽的贡献。人民军队在长期奋斗中形成了一系列优良传统和作风。这些好的制度和作风,既包括坚持党对军队的绝对领导、密切联系人民群众、服从和服务于革命和建设大局等优良传统,又包括艰苦奋斗、实事求是、群众路线等优良作风。我军的唯一宗旨是全心全意为人民服务。在和平建设时期,仍然要继承和发扬我军的这些优良传统和作风,进一步密切官兵关系、军民关系和军政关系。

中国人民解放军是一个执行革命政治任务的武装集团,是保卫祖国的钢铁长城和建设中国特色社会主义的重要力量,是维护国家安全统一和全面建设小康社会的重要保障。加强国防和军队建设,在中国特色社会主义事业总体布局中占有重要地位。

建设巩固国防和强大军队是我国现代化建设的战略任务。国防和军队建设,既是中国特色社会主义的重要组成部分,又是中国特色社会主义的坚强后盾。作为一个快速发展的社会主义大国,我国将长期面对发达国家在经济科技军事等方面占优势的压力,将长期面对西方敌对势力对我国实施西化、分化战略的压力,将长期面对一些对我国进行战略防范和遏制的压力。只有不断加强国防和军队建设,提高军事和国防实力,才能从容应对压力和挑战,始终处于战略主动地位。努力建设与我国国际地位相称、与国家安全和发展利益相适应的巩固国防和强大军队,这是党的十八大提出的战略任务。

全面加强军队革命化现代化正规化建设,是党一以贯之的建军治军思想,科学概括了我军建设发展的客观规律,深刻揭示了我军战斗力生成的源泉。革命化是军队建设的政治方向。我军是执行党的政治任务的武装集团,必须始终把革命化建设放在第一位。现代化是军队建设的中心任务。目前,我军现代化水平与国家安全需求相比差距还很大,与世界先进军事水平相比差距还很大,军队方方面面的工作都必须以现代化建设为中心,尤其要把信息化作为军队现代化建设的发展方向。正规化是军队建设的重要基础。军队建设内外环境的深刻变化,军事斗争准备和现代化建设的深入推进,对我军正规化建设提出了新的要求。加强军队正规化建设,必须深化对新形势下治军特点和规律的认识,着力解决正规化建设中的突出问题,推动正规化建设向更高水平发展。

积极推进中国特色军事变革深入发展。当前，科技革命、产业革命、军事革命蓬勃发展，现代战争呈现出技术形态信息化、组织形态体系化等鲜明特征，陆海空天网电多维战场融为一体，制信息权成为夺取战场综合控制权的核心，一体化联合作战成为基本作战形式，打击方式更加注重立体、远程、快速、精确和非线性性。军事技术和战争形态的革命性变化，给我军的发展提出了严峻挑战，也提供了难得机遇。围绕党在新形势下的强军目标推进中国特色军事变革，就要坚持以创新发展军事理论为先导，加强对军队建设和军事斗争准备重大现实问题的研究，创新发展人民战争战略战术，努力构建具有中国特色、符合现代战争和现代军队建设规律的军事理论体系。着力提高国防科技工业自主创新能力，加快结构调整布局、深化企业改革、引入竞争机制，不断提高自主创新能力。优化领导管理体制，健全军委联合作战指挥机构和战区联合作战指挥体制，深入推进军队组织形态现代化。加快形成精干、联合、多能、高效的信息化军事力量体系，构建中国特色现代军事力量体系。

坚持走中国特色军民融合式发展路子。军民融合强调国防和军队建设，能利用民用资源的就不自己铺摊子，能纳入国家经济科技发展体系的就不另起炉灶，能依托社会保障资源办的事都要实行社会化保障，将国防和军队现代化建设有机融入经济社会发展体制中。走中国特色军民融合式发展路子，关键是建立和完善军民结合、寓军于民的武器装备科研生产体系、军队人才培养体系、军队保障体系、国防动员体系。依靠人民加强国防和军队建设，坚持人民战争的战略思想，不断发展高新技术条件下人民战争的战略战术，创新人民战争的内容和形式。深入开展国防教育，大力弘扬爱国主义精神，增强民族自信心、自豪感，使关心国防、热爱国防、建设国防、保卫国防成为全社会的思想共识和自觉行动，为实现中国梦强军梦而奋斗。

第二节　中国特色社会主义事业的领导核心

一、党的领导是社会主义现代化建设的根本保证

1. 中国共产党的性质和宗旨

《中国共产党章程》明确规定:中国共产党是中国工人阶级的先锋队,同时是中国人民和中华民族的先锋队,是中国特色社会主义事业的领导核心,代表中国先进生产力的发展要求,代表中国先进文化的前进方向,代表中国最广大人民的根本利益。中国共产党以马克思列宁主义、毛泽东思想、邓小平理论、“三个代表”重要思想和科学发展观作为自己的行动指南。党的最高理想和最终目标是实现共产主义。

中国共产党是中国工人阶级的先锋队。因为中国共产党是以中国工人阶级为其阶级基础的,是马克思列宁主义与中国工人运动相结合的产物。党集中体现了中国工人阶级大公无私、严格的组织纪律性、革命的坚定性和彻底性等优秀品质。中国共产党党员是中国工人阶级中具有共产主义觉悟的先锋战士。中国共产党以马克思主义为理论基础和行动指南,代表了中国社会发展的正确方向。中国共产党作为中国工人阶级的政党,同时是中国人民和中华民族的先锋队,这是因为:中国工人阶级的根本利益同中国人民和中华民族的根本利益是一致的;成为中国人民和中华民族的先锋队,是马克思主义执政党的内在要求,也是党以实现民族振兴为己任的必然选择。

“两个先锋队”是不可分割的统一整体。一方面,始终成为中国工人阶级的先锋队,是党真正成为中国人民和中华民族先锋队的政治前提。党只有成为中国工人阶级的先锋队,自觉做到以马克思主义为根本指导思想,以实现共产主义为最终奋斗目标,才能真正拥有当好中国人民和中华民族先锋队所必需的科学指南、政治远见和博大胸襟。另一方面,自觉成为中国人民和中华民族的先锋队,是党真正成为中国工人阶级先锋队的必然要求。党只有始终坚持代表全体人民和整

个民族的利益要求，才能使工人阶级先锋队性质得以充分体现。坚持党是中国工人阶级的先锋队，同时是中国人民和中华民族的先锋队，就能不断增强党的阶级基础，扩大党的群众基础，提高党在全社会的影响力，把全国各族人民紧密地团结在党的周围，完成历史和时代赋予党的庄严使命。

中国共产党的性质决定党的宗旨是全心全意为人民服务。以人为本、执政为民是检验党的一切执政活动的最高标准。中国共产党始终把为人民服务作为自己的最高原则，把代表工人阶级和全国各族人民的利益，作为党的一切活动的出发点和落脚点。这是中国共产党区别于其他任何政党的显著标志之一。一切从人民的利益出发，全心全意为人民服务，是中国共产党的本质特征。

2. 中国共产党的执政地位是历史和人民的选择

党的执政地位是在长期革命斗争中逐步形成的，是近现代中国历史发展的必然，是人民的选择。人民群众之所以信任、选择和支持中国共产党，就是因为中国共产党是为人民服务的，是能够满足人民需要的。在旧中国，中国共产党适应人民的需要，领导人民推翻了“三座大山”，建立了人民当家作主的共和国，实现了民族独立和人民解放。新中国成立后，党领导人民为实现国家富强和人民幸福而奋斗，顺应社会历史发展的必然，推动中国走上了社会主义道路，并取得了社会主义建设事业的伟大成就，党的执政地位是人民拥护和选择的结果。

在新的历史条件下，要解放和发展生产力，实现国家的繁荣富强和人民的共同富裕，实现中华民族的伟大复兴，仍然需要党的领导。

第一，坚持中国现代化建设的正确方向，需要中国共产党的领导。只有坚持中国共产党的领导，走中国特色社会主义道路，才能保证现代化建设事业的正确方向，才能制定和执行正确的路线、方针、政策，保证现代化建设事业不断取得进步，最终实现中华民族的伟大复兴。

第二，维护国家统一、社会和谐稳定，需要中国共产党的领导。在新世纪新阶段，党作为各族人民根本利益的忠实代表，以科学理论为指导，凭借其丰富的执政经验和驾驭全局的能力，统筹经济社会等各方面发展，努力构建社会主义和谐社会，能够维护国家统一和社会和谐稳定。

第三，正确处理各种复杂的社会矛盾，把亿万人民团结凝聚起来，共同建设美好未来，需要中国共产党的领导。面对新形势新任务，全面建成小康社会，进而建成富强民主文明和谐的社会主义现代化国家、实现中华民族伟大复兴的中国梦，必须在新的历史起点上全面深化改革。只有加强和改善党的领导，充分发挥党总揽全局、协调各方的领导核心作用，提高党的领导水平和执政能力，才能正确处理人民内部矛盾，才能凝聚人心，汇聚力量，确保改革取得成功。

第四，应对复杂的国际环境的挑战，需要中国共产党的领导。在当前经济全球化和世界多极化的发展中，只有以坚强的政治核心把全国各族人民团结起来，才能保证我国真正走独立自主的和平发展道路。

在中国，要团结凝聚全国各族人民通过改革进一步解放和发展社会生产力，促进国民经济持续健康发展，实现社会主义现代化建设的宏伟目标，关键在党。党的领导、党的建设是经济建设和改革开放取得成功的根本保证。

3. 坚持党的领导必须改善党的领导

坚持中国共产党的领导，就是要坚持党在建设中国特色社会主义事业中的领导核心地位，发挥党总揽全局、协调各方的作用。坚持党对国家大政方针和全局工作的政治领导，坚持党对军队的绝对领导，坚持党对人民民主专政国家的领导，坚持党管干部和党管人才的原则，坚持党对意识形态的领导，坚持共产党领导的多党合作和政治协商。这些都是坚持党的领导的根本原则。

在新的历史条件下，要坚持党的领导，必须不断改善党的领导。只有改善党的领导，才能坚持和加强党的领导。这是因为：从国际上看，当今世界正在发生广泛而深刻的变化，为适应国际环境的变化，必须改善党的领导;从国内看,当代中国正在发生广泛而深刻的变革,新形势、新任务对我们党提出了新的要求;从党的自身状况看,目前,我们党的实际状况同党肩负的领导社会主义现代化的光荣使命还有许多不相适应的地方。当前改善党的领导,应着力解决以下三个方面的问题:

首先,要正确处理党的领导和依法治国的关系。依法治国是党领导人民治理国家的基本方略,实施这一方略,有助于加强和改善党的领导,提高领导干部运用法治思维和法治方式深化改革、推动发展、化解矛盾、维护稳定的能力。党领导人民制定宪法和法律,党必须在宪法和法律范围内活动。任何组织或者个人都不得有超越宪法和法律的特权,绝不允许以言代法、以权压法、徇私枉法。

其次,要改革、完善党和国家的领导制度。改革领导体制,关键是要正确处理党政关系,解决党如何善于领导的问题。执政党对国家权力系统的领导,包括政治领导、思想领导、组织领导,是通过发挥政治影响、推荐重要干部、管好权力机构中的党组织和党员、提出有关国家重大事务的主张并使之经过法定程序变成国家意志来实现的。因此,在执政过程中,党政有各自的职能,不能随意混淆或合一。

最后,要不断提高党的领导水平和执政水平、提高拒腐防变和抵御风险能力。面对形势和任务的不断变化,党必须与时俱进,不断推进民主法制建设,进一步扩大党内民主;建立最大限度的及时反映广大人民群众意志和要求、集中全党和全国人民智慧的制度和机制,着力解决人民群众反映强烈的突出问题,提高做好新形势下群众工作的能力,促进党的民主和科学决策,不断提高领导水平和执政水平。加强反腐倡廉教育和廉政文化建设。严格规范权力行使,加强对领导干部特别是主要领导干部行使权力的监督。深化重点领域和关键环节改革,健全反腐败法律制度,防控廉政风险,防止利益冲突,更加科学有效地防治腐败,保持党的肌体的健康纯洁。

二、全面提高党的建设科学化水平

1. 以改革创新精神推进党的建设新的伟大工程

高度重视和不断加强党的建设,是中国共产党从小到大、由弱到强,从挫折中奋起、在战胜困难中不断成熟的一大法宝,也是党领导的伟大事业不断取得胜利的根本保证。以毛泽东为主要代表的中国共产党人,明确提出了党的建设是一项伟大工程,并在实践中创造了许多经验,为取得新民主主义革命、社会主义革命和建设的伟大胜利提供了根本保障。

改革开放以来,以邓小平为主要代表的中国共产党人,继续推进了党的建设这项伟大工程,提出把党建设成为有战斗力的马克思主义政党,成为领导全国人民进行社会主义物质文明和精神文明建设的坚强核心的任务。面向新世纪,以江泽民为主要代表的中国共产党人,领导全党进一步推进党的建设新的伟大工程,强调要把党建设成为全心全意为人民服务,思想上政治上组织上完全巩固、能够经受住各种风险,始终走在时代前列、领导全国人民建设中国特色社会主义的马克思主义政党。胡锦涛强调要坚持"两个务必",提出加强党的执政能力建设和党的先进性建设,从而使党的建设的努力方向和检验标准更加鲜明,使我们党能够更好、更全面、更有成效地推进党的建设新的伟大工程。党的十八大以来,习近平总书记强调,必须以更大的决心和勇气抓好党的自身建设,确保党在发展中国特色社会主义的历史进程中,始终成为全国人民的主心骨,始终成为坚强的领导核心。

当前,世情、国情、党情发生着深刻变化,党的建设面临许多前所未有的新情况新问题新挑战。以改革创新精神推进党的建设新的伟大工程,必须清醒认识党面临的执政考验、改革开放考验、市场经济考验、外部环境考验。中国共产党在面临上述四大考验的同时,精神懈怠危险、能力不足危险、脱离群众危险、消极腐败危险更加尖锐地摆在全党面前,必须对此保持清醒认识。

面对人民的信任和重托,面对新的历史条件和考验,党必须增强忧患意识，始终保持清醒头脑；必须增强创新意识，始终保持奋发有为的精神状态；必须增强宗旨意识，始终把人民放在心中最高位置；必须增强使命意识，始终保持共产党人的政治本色。以改革创新精神推进党的建设新的伟大工程，必须全面提高党的建设科学化水平，牢牢把握党的执政能力建设、先进性和纯洁性建设这条主线，准确把握和自觉运用马克思主义政党建设规律，立足中国特色社会主义建设实践，以科学理论指导党的建设，以科学制度保障党的建设，以科学方法推进党的建设，始终保持党员和干部思想纯洁、队伍纯洁、作风纯洁、清正廉洁。

2. 加强党的执政能力建设

党的执政能力就是党治国理政的本领，具体来说，就是指党提出和运用正确的理论、路线、方针、政策和策略，领导制定和实施宪法和法律，采取科学的领导制度和领导方式，动员和组织人民依法管理国家和社会事务、经济和文化事业，有效治党治国治军，建设社会主义现代化国家的本领。

执政能力建设是党执政后的一项根本建设，是党执政后始终面临和不断探索的一个重大课题。在60多年的执政实践中，党积累了执政的成功经验，主要是：必须坚持党在指导思想上的与时俱进，用发展着的马克思主义指导新的实践；必须坚持推进社会主义的自我完善，增强社会主义的生机和活力；必须坚持抓好发展这个党执政兴国的第一要务，把发展作为解决中国一切问题的关键；必须坚持立党为公、执政为民，始终保持党同人民群众的血肉联系；必须坚持科学执政、民主执政、依法执政，不断完善党的领导方式和执政方式；必须坚持以改革的精神加强党的建设，不断增强党的创造力、凝聚力、战斗力。上述这些经验，也是加强党的执政能力建设的重要指导原则，必须在实践中长期坚持并使之继续丰富和发展。

党的执政能力建设关系党的建设和中国特色社会主义事业的全局。加强党的执政能力建设，必须着力建设高素质领导班子，把提高领导水平和执政能力作为各级领导班子建设的核心内容抓紧抓好。要改进领导班子思想作风，提高领导干部执政本领，改善领导方式和执政方式，健全领导体制，把各级领导班子建设成为坚定贯彻党的理论和路线方针政策、善于领导中国特色社会主义建设的坚强领导集体。以加强领导班子执政能力建设影响和带动全党，使党的全部工作始终符合时代要求和人民期待。

3. 加强党的先进性和纯洁性建设

保持党的先进性和纯洁性，巩固党的执政基础和执政地位，是党的建设面临的根本问题和时代课题。加强党的先进性建设，就是要通过推进党的各方面建设，使党的理论和路线、方针、政策顺应时代发展的潮流和我国社会发展进步的要求，反映全国各族人民的利益和愿望，使各级党组织不断提高创造力、凝聚力、战斗力，始终发挥领导核心和战斗堡垒作用，使广大党员不断提高自身素质、始终发挥先锋模范作用，使党永葆与时俱进的品质、始终走在时代前列。

加强党的纯洁性建设，就是要通过推进党的各方面建设，使党的各级组织和广大党员在思想上和行动上符合党的宗旨要求，保持纯粹清正的状态。党的纯洁性体现在党的思想、政治、组织和作风各个方面。体现在思想上，就是坚持把马克思主义及其中国化的理论成果作为指导思想，坚定理想信念，坚持实事求是的思想路线，坚决同各种违背马克思主义的错误思想作斗争；体现在政治上，就是坚决执行党的章程、纲领和路线方针政策，坚决抵制和反对一切违背党的基本路线的错误政治倾向；体现在组织上，就是坚持贯彻党民主集中制原则和遵守党的组织纪律的要求，自觉维护党的团结统一，坚决反对一切危害和分裂党的行为，坚决把蜕化变质分子和腐败分子清除出党；体现在作风上，就是坚持发扬党的理论联系实际、密切联系群众、批评和自我批评以及谦虚谨慎、不骄不躁、艰苦奋斗等优良作风，坚持贯彻党的从群众中来到群众中去的工作路线和调查研究的工作方法，坚决反对形式主义、官僚主义、享乐主义和奢靡之风。

先进性和纯洁性是马克思主义政党的本质属性，贯穿于党的性质、宗旨、任务和全部工作中，体现在各级党组织和全体党员的实际行动中。党的先进性同党的纯洁性相辅相成、密不可分。纯洁性是先进性的前提和基础，先进性是纯洁性的体现和保证，两者在本质上是一致的。正反两方面历史经验深刻表明，保持、发展先进性和纯洁性始终是马克思主义政党根本的思想政治任务，关系党的生死存亡和前途命运。新时期，面对各种困难和风险的挑战与考验，中国共产党需要以更大力度继续加强党的先进性和纯洁性建设。

坚持从思想教育入手，引导党员和干部认真学习并实践中国特色社会主义理论体系，做共产主义远大理想和中国特色社会主义共同理想的坚定信仰者和忠实执行者；巩固党的阶级基础和群众基础，把实现人民根本利益作为检验先进性和纯洁性的试金石，在为群众排忧解难、造福人民的实践中体现党的先进性和纯洁性；提高领导骨干素质，夯实组织基础，推动领导干部以率先垂范的实际行动体现党的先进性和纯洁性，充分发挥基层党组织的战斗堡垒作用和党员的先锋模范作用；完善党内制度及工作机制，增强自我净化、自我完善、自我革新、自我提高能力，健全以党章为根本、以民主集中制为核心的制度体系，为保持党的先进性和纯洁性提供制度保证。

4. 建设学习型、服务型、创新型马克思主义执政党

党的十八大提出了把党建设成为学习型、服务型、创新型的马克思主义执政党的战略目标。这充分体现了党对执政党建设规律的清醒认识和深刻把握，为党的执政能力建设、先进性和纯洁性建设注入了新的内涵，对于全面提高党的建设科学化水平，深入推进党的建设新的伟大工程具有深远影响。

所谓学习型政党，就是指能够形成重视学习、善于学习的理念、机制、方法，使学习成为内在需求，从而更好地处理和解决面临的问题，不断增强生机活力的政党。只有加强学习，才能增强工作的科学性、预见性、主动性，才能使领导和决策体现时代性、把握规律性、富于创

造性,才能克服本领不足、本领恐慌的问题。

所谓服务型政党,就是指在科学执政、民主执政、依法执政过程中贯彻以人为本、执政为民的理念,把服务人民作为执政的首要价值和核心任务,始终保持同人民群众血肉联系的政党。建设服务型马克思主义执政党,是实现党的宗旨的本质体现,是巩固党的执政基础和转变执政方式的必然要求。

所谓创新型政党,就是在马克思主义指导下,坚持一切从变化着的实际出发,把改革创新作为事业发展的推动力量,使党的全部理论和工作体现时代性、把握规律性、富于创造性,始终保持与时俱进、奋发有为精神状态的政党。建设创新型政党,坚持继承和创新相结合是基本原则,解放思想、实事求是、与时俱进、求真务实是基本要求,推进党的建设实践创新、理论创新、制度创新是主要任务。

学习、服务、创新,三者是相互联系、相互贯通、相互促进的。学习是基础,只有通过持续有效的学习,才能把全党的思想认识统一到服务人民、改革创新上来,坚定服务人民的立场,增强改革创新的意识,不断提高服务水平和创新能力。服务是目的,为人民当家作主提供服务是服务型政党的根本任务。学习成效和创新成果必须通过更好地服务人民来体现,不断改善人民生活是学习服务创新的重要结合点。创新是动力,只有不断改革创新才能探索出学习型、服务型政党建设的新思路、新举措。通过建设创新型政党,以改革创新的精神加强党的建设,必然有利于推动学习型、服务型政党的发展。总之,学习型、服务型、创新型,三者相辅相成,体现了党永葆生机和活力的开拓进取精神。